Richard Wagner

Habseligkeiten

Von Salvatore Weihnachten 2004

Richard Wagner

Habseligkeiten

Roman

Aufbau-Verlag

Der Autor dankt der Preußischen Seehandlung, Berlin,
dem German Department des Dickinson College
in Carlisle, Pennsylvania,
und der Max-Kade-Stiftung
für die Förderung dieses Buches durch Stipendien.

ISBN 3-351-03027-4

1. Auflage 2004

Einbandgestaltung Andreas Heilmann, Hamburg
Druck und Binden GGP Media, Pößneck
Printed in Germany

www.aufbau-verlag.de

I

Sie sind tot. Alle sind tot. Sie liegen in ihren Gräbern auf dem Dorffriedhof. Auch mein Vater liegt dort. Seit gestern. Ruht, wie sein Grabstein sagt. Der Grabstein, neu abgeschliffener, verwitterter Marmor, auf dem bereits der Name meiner Mutter steht. Der Name und das Geburtsjahr. Den Platz für das Sterbejahr hat der Steinmetz frei gelassen. Sie lebt ja noch. Sie und ich: Wir leben noch. Wir sind die letzten der Familie. Denn meine Tochter zählt nicht. Sie ist bei meiner Frau.

Ich werde mich gleich von meiner Mutter verabschieden. Sie wird denken, was sie immer denkt: Es ist das letzte Mal, daß sie mich sieht. Bis zum nächsten Mal wird sie tot sein, denkt sie. Und so ist jeder Abschied ein Heftromanabschied.

Meine Mutter hat die halbe »Gartenlaube« gelesen. Eugenie Marlitt. Nataly von Eschtruth und Hedwig Courths-Mahler dazu. Und sie hat eine Menge daraus gelernt. So macht sie aus jedem Tagesereignis eine weitere Komponente des großen sentimentalen Plots, der das Leben ausmißt. Schlägt immer neue Kapitel des Frauenschicksals auf. Manchmal denke ich, alles, was sie sagt, ist das Ergebnis dieser unentwegten Lektüre von Spalten, von Zeitungspapier. Von Heften, die gar nicht wie Bücher aussehen, und damit an Überzeugungskraft gewinnen. Als wären es Zeitungsmeldungen. Nachrichten von der Liebe. Alles, was aus ihrem Mund kommt, ist für mich gewissermaßen ein Zitat der Marlitt, die wohl für einen großen Teil ihres Lebens auf den Rollstuhl angewiesen war. Meine Mutter ist kerngesund.

Ich mache die Tür hinter mir zu, sie weint. Wegen Karls Tod, wegen meiner Abreise. Ich bringe mein Gepäck zum Auto. Sie weint und lebt. Sie wird steinalt, älter als ich. Sie wird mich überleben. Sie und der Mühlstein vor dem Haus. Der uralte Mühlstein aus der Wassermühle, den mein Vater dort abgelegt hat, als Wahrzeichen und Sitzbank. Karl hat zwar nie eine Mühle besessen, aber er leistete sich dafür einen Mühlstein. Einen Stein aus einer aufgegebenen Mühle. Kein Mensch braucht mehr einen Mühlstein. Kaum einer weiß noch, was ein Mühlstein ist. Es ist alles Geschichte, Industriegeschichte. Der nutzlose Mühlstein wurde zur kalten Sitzgelegenheit. Der Müller, mein Vater, ist tot.

Der Mühlstein liegt unter den Pflaumenbäumen. Die reifenden Pflaumen leuchten dunkelblau zwischen dem Blattwerk. Auf das Fleisch der Pflaume beißen, den Kern ausspucken. Einen flachen roten Kern. Spiel. Den Kern in der Mundhöhle behalten, am Gaumen entlangführen, unauffällig in die Backentasche versenken. Verzweifeltes Spiel: Wer hat die meisten Kerne im Mund? Reife Pflaumen liegen im Gras. Ein Ball, der darüber rollt. Ferne Stimmen. Kinderstimmen. Finde sie, wenn du kannst.

Ich fahre heute noch. Heute noch fahre ich zurück. In den milden Septemberabend hinein. Zurück nach Deutschland. In zwei Stunden werde ich an der Grenze sein. Um diese Zeit ist dort wenig los. Das weiß ich aus Erfahrung. Wenn ich Glück habe, kann ich vor der Nacht in Budapest sein.

»Bleib doch noch«, sagt sie mit schwacher Stimme. Mit gekonnt schwacher Stimme, denke ich mir. Ich habe gepackt. Wir sitzen am Tisch. Ich esse. Schafskäse, Wurst, Tomaten, Weißbrot. Tomaten mit dem Geschmack, wie sie ihn in Deutschland nicht haben. Tomaten, im Garten gereift. Sie machen aus meinem Mund für einen Augenblick einen Kindermund.

Meine Mutter sitzt mir gegenüber. Sieht mir beim Essen zu. Sitzt so, als wolle sie jeden Augenblick aufstehen, für den Fall, daß ich noch etwas brauchen sollte, einen Tee, einen Kaffee, damit ich nicht am Steuer einschlafe. Sie fürchtet jedesmal, ich könnte am Steuer einschlafen. Deshalb muß ich sie, wenn ich zurück bin, wenn ich wieder in Sandhofen bin, sofort anrufen. Damit sie beruhigt ist. Nein, es ist nichts passiert.

Bleiben. Ich antworte leise, aber bestimmt. »Du weißt, ich muß arbeiten«, sage ich, und damit bin ich Teil des Rituals zwischen uns.

Arbeiten, denke ich mir. Eine gute Formulierung. Die beste Ausrede in der Welt der kleinen Leute. Damit kommt man immer durch. Arbeiten als Schicksal.

Ich habe nicht viel Gepäck. Nur das Nötigste. Beim Wegfahren hat man nicht viel. Und seit ein paar Jahren auch auf der Hinfahrt nicht. Es ist nicht mehr mit früher zu vergleichen. Als man alles mitschleppen mußte, vom Suppenwürfel bis zum Toilettenpapier. Jetzt bekommt man das meiste. Man kann es kaufen. Vorausgesetzt, man hat das nötige Kleingeld. Manche packen beim Wegfahren ja immer noch 'ne Menge ein. Die sogenannten antiken Stücke, die Wanduhren und die Kaffeemühlen, haben sie zwar längst unter Aufbietung aller Tricks und Bestechungskünste an den Zöllnern vorbeigebracht, aber sie nehmen heute noch die Marmeladengläser und die Räucherwurst mit. Beides schmecke in Deutschland nicht. Es sei wie mit den Tomaten. Alles ohne jeden Geschmack. Industrie pur.

Der Dorfmensch muß dem Herstellungsprozeß nachspüren können. Dem Wirken der eigenen Hände. Ich esse nur, was deine Hände zubereitet haben, pflegte mein Großvater zu meiner Großmutter zu sagen. Er sagte es stets in Anwesenheit anderer Leute. Mit Vorliebe an Familienfesten. Wenn man sich ins beste Licht zu rücken suchte und es den anderen dann doch mal so richtig sagte. Durch die Blume, wie mein Vater lachend versicherte, aber um so deutlicher. Eine wahre Kunst. Wahrscheinlich gab es diese Feste überhaupt nur, damit man es sich gegenseitig geben konnte. In einem wahren Wettbewerb der Andeutungen und Anspielungen. Wer am besten austeilen konnte, war der Sieger.

Geschickte Hände. Ein Kompliment im Meer der Intrigen.

Wallendes Weizenfeld. So weit das Auge reicht, Feld und Himmel. Gelb und blau. Ein letzter Blick. Ein Foto.

Im Grunde geht es um die liebe Nostalgie. Der Geruch der Räucherwurst und der Geschmack der Aprikosenmarmelade, sie sollen an die verschwundene Kinderwelt erinnern, auf die sie in Deutschland nichts bringt. Sie leben an Orten, die keimfrei sind. Frei von jedem Erinnerungsanstoß, von jeder Gedächtnisstütze. Deshalb haben sie diese Fotos an der Wand, die Fotos von zu Hause. Nein, sie werden trotz aller gegenteiligen Beteuerungen in Deutschland nie heimisch werden, weder in Augsburg noch in Erlangen, denn man lebt nicht von der Gegenwart allein. Niemand lebt von der Gegenwart allein. Umsonst predigt man ihnen von der Neuen Heimat. Die Vergangenheit bleibt eine zwischen ihnen und den Einheimischen hochgezogene Wand. Darüber sagt keiner was, aber immer heißt es wir und dann sie. Wir und sie.

Lissi steht vor dem Haus. Die kleine, verlorene Frau winkt dem Sohn nach. Ich sehe sie zuletzt noch im Rückspiegel, mache ein Handzeichen. So einfach ist das. Ich lasse sie mit der Trauer um den verstorbenen Mann allein.

Es ist ihre Sache. Meine Anteilnahme kommt mir wie eine nachträgliche Einmischung vor.

Lissi und Karl haben neunundvierzig Jahre lang zusammen gelebt. Das ist mehr als mein eigenes Leben. Es liegt hinter einer verschlossenen Tür, durch deren Schlüsselloch ich immer wieder blicke, aber nichts sehe. Meine Ansichten über das Leben meiner Eltern gründen auf Vermutungen. Ich sammle Vermutungen über das Leben meiner Eltern. Seit Jahren schon suchte jeder der beiden sich mir gegenüber ins rechte Licht zu rücken. Als hätten sie von meinem heimlichen Hobby gewußt. Bei meinen Besuchen verhielten sie sich so, als hätten sie Hintergedanken, die zu verbergen ihnen kaum gelang.

Das Haus, unser Haus, steht am Dorfrand. Zwischen Dorf und Fluß. Vom Hof aus blickt man auf die Felder, und weit hinten auf die Auwälder am Fluß. Die Felder meiner Kindheit, der Fluß meiner Kindheit. Der träge Fluß, der von oben, aus den Karpaten kommt, ein Gebirgsfluß, der in der Ebene aber langsam ist und breit, es ist sein Unterlauf, wie wir in der Schule lernten, gleich hinter der Grenze, drüben in Ungarn, mündet er in die Theiß.

In meiner Kindheit gehörten die Felder niemandem, sie gehörten dem Staat. Es wuchs mal Weizen darauf, mal Mais. In endlosen Reihen. Der Mais war uns Kindern lieber, weil wir zwischen den Stauden herumtoben konnten, sobald er hoch genug gewachsen war. Fangen spielen und sich verstecken. Die Maisblätter waren hart, lief man zu schnell, schlugen sie einem mit ihren scharfen Rändern ins Gesicht. Die Haut brannte noch lange danach, als hätte man gearbeitet. Der Mais bildete für das Kinderauge ein Labyrinth. Mein Großvater allerdings sah darin die unsichtbaren Linien der früheren Aufteilung. Die schmalen Gräben, die die damaligen Besitzer der Felder zur

Markierung gezogen hatten. Pfähle und Feldsteine. Er zeigte darauf, aber ich konnte nichts sehen. In Bastians Kopf waren die Besitzverhältnisse der Vorkriegszeit wie auf einer Landkarte markiert.

Steht man im Hof, hat man das Dorf im Rücken. Das Haus wurde vor dem Ersten Weltkrieg gebaut. Es wurde für John und Katharina gebaut. Wenn wir »unser Haus« sagten, war mehr als der Familienbesitz gemeint, buchstäblich die Verortung der Familie. Und es hieß unverändert »unser Haus« auch in den fünfziger Jahren, als die Kommunisten es uns weggenommen hatten, uns aber weiterhin drin wohnen ließen. Sie nahmen es uns auf dem Papier weg und gaben es uns auf dem Papier wieder zurück. Wir hatten Glück, andere hat man deportiert. Wir durften in unserem Haus bleiben. Wir waren ja keine Großbauern, keine Kulaken.

Ohne Haus keine Familie. Unser Haus, ich werde es verkaufen. Ich fahre die Schlaglochstraße hoch. Fahre ins Dorf hinein. Haus um Haus zieht das Dorf der Toten an mir vorbei. Ich sehe die Bewohner vor mir, die Stichwortgeber meiner Kindheit. Ihre Namen stehen auf den Grabsteinen. Sie wohnen jetzt in einem Dorf unter der Erde und machen alles noch einmal, und es wird auch diesmal nicht besser. Da unten, unsichtbar, lebt das Dorf weiter. In einer Wiederholungsschleife, die so lange läuft, wie die Erinnerung standhält. Ich murmele die Namen. Solange ich die Namen noch weiß, kann das Dorf unter der Erde weiterbestehen.

Am Straßenrand, vor den Häusern, sind die Baumstämme mit Kalk bestrichen. Das soll gegen die Käfer helfen, die Schädlinge aller Art, mit denen der Bauer jahraus, jahrein zu kämpfen hat. Vielleicht ist es aber auch nur das Weiß des Kalks, das die Bäume verschönern soll. Man bestreicht sie vor den Feiertagen, vor Ostern und vor der Kirchweih. So war es früher, und so ist es geblieben, die Rumänen haben den Brauch übernommen.

Ich fahre vorsichtig. Es ist besser so. Die fahren hier nämlich wie die Irren. Die meisten haben erst seit der Wende einen Führerschein. Seit der Revolution, wie man hier sagt; und das, weil ein paar Menschen erschossen wurden. Die meisten wahrscheinlich von den eigenen Leuten, aus Nervosität. Aber was ist die Revolution anderes als ein Ausdruck kollektiver Nervosität? Sie fahren wie die Säue. Man könnte meinen, sie halten ihre Fahrweise für eine revolutionäre Errungenschaft.

Vor der Kirche biege ich links ein, werfe einen Blick auf die Klosterschule, in die meine Mutter ging, um bei den Nonnen lesen und schreiben zu lernen. Bei den Nonnen vom »Notre Dame«, bei den Schwestern, zu denen ich auch ging, aber erst viel später, nach dem Krieg, als die Nonnen keine Nonnen mehr sein durften und das »Notre Dame« geschlossen wurde und der ehemalige Polizist als Narr durchs Dorf lief und zu jedem, den er antraf, sagte: »Ich hätte es nicht tun dürfen!«

Als die Kommunisten die Macht übernahmen, hat er die Madonna über dem Klosterschuleneingang, die Gipsmadonna, mit dem Hammer zertrümmert. Wahrscheinlich wollte er sich damit bei den Kommunisten einen guten Namen machen, vom Polizisten zum Milizmann mutieren, statt dessen erhob ihn Gott zum Narren. Die Madonna aber leuchtete immer noch über dem Eingang, sagten die Leute, wenn sie unter sich waren, wer sie sehen wolle, könne sie sehen.

Als ich in diese Schule ging, war es eine Schule der Pionierlieder. Ich habe sie alle vergessen. Wir malten Buchstaben wie eh und je, und zwei mal zwei war vier und manchmal auch mehr. Bei den Kommunisten war es öfter auch mehr, wie mein Großvater sagte. Ich höre sein dröhnendes

Lachen und sehe das mißbilligende Kopfschütteln meiner Großmutter. Sie hatte Angst.

Ich fahre am Friedhof vorbei. Auch die Nonnen liegen jetzt dort. Auf den Grabsteinen dürfen sie wieder Nonnen sein. Auf den Grabsteinen stehen ihre Klosternamen, allerdings kaum noch zu entziffern. Von ihnen hat meine Mutter viel gelernt, wie sie sagt. Alles, was sie nicht von ihrer Mutter gelernt hat, hat sie von den Nonnen gelernt, von den Schwestern. Von ihrer Mutter habe sie gar nichts gelernt. Nicht einmal über die Blutung habe diese sie aufgeklärt, so daß das junge Mädchen, als das Blut kam, dachte, es müsse sterben, sagt sie. Sagt es immer noch wie einen Vorwurf gegen ihre Mutter, gegen Theresia, die auf dem Friedhof liegt, seit bald fünfzehn Jahren.

Ich sehe die Trauergemeinde vor mir. Die gestrige Trauergemeinde. Meinen Reisegrund sozusagen. Die alten Menschen, jeder mit seiner Geschichte. Jeder mit der Last seiner Geschichte. Ihre Gebärden sind langsam, als sollten sie das Gewicht der Erfahrungen unterstreichen. Alles Stoff für Romane, wie sie dir versichern. Heftromane.

Manche dieser Geschichten kenne ich, manche nicht. Die meisten kenne ich von meinem Vater. Gott hab' ihn selig. Wenn er diese Geschichten erzählte, winkte Lissi meistens ab. »Was erfindet er denn schon wieder«, sagte sie zu mir. Man konnte den Eindruck haben, sie sei von ihm, meinem Vater, irgendwann, in einer entscheidenden Situation, belogen worden und habe sich nach und nach an seine Geschichten gewöhnt. Vielleicht wurde diese vermeintliche große Lüge meines Vaters dadurch unwichtiger, wenn alles andere, was er zum besten gab, auch nicht allzu ernst zu nehmen war. Das ist eine meiner Schlüssellochthesen.

Darum aber ging es jetzt nicht. Das war jetzt egal. Es ging darum, ihn zu begraben, Abschied zu nehmen.

Dafür waren sie gekommen. Zum großen Abschiednehmen. Nichts Schlechtes über die Toten, nichts Gutes von den Lebenden. Selbst der Zigeuner war da, der kleine Georg. Auch er stand am Grab und bekreuzigte sich. Was für Zeiten, in denen sich sogar die Kommunisten bekreuzigten!

Der Pfarrer ist ein Rumäne. Er hat seine Pfarrei im Nachbardorf. Das Weihrauchfäßchen schwenkte ein Greis. Früher waren es Kinder, Ministranten. Sie erschienen mir immer wie Verkleidete. Die ganze Kirche kam mir wie eine Verkleidungsangelegenheit vor. Ministrant war ich ein einziges Mal, steckte nur einmal unbeholfen in dem Gewand, ein weißer Engel mit Zahnschmerzbacke. Als hätte ich den Mund voller Pflaumenkerne gehabt, als wäre es verboten gewesen, auch nur einen einzigen Kern auszuspucken.

Die Rumänen spucken, hieß es, die Walachen. Wer wollte schon ein Walache sein.

»Du hast falsch vorgedient«, sagte meine Großmutter. Sie sagte es vorwurfsvoll. Alles sagte sie vorwurfsvoll. Es muß kein Vergnügen gewesen sein, an der Seite dieser Frau zu leben. Ich weiß nicht mehr, was ich falsch gemacht hatte. Ich weiß nur noch diesen einen erratischen Satz. Vorwürfe sind am stärksten, wenn die Gründe wegfallen. Wenn kein Wann und Wo und Warum mehr gilt, triumphiert der Vorwurf, wird zur Schuldbezichtigung. Theresia war eine Meisterin der Bezichtigung. Vielleicht hat mein Großvater wegen solcher Sätze mit dem Trinken angefangen.

Mehrere alte Frauen sangen die vorgeschriebenen Lieder. Sie standen in ihren altmodischen Sonntagskleidern am Grab. Kleidern, die seit Jahrzehnten auf dem Bügel hingen. Im Mottenkugelschrank. Wäre nicht der Weihrauch gewesen, hätte man die Mottenkugeln gerochen. Die Frauen sangen mit zittriger Stimme. Es war das, was von einem ganzen Chor übriggeblieben ist, vom Mädchenchor von vor fünfzig Jahren.

Die Singmädchen, wie sie genannt wurden, sind jetzt achtzig oder tot. Ihre Mädchengesichter füllen unser Familienalbum. Das Album, das John und Katharina aus Amerika mitgebracht haben und das zwei Weltkriege überlebt hat. Nur die eingebaute Spieluhr geht nicht mehr. Entweder haben die Russen sie kaputtgemacht oder eines der Kinder. Die Kinder haben viel kaputtgemacht, das meiste aber die Russen. Das haben uns die Männer im Dorf oft genug erklärt. Wir Kinder kannten die Russen ja nicht. Wir sahen sie nur im Kino. In den Kriegsfilmen, die man uns im Dorfkino zeigte, sonntags vormittags, damit wir nicht in die Kirche gingen. Wir sahen die Kinohelden und hörten uns die Geschichten der Männer aus dem Dorf an. Unsere Kinorussen wußten nicht, daß man die Armbanduhr aufzog und den Fahrradschlauch aufpumpte. War die Uhr abgelaufen, nahmen sie sich eine neue, war die Luft aus dem Fahrradschlauch entwichen, warfen sie das Rad weg.

Wohin man auch blickt, es ist aus, es ist vorbei. Eine Welt ist untergegangen, sage ich mir. Ich denke es mit Marlitt-Pathos. Der Hang der Banater Schwaben zum Selbstmitleid ist größer noch als ihr sprichwörtlicher Fleiß. Zweihundertfünfzig Jahre in Nichts verwandelt. In Luft aufgelöst. Von dieser Geschichte zehren wir, wenn sonntags das Telefon geht in Deutschland und von den Toten geredet wird. Den teuren, fernen Toten.

Der kleine Georg drückte meiner Mutter die Hand, sie erwiderte seinen Blick nicht. Nein, sie erwiderte seinen Blick nicht. Ich habe das genau geprüft. Es ist mir nämlich wichtig. Wichtiger, als ich mir eingestehen will. Der kleine Georg hatte hier eigentlich nichts zu suchen. Wirklich nicht. Aber wer hätte es ihm sagen sollen? Gegen den kleinen Georg hatte man keine Handhabe. Noch nie.

Der Pfarrer, der Rumäne, sprach sein holpriges Deutsch. Es ist das Deutsch für die letzten. Eine Improvisation aus dem katholischen Seminar in Alba Iulia. Die Parodie der Sakramente. Als rufe man die Menschen an, und sie sind unter der Erde oder in Deutschland. Das gute Deutsch ist unter der Erde oder in Deutschland. Der Pfarrer sagte was Nettes über meinen toten Vater. Er kannte ihn nicht. Aber das macht nichts. Gott wird es ihm nicht übelnehmen, er wird eher sein Komplize sein, und was wir denken, ist sowieso egal. Wir zählen nicht. Gott hat andere Sorgen.

Während der Pfarrer sein Pflichtritual abhielt, sah ich mich um. Das Totenhaus war eine Ruine, der Leichenwagen darin nur noch ein Gerippe. Was die Rumänen nicht gebrauchen konnten, war noch dran. Mehr nicht. Den Wagen hatte mein Großvater für die Kirchengemeinde gebaut. Der Vater meiner Mutter, Bastian. Er liegt nebenan, in seinem Grab. Darüber ist eine Betondecke gegossen. Eine Betondecke, die Risse zeigt. Halsabschneider haben sie seinerzeit gegossen, in den Achtzigern. Bastian hat den Leichenwagen, den Totenwagen, wie man im Dorf sagt, mit viel Sorgfalt gebaut. Er hat ihn dem ausgedienten alten Wagen nachgebaut. So konnte man denken, es sei immer derselbe Totenwagen und es ginge in die Ewigkeit, nicht ins Nichts. Es war eine Ehre für ihn, den Totenwagen nachbauen zu dürfen.

Auf den meisten Gräbern liegen Betonplatten. Deckel, sagen die Leute. Als sollte die Ewigkeit vorgetäuscht werden. Aber für wen? Hallo, ihr Engel, grüß Gott, Walachen, wir waren da, wir, die fleißigen Deutschen. Die Schwaben.

Wir sind doch alle fort, mit Kind und Kegel, wir hätten auch die Friedhöfe mitnehmen sollen. Ein paar Mark für die Kommunisten, und sie hätten uns auch die Friedhöfe mitgegeben. Die verkaufen doch alles, und anschließend werfen sie es dem Käufer vor, so, als hätte man sie genötigt. Die Rumänen aber muß man nicht nötigen. Sie sind immer dabei. Ob es um Stalingrad geht oder um die Nato. Oder um die Friedhöfe.

Ich sehe die Kastanienallee vor mir, die alte Friedhofsallee. Es gibt sie schon lange nicht mehr. Sie ist nur noch eine Einbildung von mir. Ein Aquarell meiner Kindheit, vom Dorfmaler angefertigt. Ein Aquarell in einem Hausflur. Kastanien, fallende, platzende Kastanien. Als könnten sie einem auf den Kopf fallen. Unerwartet. Jederzeit. Kinderangst.

Einer der Pfarrer hat mit seinem Kirchenrat vor vielen Jahren die Allee abgeholzt, das Holz zu Geld gemacht und das Geld mit Gottes Segen verjubelt. Gott, der überall war, in allen Reden und Ausreden, und doch so wenig ausrichten konnte. Gott, den es wahrscheinlich nur gab, um uns vor Augen zu führen, wie wenig man selber entscheiden konnte.

Früher blieben die Pfarrer ein Leben lang im Dorf. Sie kannten jeden, und jeder wußte, mit wem der Pfarrer ins Bett sprang. Einer schrieb sogar Gedichte, die er seinen Verehrten widmete. Er veröffentlichte die Poesie in Temeswarer und Budapester Zeitschriften, die im Dorf kein Mensch kannte. So konnte er sich wenigstens in den Gedichten zu seinen heimlichen Affären bekennen. »Wenn wir beisammen, streb ich immer / Dein Antlitz mir zu prägen ein, / Daß ich an seinem Rosenschimmer / Mich freuen mag, wenn ich allein.« Der dichtende Pfarrer trug einen Zylinder, wenn er durchs Dorf eilte. Er ist uralt geworden. Zuletzt verwechselte er die Hochzeiten mit den Begräbnissen, aber man sah es ihm nach. Der Unterschied war ohnehin nicht allzu groß.

Als es dem Ende zuging, gaben die Pfarrer sich die Klinke in die Hand. Es war ein ständiges Kommen und Gehen, nichts war mehr sicher. Einer hat sogar die Kirche leer geräumt, unter dem Vorwand, sie modernisieren zu wollen. Er hat die Fresken des Dorfmalers Fink übermalen lassen. Als wären wir Protestanten. So weit ist es gekommen. Jeder von denen hat was verändert oder auch nur geklaut. Weil sie Pfarrer waren, brauchten sie für alles eine Rechtfertigung, noch der dümmste Diebstahl verlangte nach einer geistigen Verbrämung. Sie sind alle längst in Deutschland oder in Deutschland unter der Erde. Sie haben in Deutschland ihren Frieden gefunden, und in den Särgen raschelt das Papiergeld in ihren Taschen.

Der Friedhof aber ist der allerletzte Versuch, Normalität vorzutäuschen. Die Grabsteine geben immer noch den sozialen Unterschied an. Als sei die Welt in Ordnung. Schwarzer Marmor, weißer Marmor, Schmiedeeisen, Sandstein, Holz. Von den beiden Kapellen nicht zu reden. Aber der Marmor hat Einschüsse aus dem letzten Weltkrieg, und die Kapellen sind zwar verschlossen, aber jeder weiß, sie wurden geplündert und wieder geplündert. Und abends schlichen sich die jungen Leute hinein, um zu ficken. In den Kapellen verloren sie jede Hemmung. So nah bei den Särgen fiel es ihnen leicht, sich aufeinanderzustürzen.

Von den Familien, den reichen, ist so gut wie nichts mehr übrig. Sie wurden enteignet und verhaftet und vertrieben. Ob sie was getan hatten oder nicht. Der Sohn der einen, der Hans Michelbach, hat zwar das Nazitum ins Dorf gebracht, die anderen aber hatten mit den Nazis wenig zu tun, weniger als die meisten Bauernjungen. Der Antifaschismus jedoch war nicht wählerisch. Jedenfalls nicht in der Hand der Kommunisten. Für sie galt jeder, der ihnen ein Dorn im Auge war, als Faschist.

Ich fahre die Kurve am Friedhof entlang, obwohl es ein Umweg ist. Ich drehe eine Ehrenrunde für meinen Vater, für Karl, danach geht es auf die Landstraße hinaus, Richtung Grenze.

Diesen Weg kenne ich auswendig. Es ist meine Piste. Ich fahre ihn seit fünfzehn Jahren. Einmal, manchmal zweimal im Jahr. Er ist unverändert. Unverändert schlecht. Er wird immer irgendwie befahrbar sein und immer nur Kopfschütteln hervorrufen. Die Straße ist von Anfang an schlecht gewesen. Als sei es ein besonders kunstvolles Bauen, was hier zur Anwendung kam. Wie Speer den Ruinenfaktor mitplante, so scheint es hier der Schlaglocheffekt gewesen zu sein. Das ist der Unterschied zwischen den Nazis und den Kommunisten.

Das Dorf liegt hinter mir. Vor mir das flache Land des nördlichen Banats. Die Heide. Die Kastanien am Straßenrand, die Maulbeerbäume, die verlorenen Akazien am Horizont. Wäldchen waren das einmal, kleine Akazienwäldchen, die die Ackerflächen und Weiden zierten, zur Grundwasserregulierung. So hatte man sich das seinerzeit in Wien ausgedacht, in den Ämtern, die die Kolonisation planten. Im kaiserlichen Wien der Maria Theresia. Sie hatten einen Ordnungsgedanken im Kopf, dem alles unterworfen wurde, auch die Natur. Es waren Beamte Gottes. Sie hatten das Unerschütterliche, das nötig ist, um Dauerhaftes zu leisten. Wenn ich daran denke, wie wir in Sandhofen bauen, vergeht mir die Zuversicht. Wir bauen ja auch nicht für Maria Theresia.

In den letzten zwanzig Jahren haben Zigeuner und Rumänen um die Wette abgeholzt. In der Zeit des Diktators aus Not und danach, weil es keine Autorität mehr gab, die sie davon abhalten konnte. Sie hatten ihre Freiheit. Es war die Freiheit, Wälder abzuholzen. Auch das kann Freiheit bedeuten. Rücksichtslosigkeit, auch gegen sich selbst.

Die Wälder fehlen auch ihnen, den Abholzern. Aber so weit denken sie nicht. Sie denken nicht über den Tag hinaus. Sie haben keinen Plan. Einen Plan zu haben halten sie für Kommunismus. So verwirrt sind die Abholzer.

Ich will weg. Weit weg. Es ist immer noch so, als wäre ich auf der Flucht. Längst ausgewandert und trotzdem noch auf der Flucht. Immer noch die Angst, nicht weit genug weggegangen zu sein. Immer noch in Gefahr, gehetzt zu werden. Und sei es von der Erinnerung und dem bösen Verdacht, man werde das alles niemals los. Ich hätte nach Amerika gehen sollen.

Amerika. Um mir die Zeit zu vertreiben, während der langen, einsamen Autofahrt, die mir bevorsteht, denke ich mir die Urgroßeltern auf die Feierabendwiese vor mir. Stelle sie auf wie Figuren aufs Brett. Aufs Schachbrett des Banats. Hole sie mir aus dem Nichts: Katharina und Johann. Die jungen Leute, lange vor dem Ersten Weltkrieg. Halbwüchsige. Wie alt werden sie gewesen sein, sechzehn, siebzehn?

»Wir fahren nach Amerika«, sagt Johann. Nach Amerika. Das Wort klingt in den Ohren.

Sie stehen auf dem Feld, auf dem abgeernteten Feld, das nicht ihnen gehört. Das Dorf liegt hinter ihnen. Weit hinter ihnen. Sie sehen es nicht. Sie blicken über die Stoppelfelder, über das flache Land, über dem die Sonne steht, eine ferne Abendsonne und doch brütend heiß. In diese Abendsonne blicken sie. Als wäre es eine Verheißung.

Sie stehen da, als wären sie schon weg. Er, der Mann. Sie, an seiner Seite, die Frau. Sagt nichts. Als wollte sie nur einverstanden sein.

»Wir fahren nach Amerika«, sagt er jetzt lauter. Viel lauter. Er brüllt es fast. Als sei eine Beschwörung nötig. Aber die Buchen am Feldrand stehen still. Kein Lüftchen regt sich.

»Das Kind bleibt hier«, sagt er. Ein Machtwort.

Das Kind bleibt hier. Es ist wie ein Echo. Als hätte es der Kuckuck gerufen. Aus dem Akazienwäldchen drüben am Fluß. Der verdammte Kuckuck. Katharina senkt den Kopf. Sie legt die Hände ineinander, preßt die Finger zusammen, bis sie die Knochen spürt. Ihr Kind.

Sie schweigen.

Sie sind zu jung, und keiner ist für die Heirat, keiner aus der Verwandtschaft, von beiden Seiten nicht, und über das Kind schütteln alle nur den Kopf. Nein, ihnen wird niemand was anbieten, kein Feld und kein Haus und kein Guten Tag. Sie werden gehen, gehen müssen. Weggehen. Das Kind wird bleiben. Es ist zu klein. Zu klein für Amerika. Es wird bei den Großeltern bleiben. Es kann ja nichts dafür.

Sie sprechen im »Casino« vor, in der Dorfmitte, beim Betreiber. Er ist Gastwirt und Hotelier und vertritt auch die Agentur Mißler, die die Auswanderung regelt. Es gibt jetzt Billigkarten. Schon für neunzig Kronen. Mit zweihundert wären sie dabei. Es gilt, die zweihundert Kronen aufzutreiben. Viel Geld für die beiden. Sie leihen das Geld, sie werden es in Amerika verdienen. Jetzt sind sie noch nicht einmal in Amerika und haben bereits Amerikaschulden. Die Leute reden. »Sie lassen das Kind hier«, sagen die Leute. »Und woher haben sie das Geld?« Ja, woher?

Viele Wochen später sind sie auf dem Schiff, irgendwo auf dem Schiff, und Katharina ist krank, seekrank und sonstwas. Das Schiff schwenkt sie hin und her. Wie im Taumel ist sie über den Kontinent gereist. Es war ihr schwindlig von all den Städten. Von Budapest bis Hamburg. Die Welt erschien ihr so groß, daß sie dachte, sie müßte sterben, weil sie zu lange zu fahren hatte. Sie wiederholte unentwegt die Namen der Orte, als wollte sie sich vergewissern, daß das alles seine Richtigkeit hatte. Und dann sah sie das Kind vor sich. »Theresia« hatten sie es genannt. Theresia, das Kind, schob sich vor das Zugfenster. Immer wieder. Schrie. Johann legte den Arm um Katharina. »Wir schaffen es«, sagte er. Er sagte es mehr zu sich selbst. Aber seine Stimme blieb fest.

Die Zugfahrt war ja erst der Anfang. Es war nur der Weg zum Hafen, die große Reise sollte erst die Schiffsreise sein. Es folgte das Warten bis zur Einschiffung. Veddel, Hamburg. Gesundheitskontrolle. Desinfektion. Kreuzverhör. Fünf Tage, das Ganze. Über der Eingangshalle der Spruch: »Mein Feld ist die Welt.« Die Raddampfer am Kai. Mit ihnen fuhr man zum Passagierschiff hinaus. Immer wieder stiegen Menschen auf die Dampfer, verschwanden auf das Schiff. Immer neue Menschen, zahllose Menschen. Katharina dachte, sie wird das Banat nie wiedersehen. Das Banat nicht und das Kind nicht. Theresia.

Johann aber hat nichts, gar nichts. Einmal auf dem Schiff, auf dem großen Schiff, läuft er von einem Deck zum anderen und redet mit tausend Menschen, und aus Johann wird John, und sie sagt nichts. Lächelt manchmal, als wollte sie ihm die Freude nicht verderben, ihrem Johann, der sogar schon englisch spricht. Es ist ein Wunder mit Johann, ein Glücksfall. Er hat bereits Freunde, Zoltán und Demeter, die wollen nach Ohio. Kennen dort Leute, die ihnen helfen werden. Johann will mit. Zoltán und Demeter sind Träumer. Zuversichtliche Träumer. Stadtmenschen. Sie reden immer nur von der Zukunft, und sie reden von ihr so, als würden sie bereits in ihr leben. Selbst Katharina muß lächeln, wenn sie ihnen zuhört. Sie sitzt im Zwischendeck, als sitze sie neben all diesen Menschen. Als nehme sie sie aus der Ferne wahr. Es sind Melancholiker und Träumer. Die Träumer schmieden Pläne, die Melancholiker haben suchende Augen. Es gibt Streit und wieder Streit. Männer müssen auseinandergebracht werden. Wegen Kleinigkeiten. Mißverständnissen beim Kartenspiel. Verdächtigungen. Frauen schreien plötzlich auf und sind nur schwer zu beruhigen. Kaum vorstellbar, woran sich ein Streit entzünden kann. Zehn Tage auf See sind zehn Tage auf See. Dazu die lange Anfahrt und die Wartezeit am Hafen. Ein Narrenschiff.

Zoltán und Demeter laufen stets zusammen auf den Schiffsdecks herum, man hält sie für Brüder. Sie sind es aber nicht. Sie sind nicht einmal miteinander verwandt. Sie kommen bloß aus demselben Ort, aus Nagyvárad, in Ungarn. Und wenn man so weit weg ist von zu Hause und von allen Ufern, genügt das, um zusammenzugehören. Um wie Brüder zu sein.

Katharina hört Zoltán und Demeter zu, und es geht ihr besser. Die beiden sprechen untereinander ungarisch, mit Katharina aber deutsch. Katharina versteht nur ein paar Worte Ungarisch. Das ist zwar Amtssprache im Banat, aber im Dorf leben ja nur Schwaben. Und warum sollten die ungarisch sprechen? Nur wer herumgekommen ist, die Gegend abgestreift hat, der Streuner, der Händler und der Handwerker, der Jude, sie sprechen ungarisch. Auch Johann, ihr Johann, ein bißchen jedenfalls, obwohl er keines von den vieren ist. Denkt sie. Sie denkt wieder an ihr Kind, an Theresia. Im Magen dreht sich ein Stein. Er dreht sich einmal herum. Dann liegt er wieder still.

Das Schiff ist groß und voller Gerüchte. Die wandern von Deck zu Deck und nehmen immer wildere Formen an. Das Schiff ist zu groß. Angst und Hoffnung beherrschen die Gefühle der Auswanderer. Sie suchen der Angst Herr zu werden, indem sie sich der Hoffnung hingeben. Dazu gehört das Ausmalen der Zukunft. Es ist wie das Kolorieren einer Postkarte. Immer wieder kommt die Rede auf die unglaublichen Möglichkeiten, die die Weiten des amerikanischen Westens einem bieten können. Auf die große Freiheit, die Freiheit, Land abzustecken. So viele Felder, wie daheim das ganze Dorf besitzt. Die Leute erzählen sich die Geschichten aus den Gazetten. Die Phantasie blüht wie in einem Amerikaroman, es ist ein gutes Gefühl. Für einen Augenblick ist der Amerikaroman die einzig mögliche Wirklichkeit. Aber dann hört sie plötzlich wieder die Kinderstimme. Sie ist bleich, spürt einen Brechreiz, drückt die Handfläche auf den Magen. Es geht vorbei.

So kommen sie an, ohne das Kind, vor New York. Die Stadt ist zum Greifen nah und doch unerreichbar. Das Gerücht schlägt zu: Die Amerikaner werden sie nicht an Land lassen. Jeder Tag hat sein Gerücht. »Alles nur ein Gerücht«, sagt Demeter. Sie werden auf die Insel gebracht, nach Ellis Island. Hocken vor der Stadt. Wie eine Postkarte liegt hinter dem Wasser Manhattan. Die Türme, die Häuser sein sollen. »Die Wolkenkratzer«, wie Zoltán sagt. Quarantäne. Sie werden ausgefragt und angeschaut. Woher? Wohin? Warum? Alles wird aufgeschrieben. Die Beamten halten riesige Register bereit. Landwirtschaft. Sie nicken. Gemüse, okay.

Zoltán und Demeter schwören auf Ohio. Und das hat bei ihnen nichts mit Feldern zu tun, nichts mit Erde. Sie sind Städter. Demeter kennt sogar Gedichte, ungarische. Er rezitiert eines Abends für Katharina: »Igen: élni, mig élünk, / Igen: ez a szabály. / De mit csináljunk az élettünkel, / Ha fáj?« Auf deutsch: »Ja: solang man lebt, leben / Ja: diese Regel nur zählt. / Doch was sollen wir tun mit dem Leben, / Wenn es uns quält?« Ady Endre. Ein Dichter der jungen Generation.

Zoltán und Demeter schwören auf ihre Freunde in Ohio, die ihnen Arbeit geben werden, auf dem Bau in Cincinnati. Das ist eine Riesenstadt. Es wird dort viel gebaut.

Fürs erste ist gesorgt. Dann wird man weitersehen. Und alles wird gut, Katharina. Sie sagen: Kathi. Ungarisch ist das. Nem sirni. Nicht weinen.

Johann und Katharina schließen sich Zoltán und Demeter an. Die Reise kann weitergehen. Es ist amtlich. Sie liegen einander in den Armen. Alle vier. Immer noch weiter geht es, ins Landesinnere. In diese Ortschaft, einen Vorort von Cincinnati. Dort heißt es bleiben. Endlich bleiben. In Amerika, Viktoria! Bleiben und Geld verdienen. Dollar. Magisches Geld. Taler. Wie viele Kronen sind es, denkt sie anfangs. Dann denkt sie es nicht mehr.

Katharina ist jetzt so weit weg von ihrem Kind, daß sie manchmal denkt, eine von ihnen ist tot. Entweder Theresia oder sie selber.

Sie verdienen das erste Geld mit einem Gemüsehandel und Gott weiß mit was sonst. John fährt das frische Gemüse frühmorgens zum Markt, verkauft es mit lautstarken Sprüchen, macht die Leute froh, einkaufsfroh. Schlagfertig und witzig, wie er ist, wird er alles los. Der Fratschler. Abends ist John in den Kinos von Cincinnati, mit seinen Kumpels, a baratok, mit Zoltán und Demeter und den anderen vom Bau, in den Nickelodeons und Kneipen. Er kommt spät nach Hause, ist redselig, erzählt ihr all die Filme, all die Geschichten von der Leinwand, die ihn faszinieren. Tölpel und Damen, Sahnetorten im Gesicht, Schlägereien um nichts und wieder nichts. Und alles so schnell, daß man immer nur lachen muß. Kintopp. Oder einem das Lachen vergeht, angesichts der Schicksale, von denen berichtet wird. »Life of an American Fireman«, worin ein Feuerwehrmann in sechs Minuten ein Mädchen rettet. »The Little Train Robbery«, der Zugraub, von Kinderdarstellern gespielt. »Maniac Chase«, »Two Woman and a Man« und »The Kleptomaniac«. Das ganze schaurige Leben. Sie hört zu. Er ist ihr Mann.

Manchmal kommt John mit lädierter Jacke und Beule im Gesicht an. Er hat sich wieder einmal geprügelt. Er kann es ihr erklären. Sie schüttelt den Kopf, verarztet ihn.

»Sei nicht so jähzornig«, sagt sie.

Sie selber geht nie ins Kino. Er hat sie nicht ausdrücklich dazu eingeladen, sie hat aber auch keine allzu große Neugier darauf. Mit dem Gemüse hat sie alle Hände voll zu tun. Sie muß schließlich dafür sorgen, daß der Wagen gut bestückt ist, für den Markt. Bald schon überläßt er ihr auch den Verkauf, geht mit seinen Freunden auf den Bau. »Mehr Geld«, sagt er. »Wir brauchen es.« Sie haben die Passage abzustottern. Und mit leeren Händen kann man auch nicht zurück. Kein Auswanderer kann sich ohne Geld im Dorf blicken lassen. Sonntags geht er manchmal zu den »Reds«. Aber Baseball ist nicht seine Welt.

Sie lernt Englisch von den Frauen, von den Hausfrauen aus der Nachbarschaft. Notenglisch. Sie lernt Lieder. Kinderlieder. Von den Kleinen von nebenan. Die alle wie Theresia aussehen und Tante Kathy lieben. Aunt Kathy. Sie lernt amerikanische Kinderlieder. Singt sie. »O do you know the muffin man, / That lives on Drury Lane?« Stellt sich vor, sie singt sie für die Tochter. »O say busy bee / Where now are you going? To work or to play?«

Den Gemüsehandel betreibt sie jetzt selber, mit den Nachbarn. Die kommen aus Kroatien, sind bereits seit einem Jahrzehnt im Land. Kroatien liegt in Ungarn, wie das Banat. Man versteht sich. Dragica, die Nachbarin, wird ihre beste Freundin.

Dann findet sie die Arbeit in der Fabrik. Hemden nähen. Das ist was Neues und gut bezahlt, besser als das Gemüse. Sie fährt jetzt täglich mit dem Streetcar in die Stadt. Die Stadt, die auf sieben Hügeln steht. »Wie Rom«, hat Demeter gesagt. Wie Rom kommt sie ihr vor.

John bringt seine Kumpels mit nach Hause. Sie schmeißen eine Runde. Eine Runde Karten. John, Demeter, Zoltán und Simon. Simon arbeitet auch auf dem Bau. Sie knallen die Karten auf den Tisch, sind laut. Rauchen. »Kathy«, ruft John, »ein Gulasch. Ein Gulasch hätten wir gern.«

Und sie bekommen ihr Gulasch. Männer. »So ist das Leben«, sagt Dragica. »Die Männer sind laut, aber sie meinen es nicht so. Sie meinen es gut.«

John und Kathy verdienen ihr Geld und legen es beiseite, und sie schreibt die schönen Postkarten nach Hause zu den Eltern im Banat, für das Kind, für Theresia. Auf den Postkarten sind all die Städte und Landschaften zu sehen, die sie selber niemals zu Gesicht bekommt: New York, Chicago. Sie ist ja nicht zum Vergnügen in Amerika, sondern um zu arbeiten. Geld zu verdienen und zu sparen. Man hat es und hat es doch nicht.

John geht seiner Wege, aber er kommt zurück. Auf John ist Verlaß. Auch wenn die Nachbarinnen reden. Auch wenn sie mit dem Zaunpfahl winken und den Kopf schütteln, als wollten sie sagen: Kathy, bist du blind? John ist John. Sie dreht sich um, rennt ins Haus. Es klopft, Dragica ist da. Dragica redet und redet, und Kathy nickt. So ist das Leben. So könnte es sein. Ein Leben in Amerika. Ein Kind vielleicht, es wäre ein Grund zum Bleiben. Aber es kommt kein Kind. Nein, es kommt keines. Theresia läßt es nicht zu. Jedes Kind, das käme, wäre ein Kind gegen Theresia.

Bleiben. Schmerz. Bleiben. Kein Reim.

Die Jahre vergehen. Und als keiner mehr damit rechnet, auch sie selber nicht, fahren sie doch noch zurück. Über Nacht. Und das hat mit John zu tun. Mit einer nie geklärten Angelegenheit von John. Er soll einen Mann aus dem Fenster geworfen haben, heißt es, aus dem dritten Stock. Im Zorn. Den Kartenspieler, heißt es, den vierten Mann. Simon? Keiner, außer John, weiß Genaueres. Nur Zoltán und Demeter, sie waren dabei. Aber wer weiß, was aus denen geworden ist. Sie sind ebenfalls aus Ohio weggegangen und im übrigen längst tot.

Im Dorf wird es ein Gerücht geben. John habe eine Liebschaft gehabt. Eine verheiratete Frau. Der Mann habe ihn zur Rede gestellt. Es war ein Kumpel vom Bau. Simon? Andere sagen, er habe mit dem Mann unsaubere Geldgeschäfte gehabt. Geldgeschäfte?

Nach einer langen Reise sind sie wieder da. Die Tochter ist zehn und in der Schule. Die Großmutter holt sie ab und bringt sie nach Hause. Sagt: »Deine Mutter ist da!« Mehr sagt sie nicht.

Eine fremde Frau steht vor Theresia. Sie steht in einem modischen Kleid vor ihr, wie es die Frauen im Casino tragen, wo die Reichen des Dorfes hingehen, die Noblen, wie meine Mutter heute noch sagt. Vielleicht meint sie die Notabeln. Theresia kennt das Casino, weil sie ab und zu die Bälle dort einsammelt, für ein paar Kreuzer, für einen halben Gulden, zwei Kronen, wenn die Damen Tischtennis spielen.

Das Casino ist nicht wirklich ein Casino. Es ist alles in einem: Café und Ballsaal, Billard und Tischtennis, Salon und Kartenrunde. Es ist alles, außer ein Wirtshaus. In den Wirtshäusern hocken die Bauern und die Handwerker. Jeder in seinem Wirtshaus. Es gibt, außer den vielen kleinen Klitschen an den Straßenecken, das Wirtshaus der Bauern und das Wirtshaus der Handwerker. Eigentlich sind es Ballhäuser, in denen die Jugend samstags tanzt. Sich unter den prüfenden Augen der am Rand sitzenden Eltern paart.

»Das ist deine Mutter«, hört sie die Großmutter sagen. Sie nickt verlegen, und die Frau, die ihre Mutter ist, kommt auf sie zu und bleibt vor ihr stehen und sagt: »Grüß dich, Theresia, groß bist du geworden. Ich habe dir viele schöne Sachen mitgebracht. Hoffentlich passen sie.« Sie sieht ein bißchen aus wie die Damen im Casino, wirkt aber, im Gegensatz zu den Damen, unbeholfen. »Grüß dich, Theresia«, sagt sie noch einmal.

John und Katharina waren neun Jahre in Amerika. John sagt zu Katharina jetzt Kathy. Sie sind wieder da, weil sie genügend Geld haben. Deshalb. Oder wegen des Kindes. Oder es ist alles ganz anders gewesen. Vielleicht so, wie mein Vater es mehrfach behauptet hat: John habe in Amerika im Streit einen Mann aus dem offenen Fenster geworfen. Aus dem dritten Stock. Deshalb seien sie abgereist. Mein Vater erzählte das genüßlich. Vielleicht ist es erfunden, denke ich mir. Vielleicht sind sie ohne jeden Grund zurückgekommen. Mein Vater erscheint mir in der Sache nicht glaubwürdig. Er ist der Eingeheiratete, der über die Familie lästert. Woher aber hat er die Geschichte?

Ich muß jetzt langsamer fahren. Ich habe das Straßenstück mit dem Kopfsteinpflaster erreicht. Hier ist ihnen der Asphalt ausgegangen. Die Bonzen und ihre Handlanger haben zuviel geklaut. Zu viele ihrer Höfe mit asphaltiert. So reichte der Asphalt nicht aus, und nun sind seit zwanzig Jahren drei Kilometer Kopfsteinpflaster zu überwinden.

Geduld, sage ich mir, gleich geht's wieder schneller. Bißchen Anschauungsunterricht, wie es früher war, als man mit dem Pferdewagen über das Kopfsteinpflaster zockelte. »Seht ihr den Fortschritt!« hätten die Kommunisten gerufen.

Drüben ist der Damm, der Deich, den noch die Österreicher gebaut haben. Nachdem sie die Türken verjagt hatten und unsere Ahnen angesiedelt haben. In der Zeit von Maria Theresia. Prinz Eugen hieß der Befreier. Der edle Ritter, wie das Lied über ihn besagt. Meine Mutter kann es noch singen. Hinter dem österreichischen Damm liegt der Wald und dahinter der Fluß. Der Fluß meiner Kindheit, die Marosch. Ich fuhr mit dem Fahrrad vom Frühjahr bis zum Herbst die drei Kilometer von unserem Haus bis zur Siedlung am Fluß. Die Siedlung liegt in der Au. Man fuhr über den Damm in die Siedlung hinein. Die Hunde kläfften, und ich hatte jedesmal Angst.

Im Fluß ankerten früher die Mühlen. Schiffsmühlen. Aufgebaut auf zwei großen, nebeneinander liegenden Kähnen. Sie standen in der Strömung, und der Fluß drehte das Mühlrad, und das Mühlrad bewegte die Steine, die Mühlsteine, und die zerrieben den Weizen, das Korn. Ich kenne diese Mühlen von alten Fotos.

Die Schiffe waren bis über die Wasserlinie aus starken Eichenbrettern gebaut. Der obere Teil bestand aus Tannenholz. Das Wasserrad war auf einer Achse zwischen den beiden Schiffen montiert. Die Schiffe wurden durch Balken so weit auseinandergehalten, daß das Wasserrad dazwischen Platz hatte. Bug und Heck wurden durch Ketten mit dem Ufer verbunden. Eine solche Mühle besaßen die Großeltern meines Vaters vor dem Ersten Weltkrieg.

John und Kathy ziehen vorübergehend ins Haus von Katharinas Eltern ein. Sie wollen Feld kaufen. Wie alle, die aus Amerika zurückkommen, wollen sie Feld kaufen. Es war schließlich der Zweck ihres Amerikaaufenthalts, im Banat Feld zu kaufen. Dann wird ihr eigenes Haus gebaut. Das Haus am Dorfrand. Die gesamte Verwandtschaft legt Hand an. Mit schwarzer Stampferde werden die Mauern hochgezogen, dicke Mauern, die später, wenn die Schwarzerde glasig geworden ist, vor Hitze und Kälte schützen. Sie ziehen die Wände hoch und setzen den

Dachstuhl darauf, den Dachstuhl aus leichtem Holz. Und darauf kommen die Ziegel, die aus Hatzfeld geliefert werden, von der Firma Bohn. Für die Dollars von John und Kathy, sonst hätte man Rohr aus den Sümpfen am Fluß verwendet. Das Rohr ist so gut wie die Schwarzerde, aber jetzt sind Ziegel modern, und wer sich Ziegel leisten kann, hat Ziegel auf dem Dach. Wer in Amerika war, muß Ziegel auf dem Dach haben. John und Kathy bauen auch kein Giebelhaus wie die Bauern, kein Langhaus, in dem die Zimmer wie in einem Zugwaggon aufeinanderfolgen. Sie bauen ein Querhaus, mit vielen Fenstern zur Straße.

John zieht durch die Wirtshäuser und langweilt sich. Ihm fehlt das Kino. Er erzählt von Amerika und wieder von Amerika. Bald nennen sie ihn »den Amerikaner«. Dann wiederum bringt er die ganze Bande mit nach Hause, um ihnen das Grammophon zu zeigen, das sie mitgebracht haben. Er spielt ihnen den »Lacher« vor. Eine Stimme, die eine Platte lang lacht. Die Männer sitzen im Hof, und das Grammophon steht im Fenster. Sie lauschen und nicken. Das ist Amerika.

Irgendwann fängt John an zu arbeiten. Er beginnt einen Pferdehandel. Von einem Feld ist nicht mehr die Rede. Er kauft Pferde und verkauft sie weiter. Bald kennt man ihn in den Dörfern und bald auch in der Stadt, in Temeswar. Er versteht was von Pferden.

Er kommt mit dem Zigeuner ins Geschäft, mit dem großen Georg. Es geht eine Weile gut und dann nicht mehr. Der große Georg hat John das falsche Pferd verkauft. Es ist zwar ein schönes Pferd und auch sein Geld wert, aber es gehört dem großen Georg nicht. Und kurz nachdem es John an den Mann gebracht hat, heißt es in den Dörfern, John verkaufe geklaute Pferde.

John will sich den großen Georg vorknöpfen. Der ist

tagelang unauffindbar, wie vom Erdboden verschluckt, aber Johns Geduld ist größer als die seine. Irgendwann ist der Zigeuner doch wieder da. Er stellt ihn, und darauf ist der große Georg monatelang bettlägerig. Bis an sein Lebensende wird er hinken, und aus dem Pferdegeschäft ist er draußen. Genau wie John selber auch.

Der Pferdehandel ist damit erledigt, und es kommt der große Krieg. Er kommt für John rechtzeitig, um den Pferdehandelbankrott zu vergessen. Der Kaiser ruft die Männer zu den Waffen. »An meine Völker«, sagt der Kaiser. »Die Umtriebe eines haßerfüllten Gegners zwingen mich, zur Wahrung der Ehre meiner Monarchie, zum Schutze ihres Ansehens und ihrer Machtstellung, zur Sicherung ihres Besitzstandes nach langen Jahren des Friedens zum Schwert zu greifen.« Der Serbe ist frech geworden, der Russe, der Franzose, der Engländer und dann auch noch der Italiener. So geht das nicht weiter. Meint der Kaiser, und die Männer in den Wirtshäusern meinen es auch. Gott erhalte, Gott beschütze.

John ist vier Jahre lang im Krieg. Kathy stellt die Feldpostkarten mit den kolorierten Uniformen auf den Tisch in der guten Stube. Lehnt sie an die Vase aus Amerika. Kathy weiß nichts vom Krieg, außer diesen Feldpostkarten. Rote Kordeln, grüne Tressen. Dolche und Paradesäbel. Sie sind nichts weiter als ein Zeichen, daß John noch am Leben ist. Solang sie die Feldpostkarten bekommt, ist John noch am Leben. Alles andere, der ganze Krieg, der nicht aufhören will, ist weit weg und fast unwichtig. Die alten Männer im Dorf reden zwar von den Frontverläufen, die man der Zeitung entnommen habe, den Gesprächen aus dem Casino, die als Gerüchte im Dorf kursieren. Sie nennen Orte in Rußland, in Serbien und Italien, aber Kathy sagt das alles nichts. Sie merkt sich nur: Er ist Koch. Offizierskoch. Da kann ihm ja nicht viel passieren, denkt sie.

Er ist es, und dann ist er es auch wieder nicht. Denn mit einemmal ist der Kaiser tot, sein Begräbnis ist ein Zeitungsfoto, und jetzt schickt man auch die Köche an die Front. Die Italiener mit Kaiserschmarren irritieren, nachdem die Kanonen nicht mehr wirken.

Sie denkt, hoffentlich ist das alles einmal zu Ende und John wieder da. Der aber sitzt in seinen Bergen, in seinem Karst, und probt den Stellungskrieg. Mal plagt ihn die Kälte, mal die Hitze. Die Tage und Nächte im Schlamm, im Dreck. Im Schützengraben, den Kopf nicht heben, um keinen Preis. Schon pfeift die Kugel herüber, einer sackt zusammen, der Mann neben ihm, mit dem er soeben noch Karten spielte, der Mann ist weg und tot. Das ist der Krieg. Der ganze Krieg. Den popligen Rest besorgen die Schreiber des Kaisers in Budapest und Wien. Die Zeitungsfritzen. Die Herren Schriftsteller aus dem Kriegsarchiv. Rilke und Hofmannsthal.

John steht vor der grandiosen Kulisse der Natur. Die Sonne geht auf, über dem Schnee. Die große Kanone wird herangefahren. Ein Mann steckt im Kanonenlauf. Soldatenscherz. Sie steigen höher, bis der Baumbestand aufhört. Bauen einen Unterstand aus Steinen. Das Auge stellt fest: Die Schneeflecken im Tal sind von kleinen schwarzen Tannen besetzt. Dahinter könnte der Feind sein. Der Feind, der nirgends ist und überall. Der Tod.

Sie rücken voran, durch den Schnee, werden fast blind. Gelangen an eine Mauer. Die Mauer steht in einem verlassenen Dorf. Die Täler sind still. Eine Wassersperre ist geöffnet. Die große Kanone schießt ein paar Gebäude zusammen. Kein Mensch ist zu sehen. Kein Italiener weit und breit.

Ein heller Tag, ein paar Schnappschüsse. Für die Offiziere. Etwas für die Heimatfront. Felsen, gesprengt. Rauchwolken von Granateneinschlägen in der Ferne.

Kirchen. Licht stürzt in den Schnee. Soldaten, die schreiben. Postkarten schreiben. Die Tannen sind Stümpfe. Verlassene Unterstände. Mauerwerk. Kreuze am Waldrand. Eine Frau auf der Steinmauer. Weiß gekleidet. Rotkreuz. Wolkenbälle am Himmel.

Und weiter und weiter. Und tiefer ins Tal. In die bewohnte Welt. Kühe. Und wieder hinauf. Ein Pferd, ein Schlitten. Requiriert. Absturzstelle. Ein Flugzeug. Häuser in der Landschaft. Bombentrichter. Ein düsterer Tag. Und weiter hinauf. An die Baumgrenze. Tarnung, weiß. Unten der Fluß. Beton, schwere Befestigungen. Aber niemand ist da. Der Feind könnte überall sein.

Ich fahre durch die Dörfer, die aussehen, wie sie immer schon ausgesehen haben. Seit zweihundert Jahren. Eins nach dem anderen reihen sie sich auf die Schnur bis nach Arad. An den Giebelhäusern stehen die Namen der Toten. Gänse rennen über die Fahrbahn, Hunde springen an die Bretterzäune, Kinder winken. Barfüßige Kinder. In den Höfen werden Hühner geköpft. Es ist wie in einer Fernsehreportage des ZDF. Nur die Deutschen sind fort. Und es ist, als wären sie nie dagewesen. Die Landschaft weiß nichts von ihnen. Der Baum spricht nicht. Das Gras gibt keine Erklärung ab.

Es ist ein toter Winkel, aus dem ich mich herauszuwinden suche. Mit der Kraft meines Autos, meines unauffälligen VW Golf. Wenn man in ein solches Land fährt, braucht man ein unspektakuläres Auto. Robust und unauffällig. Eigentlich sind es Länder für Geländewagen. Der Kommunismus hat die besten Voraussetzungen für den Betrieb von Geländewagen hinterlassen.

Ich fahre nur Gebrauchtwagen. Seit meiner Ausreise schon. Bei den ersten Besuchen im Banat, in »der alten Heimat«, wie meine Schwiegereltern zu sagen pflegten, rümpften die Nachbarn die Nase, wenn sie mein Auto sahen. Sie dachten wohl, der kann sich kein neues leisten. Oder: Dem hat auch die Auswanderung nichts gebracht.

Seit meiner Kindheit wollte ich aus diesen Dörfern weg. Es sind Orte zum Weggehen. Ich wollte in die Stadt. Von Anfang an. Aus der Stadt aber hat es mich nach Deutschland verschlagen. Alle wollten weg, alle wollen weg. Wer weggeht, geht immer weiter. Als suchte er das Zentrum der Welt, aber überall ist nur ihr Ende. Man spürt geradezu den Stillstand, und gleichzeitig hört man die entzückte Stimme der Fernsehreporterin, der Westjournalistin, die erschlagen ist von soviel Idylle. Die gar nicht verstehen kann, warum man hier weg will. Siedeln Sie sich hier an, Madame. Genießen Sie den Rest Ihres Lebens. Überlassen Sie den Streß des Westens mir. Ich nehme ihn auf mich. Die ganze Last des Westens nehme ich auf mich, Madame, Ihre Warnungen inklusive.

John kehrt aus dem Krieg zurück, als alle ihn schon für tot halten. Und John ist ein anderer. Er redet kaum noch. Der lebenslustige Mann hat tote Augen. Katharina ist ratlos. Der Mann ist zu nichts zu gebrauchen. Und sie macht weiter wie bisher. Als sei sie eine Kriegswitwe. Näht Hemden für die Bauern. Geht Wäsche waschen. Macht dies und jenes, alles, um zu überleben, um fürs Überleben zu sorgen. Für die Familie. Als sei sie der Mann.

Das Kind ist so gut wie erwachsen. Geht bereits auf Bälle. Wo man den Mann trifft, den Mann fürs Leben.

Bald gibt es Hochzeitsvorbereitungen: Theresia heiratet.

Ach, Theresia. Mit ihr wird sie nicht mehr ins reine kommen. Das wird nichts mehr.

Theresia hat ihren eigenen Kopf. Sie läßt sich nichts sagen. Was Kathy sagt, zählt für Theresia nicht.

»Als ich ein Kind war, hast du dich auch nicht um mich

gekümmert. Da warst du in Amerika. Für mich bist du immer noch in Amerika«, sagt Theresia.

Als sie zu heiraten beschließt, berät sie sich mit ihrer Großmutter. Katharina erfährt es von der Großmutter, nicht von Theresia.

Es soll einer sein, der nicht trinkt. Nicht einer von den Rohlingen, die der Krieg ins Dorf entlassen hat. Die den halben Tag im Wirtshaus hocken und nur vom Krieg reden, als sei der Krieg das wahre Leben und mit dem Kriegsende nun das wahre Leben vorbei.

»Es ist der Bieber Bastian«, sagt sie.

Die Großmutter findet die Wahl vernünftig.

Die Hochzeit findet im Wirtshaus der Handwerker statt. Kleid und Anzug der Brautleute kommen aus der Stadt, dafür sorgt Kathy, und Theresia hat ausnahmsweise nichts dagegen. Man sitzt im Wirtshaus an den langen Holztischen, die an den Wänden entlang aufgestellt wurden. Die Saalmitte bleibt zum Tanzen frei und zum Auftragen der Speisen. Hühnersuppe, gekochtes Fleisch, Braten. Torte. Hunyaditorte. Baumstamm. Nußtorte. Reformtorte. Russische Torte. Die Torten nach den Rezepten von John. Aus seiner Zeit als Militärkoch. Er hat ein dickes Heft mit handgeschriebenen Rezepten mitgebracht.

Das junge Paar zieht in das Haus der Eltern am Dorfrand ein. Übernimmt zwei der vier Zimmer. Bastian baut einen eigenen Hauseingang und einen Schuppen für sein Werkzeug. Es ist der Anfang für die Werkstatt. Die Wagnerei. Er will sich selbständig machen, nicht mehr für den Bachmann arbeiten. Für den Bachmann hat er genug gearbeitet. Er beherrscht sein Handwerk, und bald hat er seine eigene Werkstatt und seine Kundschaft. Bauern aus dem Dorf, die ihre Pferdewagen reparieren lassen. Räder, Achsen. Er arbeitet gut und zuverlässig. Irgendwann gibt es den ersten Auftrag für einen neuen Wagen. Und dann kommen immer mehr Aufträge.

Und es kommen die Kinder. Zuerst Franz. Dann Elisabeth, meine Mutter, und schließlich Paul. John sitzt mit den Kindern im Hof. Mit Franz, mit Elisabeth. Stundenlang. Die Kinder reden und reden und spielen mit seinem Schnurrbart. Als Paul da ist, gibt es John schon nicht mehr. Einer kommt, der andere geht, wie die Bauern achselzuckend sagen. Es ist ihre wortkarge Art der Grausamkeit. Eine Grausamkeit, die sie selber nicht ausnimmt. Vor Gott sind alle gleich, heißt es in der Kneipe.

Ich fahre durch Neu-Arad, über die Maroschbrücke in die Altstadt hinein. Die Häuser haben den alten österreichisch-ungarischen Charme. An den k. und k. Verwaltungsgebäuden hängen die rumänischen Fahnen wie Papierblumen. Wenn man durch Arad fährt, ahnt man heute noch die Bedeutung, die die Stadt seinerzeit mal hatte. Bevor sie durch die Grenzziehung von einem wichtigen Teil ihres Hinterlands abgeschnitten wurde. Bevor die rumänischen Legionäre die Juden enteigneten und die Kommunisten die Herrlichkeit des Staatseigentums verfügten. Die einen nannten es »Rumänisierung«, die anderen »Vergesellschaftung«. Das erste war schlecht, das zweite gut. So lernten wir es in der Schule, und manche glauben es heute noch. Die Schule ist eine Falle, du brauchst ein halbes Leben, um dieser Falle zu entkommen. Gottverdammte Kommunistenschule!

Es war wohl so, daß John im letzten Kriegsjahr verschüttet wurde. Das kommt nach und nach heraus. Durch einen ehemaligen Kameraden aus Lowrin, Lenko. Lenko erzählt, es habe einen Granatenangriff der Italiener gegeben und darauf einen überraschenden Infanterieangriff, und sie hätten sich von der Anhöhe zurückziehen müssen. Und dann noch ein weiteres gutes Stück, und dann noch weiter. Nach Wochen des Stellungskriegs seien die Italiener plötzlich sehr hartnäckig gewesen. Sie seien wie wild vorgerückt, todestrunken, als hätte sie Verdi persönlich angeführt. Die Kampfmoral bei den Unsrigen habe viel zu wünschen übriggelassen. Sagt Lenko. Er tut so, als hätte er Verdi persönlich gekannt. Wird ihm wohl irgendein Offizier beigebracht haben. Seit dem Tod des alten Kaisers hätten die Soldaten das Gefühl gehabt, es sei vorbei. Nicht wegen des Kaisers, aber irgendwie sei die Luft raus gewesen aus dem Ganzen. Der Alte sei wie der Stöpsel am Ballon gewesen. Sagt dieser Lenko, und es hört sich an wie der Kaffeeklatsch der Offiziere, als alles vorbei ist und in Budapest der Pöbel die Straßen beherrscht. Das Volk, wie manche sagen.

Die Ungarn unter den Soldaten mimen zwar weiter die Wichtigtuer, aber die Slawen und die Rumänen hocken auffallend oft zusammen und unterhalten sich aufgeregt in ihren eigenen Sprachen. Als gäbe es keine Kommandosprache mehr. Das ist nicht nur in Johns Division so, das, so ist zu hören, spielt sich in der ganzen glorreichen Armee ab. Es ist das Ende.

Nach dem Rückzug, sagt Lenko, sei John verschollen gewesen. Man habe ihn im Tagesbericht als vermißt gemeldet. Wochenlang gibt es wieder den alten Stellungskrieg. Und dann jagen wir zur Abwechslung die Italiener. Wir treiben sie auf den Höhen zurück. Bis zu den alten Stellungen. Eines Tages finden wir John. Er sieht an uns vorbei, als würde er uns nicht kennen, aber mit dem Offizier redet er. Er sei verschüttet gewesen, von dem Granatenangriff, habe sich noch selber ausgraben können und sei dann hinter den Stellungen herumgeirrt. Er habe sich vor den Italienern im Wald versteckt und habe sich von Brombeeren ernährt. Erzählt Lenko.

Lenko hat seinen Weizen in die Mühle gebracht. In

Lowrin arbeitet die Dorfmühle nicht. Er erzählt Johns Geschichte beim Warten auf das Mehl. Und bald weiß es das ganze Dorf. John war verschüttet. Seither stimmt was nicht mit ihm. Er hat's am Gemüt.

John sitzt vor dem Haus. Läßt die Leute an sich vorüberziehen, als wäre es Kintopp. Sagt manchmal was, aber man weiß nicht so genau, zu wem. Sieht den hinkenden Georg vorbeigehen, mit seinem kleinen Sohn.

»Wo ist mein Pferd?«, ruft er, und der große Georg erschrickt. Nimmt den Sohn auf den Arm, eilt fort. Richtung Marosch. Der große Georg wohnt in der Maroschsiedlung, nicht in der Kolonie am Dorfrand, wo die Zigeuner wohnen. Aus irgendeinem Grund duldet man ihn in der Maroschsiedlung. Er hat, glaube ich, bei einem Hochwasser Kinder gerettet.

Mit John geht das noch fünf Jahre so. Dann ist er tot.

Der große Georg aber wird noch viele Jahre an dem Haus vorübergehen. Der große Georg und der kleine Georg, sein Sohn.

Katharina fragt: Warum sind wir zurückgekommen? Sie fragt mehr sich selber. Warum? Hätten wir nicht bleiben können, in Amerika bleiben können? Es war Schicksal, sagt sie sich. Was soll sie schon sagen. Und dann war da noch das Kind. Theresia, die nichts von ihr wissen will. Theresia, der sie sich aufdrängen muß. Theresia.

Niemand, der zurückkommt, hat eine Erklärung dafür. Die Erklärung haben die anderen. Die haben es zu nichts gebracht, sagen die anderen. Jene, die es auch zu nichts gebracht haben. Aber daheim. Die gar nicht erst losgezogen sind. Die sich die Mühe gespart haben. Man kann das Scheitern ja auch billiger haben als mit einer Amerikareise.

Katharina behält ihre Gedanken für sich. Sie geht durchs Dorf in ihren amerikanischen Kleidern von vor dem Krieg, und die Bäuerinnen sagen, sie hält sich für was Besseres. Dabei hat sie ihr Kind zurückgelassen und ist über den Ozean getürmt, mit dem John. Und der ist jetzt tot. Das ist Schicksal und Gottes Strafe. Da kann sie durchs Dorf laufen in ihrem amerikanischen Aufzug, es nützt ihr gar nichts.

Theresia verzeiht ihr nie. Theresia redet mit ihr nur das Nötigste. Sie wohnen im selben Haus, aber Katharina hat ihren eigenen Haushalt, ihren Hausanteil, die zwei Zimmer links, den separaten Eingang, die Tür zum Hof. Wer eine eigene Tür zum Hof hat, der gehört nicht dazu.

Katharina kümmert sich um die Kinder. Um Theresias Kinder. Ihre Enkel. Sie spielen auf der Straße Fangen, und der kleine Georg, der Zigeuner, sieht ihnen dabei zu.

»Seid vorsichtig mit dem kleinen Georg, sein Vater ist ein Betrüger«, sagt Theresia.

»Aber er geht mit uns zur Schule«, sagt Lissi.

»Das bedeutet gar nichts«, erklärt Theresia.

Bastian Bieber hat bald seine Kundschaft und auch seine Kumpels in der Werkstatt. Sie kommen mit ihren Wagenrädern und warten auf die Reparatur. Die »Ausbesserung«, wie sie sagen. Hier eine Felge, dort eine Nabe. Sie sitzen da und reden. Das Warten ist ein Vorwand. Zum Abholen könnten sie auch morgen kommen. Aber sie warten lieber und reden vom Krieg. Diese Männer sind besoffen vom Krieg. Wahrscheinlich können sie es nicht fassen, daß sie noch am Leben sind. Der eine oder andere bringt auch mal ’ne Flasche mit. Wein, Schnaps. Raki. Sie lassen sie kreisen, wie im Schützengraben.

Theresia riecht den Atem des Mannes, wenn er aus der Werkstatt zum Abendbrot kommt. Sie schüttelt den Kopf, will es nicht wahrhaben, aber sie hat die Kinder. Drei. Und auch ohne sie, was könnte sie schon tun als Frau? Man kann in einen Menschen nicht hineinschauen, sagt sie. So vergeht das Jahrzehnt und ist plötzlich Schicksalszeit. So schnell kann sich das Leben in Schicksal verwandeln.

An der Grenze warten tatsächlich nicht mehr als zwei Wagen. Die Grenzbeamten sind mit dem Abfertigen beschäftigt. Alles sieht ganz normal aus und ist es im Jahr 1999 wahrscheinlich auch. Die Geschäfte werden jetzt in anderer Weise gemacht. Es ist nicht mehr der kleine Obolus der Ein- und Ausreisenden, um den es geht. Jetzt sind es die Schmuggler und Schwarzhändler, die das Einkommen der Zöllner und Grenzbeamten aufbessern.

Ich erinnere mich jedesmal an unsere Ausreise, damals. Bis an das Ende meiner Tage werde ich mich daran erinnern. Wir sind 1984 ausgereist, mit dem Zug, über Curtici. Meine Schwiegereltern, Monika, meine Frau, Melanie, meine Tochter, und ich. Es ist die Strecke, die seinerzeit der »Orient-Express« abfuhr. Es gab auch jetzt einen Zug mit diesem Namen, aber mehr als der Name verband ihn nicht mit dem berühmten Vorgänger. Und ein weiterer hieß »Wiener Walzer«. Mitteleuropa und Balkan. Der eine fuhr in der Nacht, der andere bei Tag. Es war, als sollten sie für immer aneinander vorbeirauschen. Es waren Schattenzüge.

Die treibende Kraft der Ausreise war meine Frau. Nicht, daß ich dagegen gewesen wäre. Ich sah alles ein, aber mir fehlte die Überzeugung. Mir fehlte die Überzeugung des Auswanderers vom Land der Träume. Ich war nicht Demeter. Ich war nicht Zoltán. Mir fehlte die blinde Energie. Ich sah das große Glück nicht, weder hier noch in der Ferne. Monika beobachtete diesen Zug an mir mit Verachtung. Sie hielt mich für träge. Für unzuverlässig. Auf mich konnte man in ihren Augen nicht zählen. Für sie war die Ehe eine Zweipersonengesellschaft mit unbeschränkter Haftung, ein Wohlstandsgenerator.

Sie war eine Schwäbin, ganz die Tochter ihrer Eltern. Mit dieser Einschätzung sollte meine Mutter recht behalten. Die beiden mochten sich nicht. Frauenkram, dachte ich mir. Aber grundlos war die Sache nicht. Das festzustellen, sollte ich noch genügend Gelegenheit haben.

Monikas Eltern stammten beide aus vor dem Krieg begüterten Bauernfamilien. Sie wurden nicht müde, das zu betonen. Regelmäßig zählten sie die Felder und Weingärten auf, die ihren Familien gehört hatten, bevor die Kommunisten kamen. Sie hofften, in Deutschland einen ansehnlichen Lastenausgleich zu bekommen, um damit eine neue Existenz aufbauen zu können, die vor allem uns und unserer Tochter zugute kommen sollte. Die Kinder sollen es einmal besser haben.

Meine Mutter empfand dieses Güteraufzählen, diese Getreidezählerei jedesmal als einen Affront. Sie sah darin einen Angriff auf ihre Handwerkerfamilie, als wolle man sie und ihre Familie durch diese Ackerbilanz indirekt zu Nichtshabenden erklären. Es ihr unter die Nase reiben, wie sie sagte.

Die Auswanderer hatten sich bereits am Vorabend der Abreise – der Zug fuhr morgens um vier – im Bahnhof von Curtici einzufinden. Dort fand zu später Stunde die Zollabfertigung statt. Das heißt, man zeigte der Form halber sein Gepäck vor, um den Zöllnern die Möglichkeit zu geben, die Bestechung direkt aus dem Koffer zu kassieren. Danach durfte man das Bahnhofsgebäude nicht mehr verlassen. Man verbrachte die Nacht auf den Bänken des Wartesaals. Quasi exterritorial.

Ich liege auf der Holzbank. Ich springe aus dem Halbschlaf hoch. Monika und meine Schwiegermutter kümmern sich um das Kind. Ich fahre hoch, und Monika blickt mich vorwurfsvoll an. Als würde ich das schlafende Kind stören. Als würde ich ihm schaden.

Mein Schwiegervater sitzt schweigend dabei. Er faltet die Hände, drückt die Finger ineinander, mit ganzer Kraft. Wieder und wieder. Als könnte noch was schiefgehen. Als könnte man uns noch einmal herausrufen und doch wieder zurückschicken.

Unsere Pässe befinden sich bei den Grenzbeamten. Sie werden uns erst beim Einsteigen in den Zug ausgehändigt.

Meine Schwiegereltern haben ihre Ausreise seit Mitte der sechziger Jahre betrieben. Monika war noch ein Kind. Sie ist mit der Ausreiseangelegenheit aufgewachsen. Ihr Leben maß sich am Stand der Dinge, die Auswanderung betreffend. Ihre Eltern arbeiteten in der LPG, jeder Aufstieg war durch den Ausreiseantrag blockiert. Monika ging zur Schule und wußte, aus ihr könne hier niemals etwas werden. Alles und jedes hatte in der Familie mit der Ausreise zu tun. Mit der großen Hoffnung auf die Ausreise. Abends sprach man von der Ausreise wie von einer Karriere, die einem bevorsteht.

Ich fahre das Auto bis zum Schalter vor. Reiche die Papiere hinaus, den deutschen Paß.

»Tourist?« fragt der Grenzer.

»Zu Besuch, bei meiner Mutter«, sage ich. Ich sage es auf rumänisch, sage es, als wollte ich damit meine Lage verbessern. Mit diesem Satz ist es, als gehöre ich dazu. Es funktioniert. Er betrachtet mich als Landsmann. Er gibt den Paß an den Zöllner weiter.

»Haben Sie was zu verzollen?« fragt dieser und gibt mir den Paß, in den er nur einen flüchtigen Blick geworfen hat, zurück, ohne die Antwort abzuwarten.

»Nein«, sage ich knapp.

»Drum bun – gute Reise«, murmelt er und wendet sich dem nächsten Wagen zu.

Ich fahre auf die Fahrbahn. Hinter mir liegt Rumänien.

Vor mir ist Ungarn. Ungarn ist eine Formalität. Ich zeige meinen Paß durchs Fenster. Werde durchgewunken. Der deutsche Paß wirkt Wunder. Es ist ein milder Septemberabend. Mein Vater ist begraben, und ich fahre allein durch Südungarn, durch die Komitate. Wie durch ein Niemandsland.

Ich fahre fast blind über die Landstraßen, die baumgesäumten Landstraßen, die südungarischen, die menschenleeren. Die Landschaft ist wie im Banat, die Häuser auch, nur die Straßen sind besser, sie waren schon im Kommunismus besser. So ist das mit den Ungarn. Egal, was ihnen zustößt, sie richten es immer so ein, daß es etwas besser aussieht als bei ihren Nachbarn. Das macht die Nachbarn rasend, die Rumänen, die Serben, die Slowaken. Egal. Wie sie es auch drehen und wenden, die Ungarn sind stets besser dran.

Der Bastian Bieber trinkt. Er macht aber seine Arbeit. Und Geld ist auch da. Nicht viel, aber ausreichend. Sie feiern regelmäßig mit den Freunden in der Werkstatt. Hausbälle. Es wird getanzt und gesungen. »Tanz den russischen Tanz«, rufen die Leute, nach einigen Flaschen Wein. Und Bastian tanzt unter großem Beifall den Kasatschok. Den hat er im Krieg gelernt. In Galizien. Er tanzt ihn gut. Bis in die Nacht hinein wird getanzt und getrunken. Die Kinder schleichen sich aus den Betten, drücken ihre Nasen am Fenster platt. Sehen die erwachsenen Narren und denken: Das machen wir auch!

Manchmal ist die Schwester da, die gute. Sie kommt aus Temeswar, wo sie dient, wie man im Dorf sagt, Bedienstete ist. Bei reichen Juden, am Korso. Sie trägt keine Tracht mehr, kein Kopftuch, sie ist städtisch gekleidet. Martha erklärt sich zufrieden mit ihrer Stelle.

Man ist gut zu ihr, speziell die Dame des Hauses. Sie kann sparen. Und einen Mann hat sie auch kennengelernt, einen wunderbaren. Jakob Winkler. Er liest Bücher und geht mit ihr, wenn sie frei hat, ins Kino. In russische Filme gehen sie. In richtige Filme.

»In bolschewistische«, sagt Bastian, der Bruder. Sie überhört es.

»Das sind richtige Filme«, sagt sie. »Arbeiterfilme. Du solltest dir mal einen ansehen.«

»Du hast dir also einen Kommunisten gefunden«, sagt er.

»Wir wollen heiraten«, sagt Martha. »Er ist Schuster. Aus Nakowa ist er.«

»Bleibt ihr in Temeswar?«

»Nein, wir ziehen nach Nakowa. Er macht eine Werkstatt auf, und ich helfe mit.«

Da kann Bastian nur viel Glück wünschen.

»Wann bringst du mir den Mann?« fragt er.

Das Schwesterchen lächelt. Seit dem Tod der Eltern ist Bastian, der ältere Bruder, die Adresse für alles. Der Vater ist im Krieg geblieben, verschollen, vermißt, also tot. Sie hat nur eine schwache Erinnerung an ihn. Dann die Mutter, die alternde Frau, die ihre Romane liest und an den Kindern wenig Interesse hat. An den Töchtern, den heranwachsenden, schon gar nicht. Es sind vier Kinder, zwei Jungen, zwei Mädchen. Zu viele, um sich um sie zu kümmern. Sie hat ihre Freundinnen. Die lesen alle nicht, sie lassen sich von ihr die Romane erzählen. Das ist die Mutter. Auch sie ist nun tot. Plötzlich gestorben, am kranken Herzen oder an den Romanen, wie die Bauern vermuten. Was wissen schon die Bauern? Sie klopfen ihre Sprüche und kennen im besten Fall das Nachbardorf. Der Handwerker aber ist in den Städten gewesen, auf der Walz. Er kennt die Wahrheit der Welt, und er weiß um die Versuchung des Romans bei den Frauen.

Nach dem Tod der Mutter haben die Geschwister den

Erbschaftsstreit. Das Familiendrama beginnt. Und dann gibt es nur noch Bastian für Martha und ihre Sorgen.

Ihr Jakob Winkler hat sich in der Tat dem Kommunismus verschrieben. Wenn der Kommunismus sich jemanden greift, dann ganz. Winkler findet in Nakowa ein paar Gleichgesinnte. Alles Handwerker, Träumer. Die bessere Welt im Kopf. Sie stehen im Kontakt mit Temeswar, erhalten Broschüren, zum Lesen und zum Verteilen. Verteilen ist gefährlich. Einmal kommt jemand aus dem Apparat, jemand aus Wien, und macht eine Schulung mit ihnen. Sie sind heimlich in die Stadt gefahren. Der Genosse aus Wien bleibt namenlos. Er ist in Begleitung einer Genossin bereits am nächsten Tag wieder abgereist. Sie haben sich als Paar getarnt.

Winklers Partei ist verboten, und plötzlich interessiert sich die Siguranţa für den Schuster, die politische Polizei. Sie kommen in einem schwarzen Personenwagen nach Nakowa. Drei Typen in Zivil. Der Wortführer ist von auffallender Sanftheit, der andere, neben ihm, spielt den Gleichgültigen, angelehnt an den Wagen, der dritte ein Muskelprotz. Sie haben einen Durchsuchungsbefehl, stellen das Haus auf den Kopf. Packen Bücher ein. Eines, weil es rote Deckel hat. Sie nehmen Winkler mit, schicken ihn nach ein paar Tagen wieder nach Hause. Das kostet Winkler jedesmal Geld. Der Anwalt, der weiß, wie man's macht, will Scheine sehen. Königsscheine.

Martha teilt den Traum ihres Mannes. Daß er ihr so viel von diesem Traum und von seiner verbotenen Partei anvertraut, empfindet sie als Liebesbeweis.

Aber sie haben ein Geldproblem.

Sie fahren zusammen auf die Märkte, verkaufen Schuhe und Schlappen an die Bauern der Umgebung. Fetzenschlappen für den Alltag und Samtschlappen für den Sonntag. Am besten verkaufen sie auf den Jahrmärkten, in den Dörfern. Wenn die Bauern ihren Frauen Schlappen schenken, halten sie das für schön und nützlich zugleich. Es ist ein Volk, das auf ein nützliches Geschenk Wert legt. Der Sinn für das Schöne ist begrenzt.

Es gäbe gewiß billigere Späße als den Kommunismus, gibt Bastian zu bedenken. Aber wer hört schon auf Bastian? Winkler jedenfalls nicht. Trotzdem. Bastian verträgt sich mit seinem Schwager gut, solange der nicht mit seinem Kommunismus anfängt. Und Winkler fängt jedesmal mit dem Kommunismus an.

»Wenn du Budapest erlebt hättest, würdest du dir das zweimal überlegen«, sagt Winkler.

Trotzdem gibt Bastian Martha das Geld, um das sie ihn bittet. Damit der Anwalt Winkler rausholen kann. »Kann er es nicht endlich lassen?« fragt er. Die Schwester weicht seinem Blick aus.

Winkler ist verloren. Für alles, was er sieht und denkt, hat er eine einzige Lösung parat: den Kommunismus. Und das macht letztlich seine Attraktivität aus: Er behauptet nicht, Lösungen zu haben, er besteht vielmehr darauf, die Lösung zu sein. Egal, worum es geht, das rote Lämpchen der Utopie ist stets in Betrieb. Wie von Notstrom gespeist. Die kommunistische Lehre ist für Autodidakten ideal.

Bastian ist ein guter Mann, solange er nicht trinkt. Aber Bastian hat auch keine Geduld. Weder mit sich noch mit den anderen. Bastian gilt als Dickschädel. Wenn er trinkt, wirkt er plötzlich wie ein unzufriedener Mann. Dabei könnte man gar nicht sagen, weshalb er unzufrieden ist. Irgendwie läuft es doch. Er hat seine eigene Werkstatt. Seine Familie. Vielleicht ist er zuviel herumgekommen, zuviel außerhalb des Dorfes gewesen. Wer das Dorf verläßt, kommt als ein anderer zurück. Als einer, der hinter einer Wand war, hinter der man im Dorf die Welt vermutete. Wer weiß, was er dort gesehen hat. Vielleicht gab es ja gar nichts zu sehen. Nichts außer dem Krieg und der Welt. Und alle wissen, daß es nichts gibt, was unsicherer ist als die Welt.

Die Kinder wachsen heran und haben ihren eigenen Kopf. Das versteht Bastian nicht. Sie haben ein Handwerk zu lernen, die Fechtbrüder. Sie haben ihren Lebensunterhalt zu verdienen und nicht den ganzen Sommer am Fluß zu liegen. Franz soll die Wagnerei übernehmen, Elisabeth, Lissi, soll Schneiderin werden, und für Paul hat er eine Schmiedelehre gefunden. Die Sache ist beschlossen. Bastian hat sie beschlossen. Er läuft fluchend durch den Hof. Hat ein Holzscheit in der Hand. Wirft es dem Hund nach, der hat in die Werkstatt gepißt. Bastian hält den Riemen in der Hand, den Rohrstock. »Laß den Bub«, sagt Kathy. Theresia sagt nichts. Der Rohrstock pfeift in der Luft. »Bastian«, sagt Kathy. Seine Augen blicken sie an, sehen durch sie hindurch. Bastian. Die Kinder fürchten ihn, sie fürchten ihn noch, als sie schon so gut wie erwachsen sind. Dann erst recht. »Die hab ich nicht genug durch den Wind gelassen«, sagt Bastian.

Vielleicht machen sich Franz und Paul auch deshalb nach Deutschland auf und davon, der ältere 1940, der andere zwei Jahre später. Da ist er gerade mal siebzehn. Sie sind nicht die einzigen im Dorf, die gehen. Vielleicht haben sie ja nur auf den Michelbach gehört. Auf dessen Sprüche im Casino. Der Michelbach geht jetzt in die Wirtshäuser. Redet mit den jungen Männern von der Volksgemeinschaft. Behauptet, der Führer ruft die jungen deutschen Männer zu sich. »Das Reich ruft«, sagt er und hebt das Bierglas. Der Michelbach führt das Wort im Dorf. Er hat in Deutschland studiert, im Reich. Im Wochenschau-Reich. In München hat er sogar den Führer gesehen. Wenn er genug Bier getrunken hat, erzählt er von seiner Begegnung mit dem Führer, und bei jeder Erzählung treten neue Details dieser Begegnung zutage. Die Bauern nennen ihn den

»Führer-Hans«. Ob sie ihm glauben, bleibt unklar. Sie schweigen sich darüber aus. Bei den Bauern weiß man nie, was sie wirklich denken. Sie grübeln zuviel über die Jahreszeiten, das Wetter und die Ernte. Den Bauern ist die Ewigkeit ins Gesicht geschrieben. Sie haben für alles eine schlichte Erklärung. Schlicht und endgültig. Unter solchen Umständen bleibt der Führer-Hans ein kleines Licht. Aber die jungen Männer und die jungen Frauen folgen kleinen Lichtern. »Kürbisköpfen«, wie Winkler sagt. Winkler, der darüber steht und wegen seines Kommunismus eine Schande für die Volksgemeinschaft ist.

Jedenfalls sind Bastians Söhne abgehauen. Schön nacheinander. Im Zweijahresabstand. Verabschiedet haben sie sich nur von Theresia, ihrer Mutter. Als hätten sie einen Pakt mit ihr. Sie sind beide weg, als Bastian im Wirtshaus sitzt. Als er nach Hause kommt und Franz schon über alle Berge ist, will es ihm keiner sagen. Keiner will es auf sich nehmen. Theresia nicht und Lissi nicht. Er fragt sofort nach Franz, als ahnte er etwas, aber Franz ist nicht da, und er greift sich eine Speiche und nimmt sich Paul vor, doch Paul sagt nichts, und Bastian legt den Fünfzehnjährigen über den Bock, worauf dieser sagt: »Franz ist ins Reich gegangen.« Er brüllt es. Bastian hält inne, wirft die Speiche in die Ecke.

Zwei Jahre später verschwindet auch Paul. Paul hat ein kleines Akkordeon mit zwölf Bässen. Er ist der Lieblingssohn von Theresia. Das Akkordeon hat er ihr abgeschwatzt. Das Geld hat für zwölf Bässe gereicht, für mehr nicht. Als er nun geht, weil er nicht zur rumänischen Armee will, wie er sagt, spielt er seiner Mutter noch was auf dem Akkordeon vor. Zwölf Bässe reichen für ihr Lieblingslied: La Paloma. »Mein Herz geht an Bord, und fort muß die Reise gehen.« Er singt es stockend wie Hans Albers. »Dein Schmerz wird vergehen, und schön wird das

Wiedersehen«, singt er. »Mich trägt die Sehnsucht fort in die blaue Ferne«, hört Theresia ihn singen. »Vor mir die Welt, so treibt mich der Wind des Lebens.« – »Der Wind des Lebens«, murmelt sie und sieht das Schiff der Hamburg-Amerika-Linie. Darauf zwei Tote, ihre Eltern.

Paul ist weg und irgendwo an der Ostfront. Er kommt nach einem Jahr, als die Fluchtangelegenheit zwischen dem Führer und dem rumänischen Marschall geregelt ist, auf Urlaub. Er kommt in der SS-Uniform mit dem Totenkopfabzeichen, und die Burschen im Dorf sind voller Anerkennung.

Elisabeth verdient bereits Geld mit der Schneiderei. Elisabeth sitzt die meiste Zeit an der Singer-Nähmaschine unterm Fenster. Wegen des Lichts. In dem Beruf braucht man gute Augen und flinke Finger. Paul setzt sich zu ihr. Mit seiner La-Paloma-Stimme sagt er: »Lissi, kannst du mir helfen? Seidenstrümpfe, zum Beispiel. Für die Frau vom Obersturmführer. Dann hab' ich es leichter. Kann Fahrer bleiben. Muß nicht nach vorn, zum Russen.« Er spricht den Dorfdialekt, wie alle, hat aber ein paar reichsdeutsche Floskeln hineingemischt. Als wäre er ein anderer, als habe er einen Abstand erfahren.

Sie begleitet ihn zum Bahnhof. Er hat Lebensmittel eingepackt. Würste und Schinken. Die Strümpfe für die Frau Obersturmführer hat er auch dabei und ein schönes Parfüm, das es an der Ostfront nicht gibt. Weder zu kaufen noch zu requirieren.

»Lissi«, sagt er, »ich will leben.«

Es war das letzte Mal, daß Elisabeth ihren Bruder gesehen hat. Er ist nach dem Krieg nicht mehr zurückgekehrt. Er ist nach der Gefangenschaft nach Brasilien gegangen und geblieben. Brasilien. Ein neues Wort für die Familie. Ein bleibendes. Es ist das Wort für die Ferne, für die Abwesenheit.

2

Hinfahrt, Rückfahrt. Für Augenblicke weiß ich nicht mehr, in welcher Richtung ich unterwegs bin. Fahre ich nach Hause oder zur Beerdigung? Ist alles erledigt und begraben, oder steht es mir noch bevor? Ich fahre durch die Dämmerung, und es ist, als verdecke sie die Zeit.

Vor Budapest habe ich zwei Möglichkeiten. Ich kann die Stadt westlich umfahren, weiter Richtung Österreich. Auf den gemütlichen Landstraßen Westungarns schnell vorankommen, bis zum Einschlafen weiterfahren in der Dunkelheit, vielleicht gegen einen Baum, aber wozu? Für ein Romanschicksal scheint mir der Augenblick nicht gekommen. Außerdem ist es das Revier meiner Mutter.

Warum habe ich es denn so eilig? frage ich mich. Was erwartet mich schon im öden Sandhofen? Dort komme ich noch beizeiten hin, denke ich mir. In meine vergammelte Wohnung. Zu meinem Baubankrott. Zum Zoff mit Birgit. Zu meiner sogenannten Arbeit, die es vielleicht gar nicht mehr gibt. Schwarzseher, schweig!

Dem Chef würde ich es zutrauen. Vielleicht hat der längst die Konten abgeräumt und ist auf und davon mit seinen Kroaten. Und ich kann meine Forderungen in den Schornstein schreiben. Ich bin zwar im Recht, und er ist ein Schurke, aber mach dein Recht mal geltend.

Egal, wann ich dort ankomme, es ist immer noch beizeiten. Und jetzt ist es zehn. September, noch warm. Altweibersommer. Ich entscheide mich für die zweite Möglichkeit, fahre in die Stadt hinein. In einen Hafen namens

Budapest. In die Innenstadt. Parke am Blaha Lujza tér. Gehe in eines der Hotels am Platz. Ein Zimmer? Kein Problem. Die Herrschaften brauchen Geld, wie's aussieht. Es ist eines dieser ehemaligen Staatshotels, aufgekauft von irgendeiner West-Kette, die jetzt nicht so recht weiß, was sie mit ihrem Spielzeug anfangen soll. Was wurde in den letzten Jahren nicht alles aufgekauft, im Osten! Schnäppchen, mit großer Zukunft, wie man dachte. Wenn man überhaupt dachte. Es ist alles ein Witz, ein Bankrott. Witz heißt auch auf ungarisch »Witz«.

An der Rezeption warnt man mich vor Taschendieben und allerlei anderen Übeltätern. Die Warnung gehört zum Service. Ist inklusive. Ich höre sie mir an wie der brave Tourist. Sie haben das Ganze sogar gedruckt vorliegen. Als wollten sie den schlechten Ruf der Stadt noch untermauern. Ich laufe trotzdem den verlassen wirkenden Boulevard runter, die Rákoczi út, nehme anschließend die U-Bahn zum Vörösmarty tér. Schlendere zum Donauufer, blicke hinüber zur postkartenhaft beleuchteten Burg, setze mich an eine der Buden, trinke ein Bier. Tagsüber sind hier die Folkloreverramscher, die den Touristen die Blusen und Flöten vermachen für ein paar Inflationsscheine, abends spielen die alten Männer auf der Zither ihren Pusztawehmutston. Sie sind die letzten, die dieses Instrument beherrschen und die auf Holz gezogenen Saiten metallisch klingen lassen. Als wäre es der letzte Ort des Aufbegehrens. Rózsa Sándor szereti a táncot. Rózsa Sándor liebt den Tanz. Der Räuberhauptmann und seine Betyaren. Hoch zu Roß, die Peitschen schwingend. Die Peitschen mit den Bleikugeln an den verzweigten Enden. Seit Ewigkeiten schon.

Ich sitze da, mit meinem Bier, und blicke auf die älteren Paare in der Urlaubsmontur, die sich am Wasser rumdrücken und vor Langeweile nicht weiterwissen. Auch

Budapest ist keine Lösung für sie. Nach dreißig Jahren Ehe hilft keine Donaupromenade und keine Zitherpartie.

Ich könnte mich besaufen, denke ich nach dem zweiten Bier. Ich habe gute Gründe und eine Menge Ausreden. Jeder würde mich verstehen. Ich habe gestern meinen Vater begraben. Aber ich will mich jetzt nicht mit meinem Vater herausreden.

Ich sehe zwischen all den Deutschen und Österreichern, mitten unter dieser deutschsprachigen Mischpoke, die sich durch verschiedene Pässe zu unterscheiden meint, aber das gleiche schlechte Benehmen hat, die ungarischen Huren beim Schaulaufen. Paarweise und etwas zu langsam, das Ufer entlang. Rauf und runter. Die Langsamkeit verrät sie. Chancenlos, die Mädchen. Es sind doch nur Paare unterwegs. Außer mir. Ja, außer mir.

Gedankenlos gebe ich ein Zeichen, und schon fliegen mir zwei Schwalben zu. Sie setzen sich hin, setzen sich vor mich und blicken mir tief in die Augen, wie Schauspielerinnen. Sie sprechen jenes sanfte Deutsch, das der ungarische Akzent bewirkt. Ich bin berührt. Es ist die Stimme der ungarischen Nachbarin aus der Kindheit, der ersten Freundin, alles, was du willst, ich bin verloren. Sie werden mir mein Geld abnehmen oder es mir klauen, ich werde verkatert aufwachen, blank sein und alles bedauern, aber es ist mir egal.

Sie lächeln, und ich sage »Okay, kommt ihr mit«, und sie nennen ihren Preis, es ist gar nicht so wenig, und das beruhigt mich sogar. Wir nehmen ein Taxi, das die beiden auswählen, wahrscheinlich fährt es ein Kumpel von ihnen, um es nicht drastischer zu sagen, und fahren ins Hotel. In mein bankrottes Exstaatshotel.

Wir betreten zu dritt die Lobby. Die eine der Frauen wendet sich dem Mann an der Rezeption zu und dreht sich dann zu mir, mit einer Zahl, nur für mich gehaucht.

Ich zücke die Scheine, er nimmt sie und nickt teilnahmslos. Ich sage »Sekt«, und der Sekt kommt, und wir fahren mit dem Fahrstuhl hinauf, auf mein Zimmer.

Die beiden verschwinden sofort ins Bad. »Wir machen uns schön für dich.« Ich höre sie kichern und höre die Dusche. Ich mache den Sekt auf und ziehe mich aus. Werfe den Fernseher an, Videoclip folgt auf Videoclip. Ricky Martin, Christina Aguilera. Die Latino- Hüftschmeißer. Potenzprotze. Sehen aus, als würden sie schon zum Frühstück ficken. Darum kommt Lateinamerika ja auch nicht voran. Weil die immer nur die Hüften schmeißen. Und das reicht bestenfalls für einen Putsch.

Ich setze mich auf den Stuhl, fülle die Gläser. Die Dusche verstummt, die Tür geht auf, die beiden laufen nackt ins Zimmer. Drehen sich einmal um sich selber, als wollten sie sich präsentieren, aber die Auktion war ja schon.

Ich zeige auf die Gläser, wir trinken. Sie heißen Clara und Sina, fast hätte ich's vergessen. Clara ist lockig und blondiert, ein süßes Lächeln im Gesicht, offenbar ihr Markenzeichen. Sina hat rot getöntes Haar, sie gibt die Ernsthafte, strahlt aber auch Gutmütigkeit aus. Sie scheinen zu allem bereit zu sein, perfekte Händlerinnen.

»Was machen wir Schönes«, sagt Clara.

»Schöne Sauereien«, höre ich mich sagen. Als hätte ich das irgendwo gelesen. Die beiden blicken sich kurz an.

»Das kostet dich extra«, sagt Clara. »Extra« ist das Lieblingswort der Huren.

»Macht nichts«, sage ich.

»Es kostet«, sagt sie.

»Bitte«, sage ich.

Sie legen sich aufs Bett, küssen sich ausgiebig. Ich folge den Bewegungen ihrer Zungen von meinem Stuhl aus. Clara ist schlank, mädchenhaft. Sina wirkt neben ihr üppig. Sie ergänzen sich gut, es ist die gewöhnliche Hurenzusammenstellung. Ich nippe am Glas, und sie spielen mit ihren Brüsten. Hier Knospen, dort viel Holz. Ich stelle das Glas weg und sehe, wie Claras Zunge zwischen die Schamlippen von Sina fährt. Ich trinke mein Glas aus und stehe auf. Clara macht mir Platz. Sie zieht mir einen Gummi über den Schwanz, und ich dringe in Sina ein, genau an der Stelle, an der die Zunge von Clara gerieben hat. Ich dringe ein und ziehe ihn wieder raus. Der Schwanz ist schlapp.

Wir trinken, und die beiden spielen mit meinem Schlappen.

»Ich muß mal«, sagt Sina, und wir rennen ins Bad. Alle drei.

»Komm, setzen wir uns«, sagt Clara und greift nach meiner Hand.

Wir setzen uns auf den Boden, und Sina lacht schrill und sagt »Mund auf« und pißt uns nacheinander in den Mund. Clara und ich küssen uns, und unsere Küsse schmecken nach Pisse, und Sina bringt den Sekt ins Bad, und wir trinken weiter und weiter.

Der Morgen ist hell und laut, sehr laut. Mein Kopf ist hart wie ein Stein. Ich öffne die Augen, und die beiden sitzen fröhlich und frisch gewaschen und angezogen vor mir, als hätten sie auf diesen Augenblick gewartet, und sagen wie aus einem Munde: »Jó reggelt, guten Morgen, und hat der Herr auch gut geschlafen?«

»Hier ist die Brieftasche, wir müssen jetzt gehen.«

»Und hier hast du die Handynummer, falls du doch länger bleibst.«

»Am Mittag könnten wir essen gehen, wenn du uns willst.«

»Szia.«

Draußen sind sie, weg sind sie. Ich greife zur Brieftasche. Alles okay.

Es ist nichts passiert, sage ich mir. Nein, es ist nichts passiert. Ich bin in Budapest. Mein Vater ist tot. Tot und begraben wie meine ganze Familie. Bis auf den kümmerlichen Rest. Meine Mutter. Meine Exfrau. Meine Extochter.

Ich bin unterwegs. Zurück nach Deutschland. Nach Sandhofen in Süddeutschland. Ich habe noch Urlaub oder schon keinen Job mehr. Und kein Gehalt. Und nichts ist überwiesen. Aber noch was auf dem Konto. Noch genug. Und was die Zukunft bringt, wer weiß das schon. Die Zukunft ist tot wie das Jahrhundert.

Der Job. Ja, der Job. Wovon lebt der Mensch eigentlich und wofür? Seit Jahren habe ich es nur noch mit Schurken zu tun. Ich will gar nicht weiter darüber nachdenken. Habe schon einen Blick für diese windigen Auftraggeber. Einen verdammten Blick. Gott, ich kann es nicht lassen. Mein Kopf! Zuviel Sekt.

Ich bleibe in Budapest. Heute noch auf jeden Fall.

Nach diesem Beschluß gehe ich ins Bad und anschließend in den Frühstücksraum, der auch nach zehn Jahren noch nach Ostblock riecht. Die Wände sind braun gestrichen. Die Beleuchtung ist sparsam. Das Büffet ist eine billige Kopie eines Frühstücksbüffets. Ich setze mich an einen der Resopaltische. Nach einem Orangensaft ist alles viel besser. Ich buche eine weitere Nacht.

»Wir verlängern gerne«, sagt der Rezeptionsaffe. Das glaube ich ihm. Es ist das einzige, was ich ihm glaube. Er ist um die Fünfzig, spricht ein tadelloses Deutsch. Hat er wahrscheinlich in der DDR gelernt, als Bindeglied zwischen Stasi und ungarischem Spitzelverein. Spitzel heißt auch auf ungarisch »Spitzel«.

Ich mache einen Spaziergang durch die Seitenstraßen des Erzsébetváros, der Elisabethstadt. Ein Nachtclub bietet Rabatt an für NATO-Soldaten aus dem Kosovo. Die fliegen wohl mit dem Hubschrauber ein und landen direkt auf den Frauen. Ich bin immer noch besoffen. Besoffen und halb verkatert. Laufe ziellos durch die Seitenstraßen. Die Septembersonne ist gnädig. Und mein Hirn ist weich.

Ich blicke in verkommene Hinterhöfe, sehe die schwatzenden Frauen und die spielenden Kinder auf den Hofgalerien. Durch diese Straßen ist der Großonkel gelaufen. Der Bruder meines Großvaters, damals, vor dem Ersten Weltkrieg, Onkel Heinrich. Er hat hier sein Handwerk gelernt und war noch kurz im Krieg, für den kaum einer zu jung war, und dann brach alles zusammen, beizeiten für ihn. So überlebte er die italienische Front, den Isonzo, und kam wieder zu seinem Handwerk, dem Tischlern. Lernte seine Frau kennen, eine Hure, wie meine Großmutter behauptete, ein ungarisches Luder. Aber alles war zusammengebrochen, und Budapest, die schöne Stadt, war ein Opfer der allgemeinen Verwirrung geworden. Die durchgeknallten Juden haben die Arbeiter in den Kommunismus getrieben, in die Räterepublik, die Anarchie.

So jedenfalls sah es mein Großvater. All diese jüdischen Luftikusse nannten sich plötzlich Kommissare, spielten Lenin für ein halbes Jahr, als wäre das ein guter Name. Als wäre die Weltuntergangsstimmung nicht auch ohne die Zaddiks ausgekommen. Sie hatten wohl das dringende Bedürfnis, ihren chassidischen Originalbeitrag zum Desaster zu leisten.

Heinrich konnte und wollte nicht mehr bleiben. Wovon soll ein Handwerker in der Anarchie leben? Wenn keiner mehr was in Auftrag gibt und keiner eine Arbeit bezahlt? Er nahm seine Habseligkeiten und kam zurück ins Banat, in sein Dorf, mit seiner Nutte und ihrem Kind, das gar nicht seines war, wie meine Großmutter behauptete, und mein Großvater und er und ihre beiden Schwestern verstritten sich wegen des Erbes, wegen des Elternhauses. Wäre Onkel Heinrich geblieben, wo er war, in Budapest, wäre es zu dem Erbstreit nicht gekommen, hätte das mickrige Haus nie diese schwindelerregende Bedeutung bekommen. Wenn also die Juden nicht verrückt geworden wären und sich nicht zu Kommissaren gemacht hätten, wäre die Familie nicht auseinandergeflogen. Man hätte sich bis zum Lebensende vertragen. Das jedenfalls ließ mein Großvater gelegentlich durchblicken.

So aber ergriff die eine Schwester, Lisbeth, Partei für den wegen der Juden aus Budapest zurückgekehrten Onkel Heinrich, und die andere, Martha, die später den Kommunisten heiratete, schlug sich auf die Seite meines Großvaters. Seither redeten die Familien nicht mehr miteinander, und das ist bis heute so geblieben. Jetzt sind sie alle tot, und ihre Kinder sind tot, und ihre Kindeskinder sind irgendwo auf diesem Planeten. Auf anderen Kontinenten. Kontinenten, die ich nicht kenne. Sie sind Fremde für mich. Ausländer. Rechnet man die verstreuten Verwandten zusammen, sind es nur noch Ausländer.

Ich stehe vor dem Westbahnhof, der berüchtigten Schnittstelle zwischen Ost und West, dem Tor zur westlichen Welt. Er hat große Zeiten erlebt und Zeiten des Niedergangs. Nyugati pályaudvar. Am Ende des Sozialismus war er wie die gesamte Stadt nur noch ein Schatten seiner selbst. Ein mit Grünspan überzogenes Schmuckstück. Ein Ort des stummen Verfalls.

Nyugati. Hier sind alle durchgekommen. Hier waren John und Kathy unterwegs nach Amerika und wieder zurück. Hier war John noch einmal, bevor er an die Italienfront kam. Und hier war auch der Bieber Bastian, mein Großvater, der Honvéd, den sie dann nach Przemyśl verlegten und von dort nach Galizien hinein. Hier waren sie alle. Meine Mutter und meine Großmutter auf der Durchfahrt nach Wien, im September 44, als sie vor den Russen flohen. Und ein Jahr später, als sie zurückfuhren ins Banat, nachdem der Bruder in Wien, Franz, sie für wahnsinnig erklärt hatte. Im Banat waren schließlich die Russen, und der Oberwahnsinnige war der Großvater, der Bastian, er wollte nach Hause. Hier saß auch ich im Zug, mit Monika und den Schwiegereltern, mit Melanie. 1984, im »Wiener Walzer«. An einem verregneten Vormittag, als Aussiedler.

Budapest war für alle ein Durchgangsort. Wahrscheinlich haben sie nicht viel mehr von der Stadt gesehen als die Bahnhöfe, die Kasernen und irgendeine Kneipe mit zwielichtiger Kundschaft. Außer Onkel Heinrich, der hatte mehr gesehen. Onkel Heinrich aber habe ich nicht gekannt. Onkel Heinrich ist einer der zahlreichen Verwandten, die ich nie gesehen habe. Bis zu seinem Tod wußte ich gar nicht, daß es ihn gibt. Und das, obwohl er mit seiner Familie im Dorf nur drei Straßen weiter wohnte. So machtvoll können Gefühle in einer Familie sein. So nachhaltig kann die Rache sein, die Strafe, die man übereinander verhängt: Sich nicht mehr zu kennen. Man lebt zwar nebeneinander, ist aber füreinander tot. Es ist pures Theater. Wie stark muß die Phantasie sein, um auf einem so kleinen Raum einen so furchtbaren Abstand zwischen den Menschen zu schaffen. Und das alles wegen der Erbschaft, wegen eines Hauses. Nicht der Rede wert, möchte man sagen. Eine Hütte. Aber stark genug als Herausforderung. Familienangehörige fühlen sich stets durch ihre Nächsten herausgefordert. Ihnen gegenüber müssen sie sich beweisen, und das können sie einander nicht verzeihen. Punkt.

Ich laufe durch den Westbahnhof, ein prächtiger Bau mit großzügigem Metall- und Glasdach und Glasfassade, ein architektonisches Juwel aus Budapests großen Zeiten vor der Jahrhundertwende, als die Ungarn dem kollektiven Größenwahn so nahe wie sonst nie waren und sich fortwährend durch architektonische Wagnisse hervortaten. Als wollten sie mit der Architektur die Ewigkeit herausfordern. Der Bahnhof wurde kürzlich renoviert. Wegen der Rückkehr nach Europa, wie die Medien betonen. Als kehrten jetzt ganze Völker aus der Barbarei in die Zivilisation zurück, Völker, die man staunend anschaut, weil sie Messer und Gabel halten können. Die sich nun in den Talkshows beweisen müssen, wo ihre Vertreter der verblüfften Moderatorin abwechselnd von der Mitte Europas und vom Mittelalter berichten und dabei ihre Messer und Gabeln vorzeigen. Alles Tafelsilber. Alles ein Beweis.

In einem Souvenirladen am Bahnsteig, zwischen der Imbißbude und der Wechselstube, sehe ich mir eine Scherzpostkarte an. Man klappt die Postkarte auf der Rückseite auf, hält sie vors Gesicht und blickt durch ein Vergrößerungsglas in Augengröße auf ein erotisches Foto von 1900. Darauf sind zwei Frauen in damaliger Leinenunterwäsche zu sehen. Sie verhüllt etwas mehr als die Röcke der jungen Frauen am Bahnsteig. Die zwei Postkartenfrauen sind von hinten zu sehen, ihre Wäsche ist hinten offen, und man sieht die Arschkerbe. Vielleicht hat Onkel Heinrich eine solche Postkarte in der Hand gehalten. Ich kaufe sie.

Im rechten Seitenflügel hat sich McDonald's eingerichtet. Ich kaufe mir ein Big-Mac-Menü mit Cola und setze mich hinauf auf die Galerie. Um mich herum sind lauter hübsche Teeniemädchen in den knappsten Röcken. Sie sehen aus, als hätten sie gleich einen Casting-Termin. Einen Termin zum Abhauen. Zum Starten in die große weite Welt. Zum Emporkommen und Verlorengehen. Ich sehe sie und sehe sie nicht. Bin plötzlich weit weg. Urplötzlich.

Vor mir ist das Haus, unser Haus. Hier im Budapester Westbahnhof, bei McDonald's, sehe ich es plötzlich vor mir. Mein Vater ist tot, und ich sehe das Haus. Raum meiner Kindheit, Klammer der Familie.

Es hatte drei Zimmer. Das größte, zur Straße hin, war die gute Stube, die man nur in besonderen Fällen, zu feierlichen Anlässen, betreten und benutzen durfte. In dem kleineren Zimmer, das ebenfalls zur Straße ging, wohnten meine Großeltern, das andere, das Zimmer zum Hof, bewohnten wir: Mein Vater, meine Mutter und ich. Wenn man das Haus vom Hof aus betrat, kam man zuerst in ein kleines Vorzimmer, nach links ging es in unser Zimmer und geradeaus in das Zimmer meiner Großeltern. Wenn man aber in die gute Stube wollte, mußte man durch das Zimmer meiner Großeltern gehen. Die Großeltern hatten den Blick zur Straße und den Zugang zur guten Stube. Das Haus gehörte meiner Großmutter, es ruhte auf ihr, wie man im Dorf zu sagen pflegte. Aber auch von unserem Zimmer aus konnte man wenigstens einen Blick in die gute Stube werfen, denn zwischen unserem Zimmer und der guten Stube gab es seltsamerweise ein Fenster. Das hatte damit zu tun, daß es unser Zimmer ursprünglich gar nicht gab, an der Stelle unseres Zimmers hatte sich die Terrasse befunden, der Gang.

Unser Haus war nämlich kein richtiges Haus mehr, sondern seit dem Krieg, wie meine Großmutter stets betonte, nur noch ein halbes Haus. Daß ihr Elternhaus nur noch ein halbes Haus war, kränkte sie besonders. »Vor dem Krieg war es doppelt so groß gewesen«, sagte sie immer wieder. Aber dann sind die Russen gekommen, im September 44. Die Russen sind über die Felder gekommen und haben ausgerechnet bei unserem Haus das Dorfende erreicht. Dort haben sie sich verschanzt, denn im Dorf selber waren die Deutschen. Als die Russen kamen, flüchtete sich unsere Familie, das heißt meine Mutter, meine Großmutter und mein Großvater, zu den Deutschen ins Dorf, und die Russen nisteten sich in unserem Haus ein. Die Deutschen blickten von oben aus dem Dorf auf die Russen am Dorfende hinunter, und weil die Russen in unserem Haus hockten und von dort aus hinauf ins Dorf und auf die Dorfstraße schossen, die zur nächsten Stadt, nach Arad, führte, haben die Deutschen beschlossen, unser Haus mit einer Panzerkanone zu beschießen. Eigentlich beschossen sie ja die Russen, aber sie trafen dabei unser Haus. So ging die Hälfte unseres Hauses verloren.

Die Deutschen hielten das Dorf zwar ein paar Tage, aber eigentlich befanden sie sich auf dem Rückzug, weshalb ihnen auch die Straße so wichtig war, die von den Russen von unserem Haus aus beschossen wurde. Die Deutschen zogen sich auf dieser Straße zurück, und als sie das Dorf aufgaben, nahmen sie, weil sie ja unser Haus beschossen und getroffen hatten, meine Mutter und meine Großmutter mit, damit diese nicht den Russen in die Hände fielen, denn was die Russen mit den Frauen der Feinde machten, war allgemein bekannt.

Bevor die Deutschen das Dorf verließen, haben sie noch ein paar Rumänen und Zigeuner erschossen. Unter ihnen auch den großen Georg. Weil der plötzlich im Dorf auftauchte, obwohl er am Fluß wohnte, und dort bereits die Russen saßen. Er war also von der Russenseite aus ins Dorf gekommen, und jemand sagte zu den deutschen Soldaten: »Da ist der Zigeuner, der wohnt auf der Russenseite.«

Die Soldaten hatten Angst. Sie hatten den Finger stets am Abzug. Schliefen nicht mehr. Es waren Gehetzte. Sie hatten den Tod vor Augen. Sie erschossen jeden, der ihnen über den Weg lief. Anscheinend dachten sie, je mehr sie selber mit dem Erschießen beschäftigt waren, desto größer wären ihre eigenen Chancen, nicht erschossen zu werden. Sie wußten, der Krieg war verloren. Keiner sprach darüber, aber sie wußten es. Die Schlaflosen wußten es. Sie sahen sich liegen, überall herumliegen. Als Leichen. Sie waren auf der Flucht. Ertappte Diebe nach dem gescheiterten Coup.

Meine Mutter und meine Großmutter kamen mit den deutschen Soldaten nach Ungarn und von dort mit dem Zug bis Wien. Von Abstellgleis zu Abstellgleis. Fliegeralarm. Sich ins Gras ducken. Warten. Warten und überleben. Mit nichts außer ein paar Habseligkeiten. Was in den Koffer paßte und kaum eine Bedeutung hatte, solange es um das nackte Leben ging. Mein Großvater kam nach. Er schlug sich zu Fuß durch. Bis Österreich.

Als sie nach dem Krieg ins Dorf zurückkehrten, fanden sie die Bescherung vor. An einen Wiederaufbau des ganzen Hauses war nicht mehr zu denken. Das nach den Plünderungen noch vorhandene Material reichte gerade aus, um die Hälfte bewohnbar zu machen. So kam es, daß wir in einem halben Haus wohnten.

In der guten Stube, die man durch das Zimmer der Großeltern erreichte, aber auch von unserem Zimmer aus dank des erhalten gebliebenen Gangfensters ganz gut einsehen konnte, standen die besten Möbelstücke, die die Familie besaß. In der Zimmermitte war ein großer Tisch aufgestellt, der mit einem gehäkelten weißen Tischtuch abgedeckt war. In der Mitte des Tisches befand sich das Familienalbum, das an Feiertagen und bei Verwandtenbesuchen regelmäßig geöffnet wurde, um die Fotos daraus zu betrachten, die von den Anwesenden jedesmal mit ausführlichen Geschichten und Kommentaren bedacht wurden.

Es war für mich, das Kind, als würde das Familienalbum erzählen. Als würde es den Erwachsenen behilflich sein bei der Erinnerung. Später hatte ich den Verdacht, daß das Album ihnen nur über ihre Verlegenheit hinweggeholfen hat. Daß sie nichts miteinander anfangen konnten und das Schweigen durch die Familiengeschichte überwunden wurde.

Obwohl die Familiengeschichte voller Fallen war. Vielleicht fand man an diesen langweiligen Besuchsstunden gerade die Gefahr, in eine Falle zu tappen, spannend. Vielleicht hoffte man insgeheim, der große Familienkrach würde endlich ausbrechen, durch irgendeine Kleinigkeit in Gang gesetzt werden, und alles, was sich in Jahrzehnten des Kalten Familienkriegs aufgestaut hatte, würde endlich auf den Tisch kommen. Die ganze Wahrheit. Das aber blieb eine allgemeine Sehnsucht. Was war schon die ganze Wahrheit? Jeder wollte doch nur seine Teilwahrheit als ganze Wahrheit durchsetzen. So herrschte ein prekärer Waffenstillstand. Nichts weiter. Eine Art Kubakrise.

In dem Album befanden sich Fotos von Familienangehörigen mehrerer Generationen. Die ältesten stammten vom Anfang des zwanzigsten Jahrhunderts, es waren Fotos meiner Ururgroßeltern und meiner Urgroßeltern. Das Betrachten der jeweiligen Bilder wurde stets zum Anlaß genommen, um über das Leben der Abgebildeten zu sprechen, bestimmte Vorkommnisse aus ihrem Leben zu schildern. Es waren über die Jahre hin immer die gleichen Geschichten, die man sich erzählte, die gleichen Anekdoten, an denen man sich alle Jahre wieder zu erheitern versuchte. Die Lebensläufe schrumpften so auf eine Handvoll Anekdoten, Schnurren. So kurz konnte gar kein Leben sein. Die meisten der im Fotoalbum Abgebildeten waren tot oder so gut wie tot, denn sie lebten in fernen Ländern, und man würde sie wahrscheinlich nie wiedersehen. Der Unterschied zwischen dem Tod und Brasilien erschien zu gering.

Das Familienalbum selber galt als eine Kostbarkeit. Es hatte einen perlenverzierten Deckel, die einzelnen Blätter waren fest und goldumrandet. Unterhalb der Fotoseiten aber gab es noch ein kleines Schubfach. Darin soll sich ursprünglich eine Spieluhr befunden haben, die, sobald man es aufzog, eine Melodie spielte, welche, weiß ich nicht. Denn zu meiner Zeit gab es die Spieluhr schon lange nicht mehr. Sie ist durch den Krieg abhanden gekommen. Wie das meiste in unserem Haushalt. Auch Jahrzehnte nach dem Ende des Krieges präsentierte sich unser Haushalt fragmentarisch wie das Haus selber. Dem Album fehlte die Spieluhr, das Schnapsservice hatte zwei Gläser zuwenig, und von der Urgroßmutter war als Erinnerung nur noch eine einzige Kaffeetasse übrig, und auch die war beschädigt. Immer wenn auf Gegenstände aus unserem Haushalt die Rede kam, wurde eine Erklärung zu ihrer Unvollständigkeit gegeben, und immer hieß es: der Krieg. Alles sei durch den Krieg verlorengegangen. So sprach meine Mutter gerne von der großen Schublade voller Romane, die sie besessen habe, Zeitungsromane, die sie seinerzeit aus dem Dorfblatt ausgeschnitten und zusammengeheftet hatte und die ihr allesamt durch den Krieg abhanden gekommen seien. Alle unsere Sachen, die kleinen Besitztümer, waren unvollständige Erinnerungsstücke.

Das Album gehörte eigentlich meiner Großmutter, weil es aus dem Nachlaß ihrer Eltern stammte. Sie hatten es aus Amerika mitgebracht. Unser Familienalbum war ein amerikanisches Album. Meine Großmutter aber war die, die zu entscheiden hatte, welche Fotos in das Album kamen und welche nicht. Meine Großmutter hatte die Hoheit über das Familienalbum wie über das Haus.

Die Fotos aber, die keinen Platz im Album fanden, bewahrte meine Mutter in Briefumschlägen in einer Schublade auf. Diese Schublade gehörte zu einem Schrank, den mein Vater in den Haushalt mit eingebracht hatte. Es war ein schmaler Schrank aus hell lackiertem Holz, mit einer Schranktür, in die ein Spiegel eingebaut war, weshalb der Schrank in unserer Familie »Spiegelkasten« genannt wurde. In diesem Schrank wurden Kleidungsstücke und Dokumente aufbewahrt, Romane, die meinem Vater und meiner Mutter gehörten und neben den abgelehnten Fotos lagerten. Es gab darin auch ein Lehrbuch zum Müllerberuf, das meinem Vater gehörte. In diesem Buch las ich an den Sommernachmittagen, wenn die Hitze einen vom Hof trieb. Die Hitze galt als gefährlich, man konnte einen Hirnschlag davon bekommen. Ich blieb im Haus und las in dem Müllerhandbuch wie in einem Roman.

Alles war Vergangenheit. Alles außer der Hitze. Juli, August.

Das Album war der stumme Zeuge der Vorkriegszeit. Es war die Zeit, als meine Großmutter ihre Eltern verlor, und die Zeit, in der sie sich mit meinem Großvater zusammentat. Familienzeitrechnung. Die Zeit, in der mein Großvater zu einem geschätzten Wagnermeister wurde. Seinen ausgedehnten Kundenkreis unter den Bauern bediente, die regelmäßig ihre Leiterwagen bei ihm bauen oder reparieren ließen. Er machte die ganze Woche über seine Arbeit, und sonntags ging er ins Dorf, um sich zu besaufen. Genaugenommen ging er am Morgen zur Kirche. Aber er ging nicht in die Kirche hinein. Er traf sich vielmehr mit ein paar Gleichgesinnten vor der Kirche, um ins Wirtshaus zu gehen. Draußen warteten sie das Ende der Frühmesse ab, und erst danach begaben sie sich ins Wirtshaus, wo sie bis zum Mittagessen blieben.

Man nannte sie »die Roten«. Spitznamen hatten fast alle im Dorf. Aber so ein Gruppenname war doch ungewöhnlich. Manche behaupteten, der Name sei vom Führer-

Hans in die Welt gesetzt worden. Der Führer-Hans ging zwar auch nicht in die Kirche, weil der Führer nicht in die Kirche ging, aber diese Männer über Vierzig waren ihm nicht geheuer. Die hatten in der Monarchie allerlei Judenparolen aufgeschnappt. Den Budapester Bolschewismus. Die Anarchie. Meinte der Führer-Hans.

Aus der Kirche machte sich mein Großvater gar nichts. Sie war ihm egal. Er sprach mit Vorliebe von den schwarzen Pfaffen, er sprach in einem spöttischen Ton von ihnen, und das kam daher, daß er im Weltkrieg einen Kameraden hatte, der aus der Kutte gesprungen war, wie mein Großvater zu sagen pflegte, und dieser Kriegskamerad hatte ihm die Augen geöffnet und ihm den wahren Charakter der schwarzen Pfaffen gezeigt, deren Verlogenheit und schamlose Geldeintreiberei für den Vatikan. »Warum heiraten die nicht«, rief er, wenn er den Zylinder-Pfarrer die Straße hochgehen sah. Zu seiner Konkubine.

Das Leben war nicht leicht zwischen den Kriegen, wie meine Mutter betonte, aber meine Familie hatte durch die Arbeit meines Großvaters ihr Auskommen.

Wären da nicht die Schicksalsschläge gewesen. Wie die Sache mit Katharina. »Schicksal« ist eines der Lieblingswörter meiner Mutter.

Meine Urgroßmutter Katharina, von allen Kathy genannt, kam auf tragische Weise ums Leben, wie meine Mutter sagt. Im Dorf pflegte man die geernteten Maisstauden in den Gärten in großen Schobern aufzuschichten, Laubhaufen genannt. Sie wurden als Brennmaterial für den Winter verwendet. Auch meine Urgroßmutter besaß einen solchen Schober. Als sie Maisstauden herausnehmen wollte, wurde sie unter dem einstürzenden Haufen begraben. Der Schober, der entweder unsachgemäß aufgeschüttet worden war oder aus dem Bündel unsachgemäß herausgezogen worden waren, fiel über ihr zusammen. Und da Stunden vergingen, bis das Unglück bemerkt wurde – meine Großmutter war zu Hause, und auch mein Großvater Bastian arbeitete in seiner Werkstatt, wo er wie immer nichts sah und hörte, selbst das Bellen des Hundes nicht –, war meine Urgroßmutter, als man sie aus dem Schober herauszog, bereits tot, unter den Maisstauden erstickt. Der Dorfarzt konnte nur noch den Tod feststellen und den Leichnam zur Beerdigung freigeben.

Ja, der Hund habe gebellt. Theresia erinnerte sich daran. Sie sei zweimal in den Hof gegangen, um nachzusehen. Sie habe aber das Essen auf dem Herd gehabt. Und da sie nichts gesehen habe, habe sie gedacht, es sei wohl ein Maulwurf oder ein Igel, den der Hund spürte. Igel machten den Hund jedesmal verrückt. Wahrscheinlich, weil er ihnen wegen der Stacheln nichts anhaben konnte.

»Sie hat nichts gemerkt«, sagte meine Mutter achselzuckend. »Stundenlang hat sie nichts gemerkt.« Erst Paul, der von seiner Lehre nach Hause kam, habe den eingestürzten Laubhaufen gesehen. Er sei ins Haus gestürmt und habe gefragt: »Wo ist die Grandma?« Und als er von Theresia keine Antwort erhalten habe, sei er hinübergerannt, in die Wohnung der Großmutter, und als er sie auch dort nicht vorgefunden habe, habe er angefangen, die Maisstauden auseinanderzuziehen. Bastian sei ihm zu Hilfe geeilt.

Es gab drei oder vier Fotos im Familienalbum und ein oder zwei Tassen im Schrank, die sie aus Amerika mitgebracht hatte. John, mit Kurzschnurrbart im kantigen Gesicht, breite Schultern. Verwegener John. Das Haar zurückgekämmt, Pomade. Den Blick geradeaus gerichtet. Fotoladenblick. Die Hände in den Hosentaschen. Und nochmals John, zwischen Zoltán und Demeter. Alle drei in knappen Sakkos. Als wollten sie aus ihnen, wie die Teenager, herauswachsen. Auf dem Kopf tragen sie Hüte, leichte, billige Hüte, aus der Stirn geschoben. Und dann: Kathy, sitzend, das Haar hochgesteckt. Ein Samtkleid, auf der Brust eine auffallend große Brosche. Die Hände auf den Knien, der Blick in die Ferne. Neben ihr steht John, die Arme vor der Brust verschränkt. Die Tassen und Gläser waren einmal Teil von einem schönen Service, wie meine Mutter sagte. Theresia habe diese Tassen und Gläser alle zerschlagen, sie habe sie absichtlich zu Bruch gehen lassen, sagte meine Mutter, wenn sie gerade einen Streit mit meiner Großmutter gehabt hatte.

Meine Großmutter hatte von Kathy ein paar englische Worte gelernt und ein englisches Kinderlied. Die Worte sagte sie noch im Alter manchmal, aber sie sprach sie so verballhornt aus, daß ich mir nichts darunter vorstellen konnte, obwohl ich in der Schule Englisch lernte, das die Kommunisten damals, Mitte der sechziger Jahre, gerade wieder als Unterrichtsfach zugelassen hatten. Ich verstand ihre englischen Wörter aber nicht, und ich glaube nicht, daß es an meiner Englischlehrerin lag. Ebenso erging es mir mit dem amerikanischen Kinderlied.

Meine Großmutter Theresia wußte so gut wie nichts über die Jugend ihrer Mutter. Sie kannte einzelne Anekdoten aus deren amerikanischen Jahren, vereinzelte Geschichten, die keinen großen Sinn ergaben, die sie aber regelmäßig erzählte, als müsse sie uns oder sich selber beweisen, daß sie doch was über die Jugendzeit ihrer Mutter wußte.

So erzählte sie öfter die Geschichte von der Negerin in Cincinnati. Meine Urgroßmutter hatte dort eine Negerin gekannt. Diese Negerin habe ihr in der Straßenbahn, im Streetcar, den Platz frei gehalten, wenn meine Urgroßmutter am Morgen zur Arbeit fuhr, in die Hemdenfabrik. Meine Urgroßmutter muß wohl in der Fabrik in Cincinnati zusammen mit dieser Negerin, mit der sie regelmäßig in der Straßenbahn fuhr, gearbeitet haben. So stellte ich mir die Sache jedenfalls vor. Die Anekdote enthielt nämlich in der Form, in der meine Großmutter sie erzählte, kaum genauere Informationen über das Leben meiner Urgroßmutter dort in Cincinnati.

Die Anekdote endete in der Fassung meiner Großmutter stets mit der Bemerkung, es sei recht vorteilhaft für meine Urgroßmutter gewesen, einen Platz in der Straßenbahn zu haben, aber die Negerin habe so einen strengen Körpergeruch gehabt. Die Neger hätten in der Regel so einen strengen Körpergeruch, und besonders im Sommer sei dieser Geruch ausgesprochen unangenehm.

Ich weiß nicht, was der Zweck dieser Botschaft war, die uns meine Großmutter damit zu übermitteln suchte. Mich erinnerte das Ganze an die Gespräche, die meine Großmutter und meine Mutter über die Rumänen aus unserem Dorf und deren unangenehme Eigenschaften und Lebensgewohnheiten führten. Diese Gespräche endeten stets mit der Feststellung, daß es ein großer Fehler wäre, einen Rumänen oder eine Rumänin zu heiraten. Und sie nannten Beispiele aus dem Dorf, Beispiele von Frauen, die bei Kriegsende Rumänen geheiratet hatten, um nicht nach Rußland verschleppt zu werden. Diese hätten sich ein schweres Schicksal eingehandelt. Wenn man meine Großmutter so reden hörte, konnte man denken, die Frauen wären besser zur Zwangsarbeit nach Rußland gegangen.

Was die Rumänen betraf, machte die Warnung einen gewissen Sinn, da die Rumänen ja in der Nachbarschaft wohnten, und die Gefahr, sich mit einem Rumänen oder einer Rumänin zusammenzutun, durchaus gegeben war, und aus der Sicht meiner Großmutter und meiner Mutter konnte man nicht früh genug mit den notwendigen Warnungen beginnen.

Wozu aber die Geschichte von der Negerin? Es gab weit und breit keine Neger in unserer Gegend. Und es hatte nie Neger in unserer Gegend gegeben. Mit einer Ausnahme, und an diese Ausnahme erinnerte sich meine Großmutter noch genau. Es war gleich nach dem Krieg, dem ersten, als nach dem Tod des Kaisers Franz Josef und dem Zusammenbruch der kaiserlich-königlichen Welt alle möglichen Armeen in unsere Gegend kamen, serbische und rumänische und schließlich französische. Es waren Verbündete, die alle dasselbe wollten, nämlich unsere Gegend, das Banat. Sowohl die Serben als auch die Rumänen wollten unsere Gegend haben, denn unsere Gegend war reich, sie galt als eine Kornkammer, wie man bei uns im Dorfe sagte. Und weil diese Kornkammer sowohl von den Serben als auch von den Rumänen beansprucht wurde, kamen dann auch die Franzosen, um diese Kornkammer an die Rumänen und an die Serben zu geben, denn beide waren ja Verbündete im Krieg gewesen, und beide hatten die Kornkammer redlich verdient, jedenfalls in den Augen der Franzosen und auch in ihren eigenen. So wurde die Kornkammer zwischen den Serben und den Rumänen aufgeteilt, und unser Dorf kam zu Rumänien.

Und damit es bei der Aufteilung auch mit rechten Dingen zuginge, hatten die Franzosen ihre eigenen Soldaten in unsere Gegend geschickt, und die meisten dieser französischen Soldaten sollen Neger gewesen sein. Sogar auf der Straße vor unserem Haus habe ein leibhaftiger Neger in französischer Uniform gestanden. Meine Großmutter hatte ihn mit eigenen Augen gesehen. Und dieser Neger hatte dafür gesorgt, daß unser Dorf zu Rumänien kam, obzwar unser Dorf gar nicht zu Rumänien wollte und schon längst nicht zu den Serben, sondern beim alten Kaiser bleiben wollte, aber dieser war ja tot, und auch sein

Neffe war tot, der Thronfolger, und wegen dessen Tod hatte es den ganzen Krieg gegeben, den man in unserem Dorf zwar nicht gesehen, der aber die Männer des Dorfes aufgefressen hatte. Der Reihe nach die Männer gefressen und die Frauen mit den Kindern allein im Dorf zurückgelassen hatte. Und für den Tod des Thronfolgers waren schließlich die Serben verantwortlich, dann also schon lieber zu den Rumänen. Und das war auch ein Glück, daß wir zu den Rumänen kamen und nicht zu den Serben, und daß es ein Glück war, ein richtiges Glück, sollte uns aber erst viel später klarwerden, nach dem nächsten Krieg, dem zweiten, als die Serben ihre große Raserei bekamen und die Deutschen abschlachteten wie das Vieh.

Und diese ganze Geschichte hatte mit jenem Neger begonnen, der in französischer Uniform vor unserem Haus gestanden hatte, dem ersten Neger meiner Großmutter. »Wenn ich groß bin, heirate ich eine Negerin«, sagte ich zu meiner Mutter, wenn ich sie ärgern wollte. Um Gottes willen, rief sie jedesmal und lief aus dem Zimmer.

Mein erster Neger war ein Kubaner. Ich sah ihn in den sechziger Jahren in Nakowa, wo ich aufs Lyzeum ging. Es gab dort drei kubanische Neger. Sie waren von Castro auf ein Landwirtschaftspraktikum geschickt worden, und in der Kleinstadt erzählte man sich wochenlang, wann und wo man einen von ihnen gesichtet habe.

Es gab auch jene Anekdote aus der amerikanischen Zeit meiner Urgroßeltern, die seltsamerweise stets von meinem Vater erzählt wurde. Er erzählte sie mit sichtlichem Vergnügen, obwohl er doch gar nichts damit zu tun hatte und es ihn auch gar nichts anging. Jedesmal wenn mein Vater mit der betreffenden Anekdote begann, wurde es meiner Großmutter sichtlich unangenehm, aber sie sagte nichts weiter dazu. In der Geschichte ging es um meinen Urgroßvater, der damals in Cincinnati einen Streit mit einem Amerikaner um Geld hatte. Und da John kein Mann der großen Worte war, dafür aber mit ungewöhnlichen Körperkräften ausgestattet, wie mein Vater jedesmal betonte, griff er sich den unehrlichen Geschäftspartner und warf ihn im Zorn des Augenblicks aus dem offenen Fenster. Dieses offenstehende Fenster befand sich aber im dritten Stock, und John verzichtete auf einen Blick durch dieses Fenster, nachdem er den Betrüger hinausgeworfen hatte. Statt dessen verließ er Amerika und kam zurück ins Dorf, wo er seinen Pferdehandel begann, bis ihn der Kaiser rief und der Krieg ihn fraß. Mein Vater wollte damit sagen, John sei ein Mörder gewesen. Und er, mein Vater, den meine Großmutter nicht mochte, weil er in ihren Augen ein Habenichts war, habe also in eine Mörderfamilie eingeheiratet. Die Verleumdung meines Urgroßvaters bedeutete die Aufwertung meines Vaters.

Es gab aber auch Leute in unserem Dorf, die wieder nach Amerika zurückgingen. Doch das waren Ausnahmefälle, und es war viel später, jedenfalls nicht vor dem Krieg, dem zweiten, den wir verloren haben, wie die Leute im Dorf sagten. Eine solche Ausnahme war Amalie, eine Kusine meiner Mutter. Von ihr gab es ein Foto in unserem Familienalbum, ein kleines schwarzweißes Portraitfoto, ein Brustbild, wie meine Mutter sagt, mit einem seltsamen Detail. Am Hals bei den Kragenknöpfen der weißen Bluse, die sie auf dem Foto trug, saß ein häßlicher kreisrunder, mit einem sogenannten Tintenbleistift gezeichneter Fleck. Lange Jahre konnte ich mir diesen Fleck nicht erklären, bis mich meine Mutter eines Tages aufklärte. Dort habe sich ein Hakenkreuz befunden, sagte sie, eine Auszeichnung.

»Was für eine Auszeichnung?« fragte ich. Und meine Mutter sagte: »eine deutsche.« »Amalie«, sagte sie, »war eine große Hitleristin. Sie war bei der Wehrmacht und bis zuletzt dabei, sie war noch in der Tschechei mit dabei«, sagte meine Mutter. Ich solle das aber nicht weiter erzählen.

»Nach dem Krieg ist sie nach Amerika gegangen. Und ihre Kinder sprechen heute kein Wort Deutsch«, sagte meine Mutter. »Dabei war sie eine so große Hitleristin.«

Wir erhielten regelmäßig Briefe von Amalie aus Amerika, an Ostern und an Weihnachten. Deshalb wußte meine Mutter, daß Amalies Kinder kein Deutsch sprachen, denn in den Briefen ging es immer um Amalies Familie und vor allem um ihre Kinder. Einmal ist Amalie mit ihrem Mann und ihren Kindern auch zu Besuch gekommen. Das war in den sechziger Jahren, und ich bin mit Amalies Sohn ins Dorfkino gegangen, in einen amerikanischen Film. Ich ging damals nur in amerikanische Filme. Amalies Sohn war in meinem Alter und hatte den gleichen Vornamen wie ich, er hieß ebenfalls Werner, aber er sprach kein Wort Deutsch.

Kein Deutsch zu sprechen galt in unserer Familie als ein ziemlich schwerwiegendes Vergehen, es war fast schlimmer, als einen Rumänen zu heiraten, es war so schwerwiegend, daß selbst der Aufenthalt in Amerika keine Entschuldigung dafür sein konnte. Die Ausgewanderten wurden in unserer Familie stets danach beurteilt, ob ihre Kinder Deutsch sprachen, ob sie ihren Kindern Deutsch beigebracht hatten. Dieses Thema kam als erstes, erst danach wurde darüber geredet, ob die Betreffenden gut situiert waren oder nicht, womit man meinte, ob sich deren Auswanderung gelohnt hatte oder nicht.

Zeit zum Anrufen, denke ich mir. Ein Blick auf die Uhr sagt mir: Mehr als eine Stunde ist vergangen. Ich sitze auf einer der Parkbänke am Ferenc Liszt tér, beim Oktogon. Ich habe vor mich hingedöst, mich dem Halbschlaf der

Erinnerung hingegeben. Schluß damit jetzt. Gegenwart ist angesagt. Ich wähle die Nummer, die die Frauen hinterlassen haben.

»Im Gloria, um eins«, sagt Claras Stimme. »Nimm dir ein Taxi.«

Pünktlich um eins stehe ich vor dem »Gloria«, ein schikker Schuppen auf der Budaer Seite, nahe am Rosenhügel, Rózsadomb. Auf der Terrasse sitzen allerlei Betuchte. Neureiche und Kriminelle oder beides. Das übliche postkommunistische Geschmeiß mit seiner Angeberei. Von einem der Tische winkt mir Sina zu. Sina blickt mich an, blickt an mir vorbei, wetzt auf dem Stuhl hin und her, lacht schrill.

»Clara kommt gleich«, sagt sie. »Hier, die Karte ist auf deutsch.«

Eine strahlende Clara nimmt mir gegenüber Platz.

Die Kellnerin ist ausgesprochen höflich. Die Frauen scheinen hier bekannt zu sein.

Wir essen.

»Wir haben nicht viel Zeit«, sagt Sina, »wir müssen arbeiten«.

»Aber du kannst mitkommen«, sagt Clara.

»Du kannst uns zusehen«, fügt Sina hinzu, »wenn's dir Spaß macht.«

»Was denn?« frage ich, während ich noch von meinem Makoer Schweinefilet esse.

»Wir drehen einen Film«, sagt Clara, »wir denken, du könntest daran Spaß haben.«

Ich sage nichts.

»Komm ruhig mit«, sagt sie. Es sind ihre Augen, die mich überzeugen.

Wir zahlen. Ich zahle.

»Es ist nicht weit von hier. Das Taxi bringt uns hin«, sagt Clara.

Wir fahren den Rosenhügel hinauf. Zu einer Villa hinter einem hohen Zaun. Clara sagt etwas in die Sprechanlage, und die Eingangstür geht auf.

Im Flur erwartet uns ein Mann um die Vierzig. Er begrüßt die beiden mit Küßchen und mich mit Handschlag.

»Ein neugieriger Freund aus Deutschland«, sagt die lächelnde Clara.

Der Mann geht voraus.

Wir betreten ein Wohnzimmer mit großer Ledercouch und dazu passenden Sesseln. Hier sitzen zwei Frauen und ein Transvestit, alle drei in Reizwäsche.

Clara macht uns bekannt. »Werner«, sagt sie. »Imola. Natascha.« Die nächste steht auf, streicht mir mit der Hand über die Hose. Ihr Blick wandert aus dem Haus hinaus. Sie reicht mir die Hand, sagt betont langsam: »Ich bin Mona. Merk dir diesen Namen, du Spanner.« Die anderen lachen wie über einen guten Witz.

Zwei Männer stellen die Kameras auf, basteln am Licht. Ich werde aus dem Drehbereich gebracht.

»Erste Szene kann losgehen«, sagt der Mann, der uns an der Tür erwartet hatte.

Ich nehme mein Glas in die Hand und folge den Bewegungen der Kameraleute. Blicke ins grell beleuchtete Körpergewirr. Sehe die beiden Frauen, die Transe und zwei Männer, die dazukommen. Muskeltypen, Schwänze aus Eisen.

Der Nachmittag vergeht, der Nachmittag und der Abend. Szene um Szene.

Der Film ist abgedreht, die Sache ist beendet. Im Kasten. Die beiden Kameras sind wieder abgeschaltet. Es folgt das allgemeine große Duschen. Wir lümmeln in der großen Sitzecke mit Blick über die Hügel. Alle in Zivil, sozusagen, Jeans und T-Shirts. Clara, Sina, Mona und Imola. Natascha, der Transvestit, und die beiden Männer, die die Kameras bedient haben: Andy und Béla. Die Muskelprotze sind gegangen. Ihre Eisenschwänze waren bloß gemietet.

Béla öffnet eine Riesenschampusflasche, wie bei einer Betriebsfeier. »Auf unseren gelungenen Dreh«, sagt er mit seinem starken ungarischen Akzent, der sich wie aus einer Operette von Kálmán anhört.

»Auf unseren Film, damit er ein Erfolg wird«, sagt Andy. Er spricht ein ziemlich einwandfreies Deutsch. Nur der wachsame Reichsdeutsche hört den leichten Ostakzent heraus.

Das ist der Start zur Party. Die Party geht die ganze Nacht. Auf den Schampus folgt das Koks, und auf das Koks folgt wieder der Schampus. Pfandspiele werden gespielt, und irgendwann sind alle nackt, und die Mädchen, wie Andy sie nennt, führen kleine Shows auf, allein und zu zweit und mit dem Transvestiten, als wollten sie den Film nochmals nachspielen, und die Männer freuen sich scheckig. Irgendwann bin ich weggesackt, auf dem Teppich eingeschlafen.

Jedenfalls werde ich auf dem Teppich wach. Es ist Tag, und mein Kopf ist schwerer denn je. Ich versuche die Nacht zu rekapitulieren, viel fällt mir nicht ein, aber das ist unwichtig.

Ich stehe auf. Flaschen liegen herum, ein paar Kleidungsstücke. Es fällt mir sogar ein, wo ich meine Sachen abgelegt habe. Sie liegen noch dort. Ich arbeite mich zum Bad vor, Dusche. Danach wird es besser. Ich ziehe mich an. Einen Kaffee brauche ich noch, dann geht es wieder. Als ich ins Wohnzimmer zurückkomme, begrüßt mich Béla mit einem lautstarken: »Jó reggelt, guten Morgen.«

»Komm, setz dich her, Clara schenkt dir den besten Kaffee der Welt ein. Den kriegst du nur in Budapest. Den haben uns die Türken hinterlassen, als Pfand für das Massaker an unserer Kultur.«

Er hat den Arm um Claras Schultern gelegt. Drückt sie an sich.

Sie lächelt sehr kurz und fragt, zu mir gewandt: »Zukker?«

»Zwei«, sage ich.

»Die Schwaben, a svábok, mögen es süß«, kommentiert Béla. »Wie hat dir die Party gefallen?« fragt er, als ich den ersten Schluck nehme.

»Für einen Anfänger hat er sich wacker geschlagen«, höre ich eine Stimme hinter mir sagen. Es ist Andy. Er klopft mir anerkennend auf die Schulter. Setzt sich neben mich, schenkt Kaffee ein. Neben ihm sitzt jetzt Sina.

»Was ist mit den anderen?« fragt Béla.

»Die kommen auch gleich«, sagt Sina, »jedenfalls sind sie schon wach.«

»Haben es alle überlebt«, sagt Andy.

»Fliegst du heute?« fragt Béla.

»Igen, ja.« Andy nickt. »Wir bringen das Material ins Labor. In zwei Wochen ist es dann soweit.«

»Nimmst du Sina mit?« fragt Béla.

»Klar«, sagt Andy, »Sina fliegt mit«.

Sie lächelt zustimmend, als er sie anblickt.

Die allgemeine Übereinstimmung, die mir bereits gestern aufgefallen war, scheint anzuhalten. Irgendwie ist mir das verdächtig, ohne daß ich sagen könnte, warum. Vielleicht sind es ja auch nur meine Vorurteile. Ich bin ja schließlich auch freiwillig da.

»Und jetzt habe ich noch eine Bitte an unseren neuen Bruder Werner.« Béla, der sich so zeremoniell äußert wie ein Zigeuner, hat sich mir zugewandt.

Er greift nach meiner Hand, drückt sie und sagt: »Wenn ich es richtig verstanden habe, fährst du heute nach Wien.«

Ich nicke, und er drückt weiter meine Hand.

»Ich habe eine große Bitte an dich«, sagt er. Er macht es spannend.

»Nimmst du Clara mit?«

Ich blicke sie an, sie sieht mich an, lächelt. Ich nicke. Er steht auf, und ich stehe ebenfalls auf. Er kommt um den Tisch herum und umarmt mich.

»Ich habe großes Vertrauen zu dir«, sagt er, »ich weiß, du wirst mich nicht enttäuschen«.

Er läßt los, und wir setzen uns wieder.

»Hab ich recht Andy, Werner wird uns nicht enttäuschen?« fragt er.

»Nein, er wird uns nicht enttäuschen«, sagt Andy und klopft mir ein weiteres Mal auf die Schulter.

Ich verabschiede mich von meinen neuen Freunden. Sie versprechen mir wortreich ein Wiedersehen, was auch immer. »Baufachleute können wir immer gebrauchen«, sagt Béla und sieht Andy an. Sie lachen. Ich weiß nicht, was Béla damit sagen will. Ich würde es noch erfahren. Und schneller, als ich dachte.

Ich fahre mit Clara ins Hotel, checke aus, verstaue mein Gepäck und ihres dazu im Auto, bin guter Dinge. Viszlát, Budapest.

Clara sitzt neben mir, das Autoradio spricht ungarisch. Es spricht mit Clara. Wir nehmen die Autobahn nach Wien. Es ist die Autobahn buchstäblich durch das Nichts. »Puszta« sagen manche Leute dazu.

Die Fahrt dauert nicht lange. Objektiv betrachtet. Aber die Minuten im Angesicht des Nichts können sehr lang währen. Wie Stunden. Ich halte das Lenkrad fest, neben mir sitzt die junge fremde Frau. Ich kenne zwar ihren Körper unter dem T-Shirt, unter den Jeans, aber ich weiß nichts über sie.

Es ist das Jahr 1999. Das Jahrhundert ist so gut wie vorbei. Kurz vor seinem Ende hat es sich noch einmal aufgebäumt. 1989. Als wollte es die Katastrophen mit einem letzten Kraftakt überwinden, die Kriege, die Gewalt, die Diktaturen ungeschehen machen. Aber das war nicht möglich. Angesichts der Lebensläufe, der Schicksale. Alle sind tot, und wenn ich an sie denke, kommt immer ein Krieg dazwischen. Der erste, der zweite. Die Kriegsnummern haben das Familienleben bestimmt.

An allem war der Krieg schuld. Hätte es den Krieg nicht gegeben, hätte es den kleinen Bruder meiner Mutter nicht nach Brasilien verschlagen, und ebensowenig wäre ihr großer Bruder nach Österreich gelangt. Nur durch den Krieg sind die beiden von zu Hause weggekommen. Und hätte es nicht den Krieg gegeben, hätte mein Großvater weiterhin sein Handwerk ungestört ausüben können, und meine Mutter hätte ihre eigene Schneiderei gehabt. Und meine Mutter hätte auch nicht meinen Vater geheiratet, sie hätte, wenn es den Krieg nicht gegeben hätte, eine bessere Partie gemacht, wie meine Großmutter sich ausdrückte. Sie hätte den Anton heiraten können. Aber nach dem Krieg gab es keine Männer mehr im Dorf, sie waren im Krieg geblieben oder in der Gefangenschaft oder in Deutschland oder nach Rußland zur Zwangsarbeit verschleppt. Und aus Rußland kamen längst nicht alle wieder, und auch die, die heimkamen, waren erst nach Jahren wieder im Dorf. Anton ist gefallen. Er liegt auf einem Soldatenfriedhof in Weißrußland. Sagt das Rote Kreuz. Anton hat dort sein Grab. Aber wer kommt schon nach Weißrußland? Niemand. Und so hat Anton sein Grab für sich, und auch das hat keinen Sinn.

Nach dem Krieg gab es also keine Männer im Dorf, mal abgesehen von den Rumänen, die im Dorf lebten, die vormaligen Knechte und jene, die aus dem armen Süden in das halb verlassene Dorf gekommen waren und auf der Flucht vor der Hungersnot im Osten oder vor den Russen waren, die sich Bessarabien zurückgeholt hatten. Die einquartierten Rumänen in den enteigneten Häusern.

Die Rumänen aber kamen für meine Mutter nicht in Frage, da hätte mein Großvater eher zum Beil gegriffen. »Zum Beil greifen« war eine Redensart von ihm, aber wenn man ihn vor sich hatte, war es einem klar, daß er auch wirklich dazu fähig war, die Drohung wahr zu machen. Obwohl die Familiengeschichte kein einschlägiges Vorkommnis aufzuweisen hatte. Wenn aber in einer Familie etwas wichtig ist, dann die Rollenverteilung.

Lissi heiratete meinen Vater, als dieser nach fünf Jahren Zwangsarbeit aus Rußland zurückkam. Das war 1950, und meine Mutter war damals siebenundzwanzig Jahre alt und hätte nach den Vorstellungen im Dorf längst verheiratet sein müssen, und das wäre sie auch gewesen, hätte es nicht den Krieg gegeben.

Lissi und Karl kannten sich flüchtig aus der Vorkriegszeit. Wie man sich in einem größeren Dorf so kennt, bei fünftausend Bewohnern. Und beide erinnerten sich an einen Tanzabend, an den Tango, den sie damals getanzt hatten. Den Tango, den der kleine Georg spielte. Der kleine Georg war Musikant geworden. Er war der beste Musikant im Dorf. Ein Zigeuner mit weißen Manschetten. Er spielte den Tango, und sein Blick glitt über Lissi. Sein Tangoblick machte sie unsicher. »Er ist ein Zigeuner«, sagte Theresia.

Der Tango war der Tanz der Handwerker, sagt meine Mutter. Das unterschied sie von den Bauern. Wenn die ihre Polka hüpften, als wollten sie kurz mal probieren, ob die Felder der beiden Familien zusammenpaßten, führten die Handwerker die langsamen Annäherungsbewegungen des Tangos aus. Spürten dem Körper nach, suchten das leichte Zittern, die Tiefe der Augen. Die Intimität des Tangos beschwor das Duo, die Zweisamkeit, gegen das

Auftrumpfen der Gemeinschaft mit der Polka. Der Tango bezeugte den freien Willen, die Polka den kollektiven Zwang. So tanzen Lissi und Karl, und Georg spielt dazu. Jedenfalls stelle ich es mir vor.

Es gab Rosinen und echten Kaffee und an jeder Straßenecke ein Geschäft, und es fehlte an nichts in unserem Dorf, nur das Geld reichte für all die schönen Dinge nicht, die Lissi gern gehabt hätte, aber dafür erlernte sie ja ihren Beruf, damit sie sich das alles kaufen konnte und nicht mehr dem Geiz von Theresia ausgeliefert sein mußte. Theresia fürchtete wohl die Abnabelung der Tochter. Sie hatte ihr alles verboten, wo sie nur konnte. Aber die Tochter wußte sich zu helfen. Der Zweikampf zwischen Mutter und Tochter ging meistens zuungunsten der Mutter aus. Waren die Brüder doch auf Lissis Seite und der Vater in der Regel auch, selbst wenn er ab und zu das Beil ins Gespräch brachte. Das aber bezog sich nur auf den Fall, daß Lissi sich mit einem Mann einlassen würde. Die Grenze der Tangoschritte übertreten würde. Roter Mohn, warum welkst du schon?

Lissi versuchte wie Rosita Serrano auszusehen. »Schwarze Katze« hieß ihr Parfum. Sie ging jeden Samstag tanzen. Mit den Kusinen, Amalie und Sophie, und mit Marie. Marie war Lissis beste Freundin. Sie ist jung gestorben. An einer Lungenkrankheit. Und weil sie wußte, daß sie jung sterben würde, machte sie sich ein Vergnügen daraus, alle Grenzen zu überschreiten. Sie probierte die jungen Männer für sich aus, und keiner verachtete sie deswegen, entgegen der Mütterprophezeiungen. Die Gewißheit des frühen Todes machte ihr das Leben im Dorf leicht. »In der Nacht ist der Mensch nicht gern alleine / Denn die Liebe im hellen Mondenscheine / Ist das schönste, Sie wissen, was ich meine«, sang Marika Rökk im Dorfkino, und der kleine Georg spielte es mit seinem Orchester im Casino.

Dann brach der Krieg aus wie ein fernes Erdbeben, und der Führer-Hans lief nur noch in Uniform durchs Dorf. Es war eine Art SS-Uniform, die er sich bei seinem Schneider nach Fotos aus dem Reich, wie er sagte, anfertigen ließ. Er machte sich einen Spaß daraus, die rumänischen Polizisten mit erhobenem Arm zu grüßen. Wollte ihnen zeigen, wer der Herr im Haus ist.

Lissis Brüder gingen zum Billardspiel ins »Casino«. Plötzlich waren auch die jungen Handwerker zugelassen. Michelbach hielt dort seine Reden an die Dorfjugend, von denen das Dorfblatt zu berichten wußte. Zwischen den Jahrmarktsankündigungen und den Familienanzeigen und der Reklame des Volkswarenhauses Josef Koch in Temeswar, neben dem Dom. Michelbach, der nicht müde wurde, vom Ruf des Führers zu sprechen, vom Reich, das uns braucht. »Bei uns wird jetzt deutsche Musik gespielt«, sagte er. »Und deutsche Musik wird von Deutschen gespielt.«

Die jungen Männer wurden zur rumänischen Armee einberufen. Auch der kleine Georg. »Deutsche Männer gehen ins Reich«, sagte der Michelbach. Er sagte es auf dem Sportplatz. Dort, wo bisher Handball gespielt wurde, Großfeldhandball. Er sagte es unter dem Tuch mit der Rune. Um ihn herum standen die Männer der Deutschen Jugend. Die DJ-Mädel bildeten ein Spalier. »Ein deutscher Mann unterwirft sich nicht einem rumänischen Offizier. Das verbietet ihm sein deutscher Stolz. Unser Bekenntnis zur Zukunft heißt: Adolf Hitler.« Das sagt Michelbach, und das Dorfblatt setzt ein passendes Gedicht dazu: »Vater, segne den Sohn, ich muß hinaus! / Du hast immer erzählt vom blutigen Strauß. / Ich bin noch so jung, aber doch schon ein Mann, / Segne mich, daß ich marschieren kann.«

Zuerst verschwand Lissis großer Bruder Franz aus dem Dorf und dann der kleine Bruder, Paul. Franz verschwand, bevor man ihn zur rumänischen Armee einziehen konnte, denn diese Armee war höchst verrufen, und die Gerüchte, die über die Zustände in ihr umgingen, ließen das Schlimmste befürchten. Man war sich seines Lebens nicht sicher in der rumänischen Armee, schon gar nicht als Deutscher. Als Deutscher hatte man ja auch in der rumänischen Armee nichts zu suchen, sagte der Michelbach, und so verschwand der große Bruder meiner Mutter aus unserem Dorf und sah zu, daß er ins Reich kam, ins Reich und in die Wehrmacht, denn für die Waffen-SS war er zwei Zentimeter zu kurz, und damals, am Anfang des Krieges, spielte das im Reich noch eine Rolle. Franz kam also nur zur Wehrmacht, aber was sollte man machen.

Paul hingegen, der Siebzehnjährige, verschwand aus dem Dorf, weil er nicht mehr zu der paramilitärischen Ausbildung der Rumänen gehen wollte, weil er sich nicht mehr für die Walachen in den Wiesendreck werfen wollte bei den Übungen; und als er sich im Reich freiwillig meldete, wurde er der Waffen-SS zugeteilt. Er hatte die nötige Körpergröße und kam auch sogleich in den Osten. Er blieb die ganze Zeit über im Osten, so lange jedenfalls, wie die SS im Osten war.

Von ihm gab es ein Foto bei uns zu Hause, das nicht seinen festen Platz im Album hatte, sondern nur zu besonderen Gelegenheiten hervorgeholt wurde, wenn wir unter uns waren. Dieses Foto hatte sein Versteck hinter der Bettwäsche im Schrank. Auf dem Foto war Paul zu sehen, mein Onkel. Er trug eine Uniform der SS mit dem Totenkopfabzeichen. Und dieses Totenkopfabzeichen war der Grund, warum das Foto sich nicht im Album, sondern im Schrank hinter der Bettwäsche befand.

Es war ein gefährliches Foto. Daß es gefährliche Fotos gab, wußte man in unserer Familie seit dem Kriegsende. Damals, hieß es, gingen die Russen durch die Häuser und sahen sich die Fotos an, und wenn sie solche Fotos wie das mit dem Totenkopf, fanden, haben sie die Leute aus dem Haus erschossen, weil die Söhne hatten, die Faschisten waren, wie die Russen zu sagen pflegten. Sie sahen sich die Fotos an, erschossen die Leute und nahmen die Lebensmittelvorräte mit.

Die Russen nahmen sowieso alles mögliche mit. Fahrräder und Uhren, Schmuck und Mäntel, alles, was sie so brauchten für ihre Fahrt nach Berlin.

Mein Onkel ist ebenfalls bis Berlin gekommen. Aber anders als die Russen. Er ist bis Berlin gekommen, weil er plötzlich keinen Osten mehr zur Verfügung hatte, um das Schwert gegen Asien zu führen, als Stoßtrupp Europas. Dort, in Berlin, ist er ganz zuletzt noch von einem Mann aus unserem Dorf, den es ebenfalls bis in die Reichshauptstadt verschlagen hatte, gesehen worden. Er ist dort gesehen worden, wie er sich mit anderen, die im Osten die Einheit Europas bis zum Kaukasus erkämpft hatten, in den Westen durchschlug. Er habe in Berlin seltsamerweise eine Wehrmachtsuniform, die Begrüßungsuniform für die Alliierten, getragen.

Paul kam in britische Gefangenschaft. Das war sein Glück, hieß es in der Familie. Denn die, die in russische Gefangenschaft gelangt sind, die sind nicht wiedergekommen.

Nun ist auch Paul nicht wiedergekommen, aber aus anderen Gründen. Er schrieb aus der britischen Gefangenschaft: »Euer guter Sohn.« Viele sind nicht mehr ins Dorf zurückgekommen, nach dem Krieg. Sie sind wegen den Russen nicht mehr zurückgekommen. Und wegen den Kommunisten, die jetzt das Sagen hatten, weil die Russen das so wollten. Dabei gab es ja auch in unserer Familie einen Kommunisten.

Auch Franz ist nicht mehr zurückgekommen, obwohl er nicht in der SS gewesen ist und es wegen seiner Körpergröße nur bis in die Wehrmacht gebracht hatte und gar nicht bis zuletzt dabei war wegen seiner Verwundung am Arm, aber was für einen Unterschied machte das schon für die Russen. Jedenfalls blieb er, wo er war, in Österreich, und damit hat er die richtige Entscheidung getroffen.

Nur Bastian und Theresia kamen aus Österreich zurück. Und so mußte auch Lissi aus Österreich zurückkommen, obwohl sie, wenn es nach ihr gegangen wäre, ebenfalls in Österreich geblieben wäre. Es ging aber nicht nach ihr. In dieser Sache nicht.

Es ging nach Bastian, der wollte nach Hause. In seine Werkstatt. Zu den Naben und Felgen. Zur Hobelbank. Zu seinen Kumpels. Zu den alten Runden. Zur kreisenden Flasche. Er hielt es nicht länger aus in Österreich.

Auch dazu hatte mein Vater eine andere These. Der Großvater habe irgendwo in Niederösterreich in der Werkstatt eines im Krieg gefallenen Meisters gearbeitet. Er habe dort ein Verhältnis mit der Witwe des Österreichers gehabt. Und dieses Verhältnis habe ihm meine Großmutter gründlich ausgetrieben. Seine Rache aber sei gewesen, ins Banat zurückzukehren. Wenn er nicht fremdgehen konnte, dann konnte er auch ebensogut unter der Russenherrschaft leben.

Clara redet nicht viel. Sie hat die meiste Zeit ihren Walkman an und hört irgendwas. Das Neueste. Ich kenne es nicht. Sie drückt mir ab und zu den Stöpsel ins Ohr.

»Das kennst du nicht?« fragt sie jedesmal mit großem Staunen. »Du kennst Lenny Kravitz nicht?«

Sie singt: »My mama said / that your life is a gift.« Sie sieht mich kurz an. »And my mama said / there's much weight you will lift.«

»Nein?« fragt sie und singt weiter: »And my mama said / leave those bad boys alone / be home before the dawn.« Ihr Gesicht ist jetzt nahe an meinem: »But I'm always on the run«, sagt sie plötzlich. Sie singt es nicht, sie sagt es.

»Nein«, sage ich, »das kenne ich nicht.«

»Du bist wie Béla«, sagt sie, »der kennt auch nichts.«

Sie blickt nach vorn, auf die Straße.

»I belong to you / and you / you belong to me.«

Eine Weile sagt sie nichts mehr.

»Hier hinter der Autobahn ist meine Heimat«, ruft sie plötzlich, mit zu lauter Stimme, wegen der Kopfhörer.

»Wo«, sage ich.

»Dort.« Sie zeigt auf einen Punkt im Nichts, es könnte jeder Punkt sein. Einer von Tausenden, die alle gleich sind, in der flimmernden Sonne.

»Auf der Puszta«, sagt sie.

»Mit einem Schwengelbrunnen?« Ich bin zu Scherzen aufgelegt.

»Hast du das im Fernsehen gesehen?« fragt sie zurück.

»Heute glaubt man, die Puszta ist ein Reithof«, sagt sie. »Jedenfalls glauben die Deutschen das.«

»Fährst du noch hin?«

»Es gibt sie nicht mehr. Es ist jetzt ein Dorf. Sie haben eine Straße gebaut. Es ist jetzt keine Puszta mehr.« Sie sagt es mit einer Bestimmtheit, die keine weitere Frage zuläßt.

Früher, als es die Autobahn noch nicht gab, bin ich durch solche Orte gefahren. An der Hauptstraße sah es überall gleich aus. Sie war ein einziger Basar. Überall wurden Andenken feilgeboten, einfach alles, was das Herz des durchfahrenden Touristen erwärmt. Am Plattensee nicht fündig geworden, in Budapest keine Zeit gehabt? Beim Anschaffen der Geschenke den Onkel vergessen? Hier ließ sich mit einem kurzen Anhalten alles nachholen. Man konnte alles erwerben, vom Holzlöffel über den Strohhut bis zur Tischdecke. Ich stelle mir Claras Familie am Straßenrand vor.

»Kannst du klöppeln?« frage ich.

»Was?« sagt sie und zieht den Stöpsel aus dem linken Ohr.

»Klöppeln.«

»Was ist das, Klöppeln?«

An der Grenze wird man uns durchwinken. Ich weiß es. Man wird uns durchwinken. Wie immer. Einen Augenblick lang denke ich, ich könnte dann weiterfahren, immer weiter nach Westen, nichts hindert mich daran, nach Hause könnte ich fahren, sollte ich sogar, in mein schreckliches Zuhause, aber da will ich nicht hin. Da sind Kaltenbrunner und Blickmann, da ist die Baustelle, die Bauruine. Und Birgit. Nicht zu vergessen: Birgit. Alles unerledigt. Mein unerledigtes Leben.

Außerdem habe ich Clara dabei, aber die könnte ich einfach absetzen, in der Innenstadt, wo auch immer, im Ersten Bezirk. Nein, sage ich mir. Ich habe Béla mein Wort gegeben.

Du wirst ganz allein auf der Welt sein, sagte mein Vater zu mir. Und ich dachte mir: Ich kann es kaum erwarten. Ich war der junge Mann, dem es um die Freiheit ging. Ich sagte aber nichts. Und weil ich nichts sagte, wurde mein Vater unruhig. Er hatte sein letztes Pulver verschossen, und ich zeigte mich so unbeeindruckt. Ich schwieg, und mein Schweigen sagte ihm, er hatte endgültig verloren. Hätte ich etwas gesagt, egal was, hätte er vielleicht nochmals nachhaken oder sich vielleicht etwas anderes ausdenken können. Ich aber schwieg, und so wußte er nicht, wie er mich hätte packen können.

Wir standen an der Flußbiegung, zu der wir sonntags ab und zu spazierengingen, wenn ich zu Besuch zu Hause war. Am scharfen Eck. Immer nur wir beide, die Männer, niemals zusammen mit meiner Mutter. Am scharfen Eck änderte sich der Flußlauf Jahr für Jahr. Hier fraß sich der Fluß unaufhaltsam ins Ufer, riß den Boden unter den Baumwurzeln weg. Die Weiden hingen halb in der Luft, als wollten sie davonfliegen.

In unserem Gespräch aber ging es, wie schon öfter, darum, daß ich heiraten sollte. Heiraten und Kinder zeugen. Für Nachkommenschaft sorgen. Schließlich war ich der einzige Sohn der Familie. Ein zweites Kind war nach meiner schwierigen Geburt in der Klinik nicht möglich gewesen. Einmal verriet mir mein Vater, daß es ihm damals vor allem um das Überleben meiner Mutter gegangen sei. Das Überleben meiner Mutter hätte für ihn Vorrang vor meinem Überleben, vor dem Überleben des Kindes gehabt. Es fiel ihm sichtlich schwer, mir das zu sagen, und es hörte sich für mich wie ein Geständnis an, etwas, das er loswerden wollte und mit dem ich wiederum nichts anfangen konnte.

Der Spaziergang hatte etwas von einem Ritual. Wenn ich samstags aus der Stadt nach Hause kam, holte mich mein Vater am Bahnhof ab, und bereits auf dem Weg vom Bahnhof zu unserem Haus fragte er: »Gehen wir morgen zum Fluß?« Es war die Zeit, bevor ich Monika traf. Ich gab den flotten Studenten, der seinem Abschluß entgegensah, sprach mich gegen Heirat und Kinder aus. Auch meinen Eltern gegenüber.

Mein Vater hatte auf diesen Spaziergängen oder Wanderungen, die wir zum Fluß machten, während meine Mutter in der Küche dafür sorgte, daß aufgrund der Rezepte meines Urgroßvaters John ein festliches Mahl auf den Tisch kam, alles versucht, um mich von meiner Aufgabe zu überzeugen, als letzter der Familie, wie er betonte. Die Familie werde aussterben, der Name Zillich verlorengehen. Und als das alles nichts nützte, kam er auf den Gedanken, mich bei meinem von ihm vermuteten Egoismus zu packen. Wenn ich also schon nicht für das übergeordnete Interesse der Sippe zu gewinnen war, dann wollte er mir jungem Spund mal klarmachen, was auf mich zukam, wenn sie, meine Eltern, und alle anderen mal tot sein würden. Allein auf der Welt würde ich dann sein. Nicht nur ohne Kinder, sondern auch ganz ohne Sippe, ohne Familie, kurzum mutterseelenallein. Er redete wie der Vater, der dem erwachsenen Sohn wichtige Erkenntnisse auf den Lebensweg mitzugeben hat.

Ich aber sagte Karl zu ihm, in solchen Augenblicken nannte ich ihn beim Vornamen. »Aber Karl«, sagte ich.

Von allen guten Geistern verlassen kam ich ihm wohl schon jetzt vor in meiner Bockigkeit. Ich schwieg. Ich schwieg nicht nur aus taktischen Gründen. Ich schwieg einfach. Was hätte ich ihm auch sagen können? »Ich bin gerne allein« oder so ähnlich. Es wäre nur eine billige Provokation gewesen, und ich war auf keine Provokation aus. Ich hatte ein gutes Verhältnis zu meinem Vater, zu meinen Eltern. Sie ließen mir meinen Freiraum schon sehr früh, und ich konnte meinen Teenagerleidenschaften folgen, das Haar lang tragen und die Stones hören, ohne sie kränken zu müssen.

»Wir sind damals nach Budapest gegangen«, sagt Clara neben mir, immer noch spricht sie sehr laut.

»Wer?« frage ich.

»Wer schon!« ruft sie. »Meine Mutter und ich. Wir sind nach Budapest gegangen. Ich war zehn, als wir nach Budapest gegangen sind. Eine andere Welt. Budapest und Ungarn, das sind zwei verschiedene Welten. Wir sind in Budapest geblieben.«

»Und dein Vater?«

»Was für ein Vater? Es gab keinen Vater. Es gab nur meine Mutter, und auch sie gibt es nicht mehr.«

»Wie meinst du das?«

»Zuviel Liebe, zuviel Barack«, sagt sie mit starker Betonung, »aber lassen wir's, es führt zu weit«.

Ich saß abends mit Willi zusammen. Wir gingen in dieselbe Schulklasse, im Lyzeum. Meistens suchten wir im Radio nach unserer Musik. Folgten den Beats. Dem Gitarrenriff von Jimi Hendrix: »All along the watchtower.« Das Radio machte uns frei. »O Lord«, die Stimme von Janis, und alle so gut wie tot. Was wir noch nicht wußten, so gut wie tot. Reiter im Sturm, Morrison.

Wir tanzten auf den Partys den Beat, auf improvisierten Partys, am Wochenende, in den Bauernhäusern. Im Hof, im Garten, in der Sommerküche. Der Tomatengeruch war überall. Der Tomatengeruch und das Parfum der Mädchen. Westparfum. Wer Westparfum hatte, besaß Verwandte, Westverwandte, lebte im Zeichen der Familienzusammenführung.

Die Leute im Dorf schüttelten den Kopf. Die jungen Leute sind verrückt. Die Kommunisten nehmen uns alles weg, die Amerikaner aber machen die Jugend verrückt. »I can't get no satisfaction.« Ich habe es heute noch im Ohr.

Die verrückte Zeit verging wie alles andere auch, verging, wie sie gekommen war. Bald konnten meine Eltern stolz auf meine Umtriebe sein. Schließlich war ich dabei, den Ingenieur zu machen. Lissi, die Schneiderin, legte Wert darauf, das Neue anzuerkennen. Irgendwie war in ihren Augen alles Mode und das Neue sozusagen die neueste Mode, der neueste Schrei, wie sie zu sagen pflegte.

Dieses Nachkommensgespräch mit meinem Vater war der einzige Dissens. Aber auch er wurde nie im Streit ausgetragen. Es war immer nur der Versuch, mich zu überzeugen, mir die Bedeutung der Angelegenheit vor Augen zu führen. Und es war stets ein Gespräch unter Männern, von dem ich aber überzeugt war, daß mein Vater es jedesmal wortwörtlich meiner Mutter mitteilen würde. Sie erzählten sich alles, das meiste jedenfalls. Wenn ich mich an die Abende meiner Kindheit erinnere, sehe ich sie vor mir im Bett liegen und einander von den Tagesereignissen berichten. Es waren ihre ganz persönlichen Gutenachtgeschichten. Flüstergeschichten, die bei mir nur als Wortfetzen ankamen, auf die ich mir in meinem Kinderbett, das man am anderen Zimmerende, in Türnähe, aufgestellt hatte, einen Reim zu machen versuchte. Der Hund war darin der Hund, aber das Schwein konnte auch der Nachbar sein, und sie, das war immer meine Großmutter, Theresia.

Lissi selber sagte nie etwas zum Thema Familiengründung. Sie interessierte sich mehr für meine wechselnden Freundinnen, mit denen sie sich stets gut zu stellen bemühte, wahrscheinlich, weil sie in jeder die Auserwählte, die zukünftige Schwiegertochter, vermutete. Zur Nachkommensfrage sagte sie nichts, dieses Thema überließ sie meinem Vater. Er propagierte seinen Familiensinn mit auffallendem Eifer, was ich damals nicht verstand. Erst viel später fand ich eine Erklärung dafür in seiner Kindheit ohne die Mutter und in einer Jugend in Armee und Gefangenschaft.

Mein Vater suchte ein entsprechendes Ambiente für das Gespräch unter Männern aus, immer die Flußbiegung, das scharfe Eck. Das war ein mythischer Ort der

Familie, im Grunde genommen seiner Familie, und dieser Ort sollte wohl den günstigen Rahmen für die Überzeugungsarbeit abgeben. Es war gewissermaßen sein Territorium.

Denn mein Vater war am Fluß aufgewachsen, bei seinen Großeltern. Bei den Großeltern, die die Wassermühle besaßen, und zwar lange vor der Zeit meines Vaters. Trotzdem sprach er immer von dieser Wassermühle. Meine ganze Kindheit über war von dieser Wassermühle die Rede, die keiner gesehen haben konnte. Weder mein Vater noch seine Schwester. Die einzigen, die theoretisch als Zeugen für diese Wassermühle in Frage kamen, waren meine Großeltern, die Eltern meiner Mutter, Theresia und Bastian. Die sagten aber nie etwas zu diesem Thema. Bastian sagte grundsätzlich nichts über seinen Schwiegersohn, und die Mühle war ja offensichtlich eine Angelegenheit meines Vaters, und Theresia machte immer nur eine wegwerfende Handbewegung. Die machte sie sowieso immer, wenn sie Karl sah.

Nikolaus Zillich, der Großvater meines Vaters, war also Wassermüller gewesen, er betrieb eine Flußmühle, und diese war vor langer Zeit, irgendwann vor dem Ersten Weltkrieg, untergegangen. Sie ist einem harten Winter zum Opfer gefallen. Durch einen Eisstoß ist sie gekentert. Das Wort »Eisstoß« habe ich sehr früh kennengelernt. Es wurde immer erwähnt, wenn von der Mühle die Rede war, und so hörte ich in meiner Kindheit das Wort »Eisstoß« genau so oft wie das Wort »Mühle«.

In den harten Wintern vor dem Ersten Weltkrieg fror der Fluß zu, und irgendwann beim Auftauen, wenn die Wassermassen stiegen und sich aus den Bergen herunterwälzten, aus den wilden Karpaten Siebenbürgens, schoben sich die dicken Eismassen wie Panzerplatten übereinander und zerdrückten alles, was ihre Bewegung zur trägen Theiß hin behinderte. So auch die Zillich-Mühle, die spurlos verschwand. So jedenfalls stellte ich mir die Sache vor.

Als Karl, mein Vater, am Fluß lebte, gab es die Mühle längst nicht mehr. Karl verbrachte seine gesamte Kindheit am Fluß, und doch gab es für mich kaum faßbare Beweise dafür. Die Großeltern meines Vaters waren längst tot, als ich geboren wurde. Das Haus, in dem sie gewohnt hatten, stand zwar noch, es war aber umgebaut worden und gehörte anderen Leuten. Karl zeigte es mir im Vorbeigehen. Hineingehen konnten wir nicht. Erst viel später konnten wir es besichtigen, nach den großen Überschwemmungen der siebziger Jahre, als es geräumt werden mußte und nicht mehr viel von ihm übrig war. Nur die Außenwände, die wie ein Gerippe aussahen.

Das Haus befand sich in der kleinen Flußsiedlung, die zwar zum Dorf gehörte, aber durch die Entfernung vom Dorf ein Eigenleben führte. Die Siedlung war von Fischern und Wassermüllern gegründet worden, aber Fischen brachte schon lange nichts mehr, und die Wassermühlen waren bereits in den zwanziger Jahren den Motormühlen gewichen. Eine einzige hatte bis zum Zweiten Weltkrieg überlebt. Genauer, bis zum September 44, als die Russen kamen. Denn die Russen hatten keinerlei Sinn für Wassermühlen, und außerdem hatten sie es eilig. Sie hatten es überhaupt eilig und kaum ein Interesse, länger als unbedingt nötig in unserem Dorf zu bleiben. Sie wollten so schnell wie möglich nach Berlin. Jedenfalls in den sowjetischen Filmen, die ich als Kind zu sehen bekam. Die Russen erschossen also ein paar Leute, lösten die Verankerungen der letzten Wassermühle, weil sie dachten, man könne diese als Schiff benützen. Vielleicht hielten sie die Wassermühle ja auch für ein Schiff. Bei dem, was die Leute in meiner Kindheit über die Russen alles erzählten, konnte man sich gut vorstellen, daß sie die Wassermühle für ein Schiff hielten. Sie lösten die Wassermühle also aus ihrer Verankerung am Ufer und wollten mit dem gerade requirierten Schiff den Fluß hinunterfahren, bis zur Theiß hin und nach Berlin. Sie kamen aber nicht weit, da zwischen einer Wassermühle und einem Schiff doch ein beträchtlicher Unterschied besteht. Die Wassermühle kenterte, und mehrere Russen, die nicht schwimmen konnten, sind an jenem Tag im September 44 in unserem Fluß ertrunken. Sie starben den Heldentod für Stalin.

Die Bewohner der Flußsiedlung hatten in meiner Kindheit keinen besonders guten Ruf. Sie waren den Dorfbewohnern verdächtig, es hieß, sie würden auf den Feldern klauen.

Die Flußsiedlung befand sich in der Au zwischen Ufer und Damm. Der Damm ist im 19. Jahrhundert gebaut worden, er schützt noch heute die Dörfer der Gegend regelmäßig vor dem Hochwasser. Die Bewohner der Flußsiedlung allerdings nicht. Diese lebten vor dem Damm und nicht dahinter wie wir. Als wären es tollkühne Leute, so gebärdeten sie sich und nahmen die Nöte der Überschwemmungen mit einem Gleichmut auf sich, der den anderen, die sicher hinter dem Damm lebten, verdächtig erscheinen mußte.

Ihre Häuser hatten sie in einer traditionellen Leichtbauweise errichtet. Die Wände bestanden aus einem Gerüst aus Weidengeflecht, das mit Lehm ausgefüllt war. Wenn das Hochwasser nahte, schafften die Bewohner ihren Hausrat auf den Dachboden und hofften, daß das Hausgerüst auch diesmal dem Ansturm des Wassers standhalten würde. Dieses fraß sich durch die Wände, spülte den Lehm davon, und nachher konnte man das standfeste Gerüst aus Holz wieder neu verkleiden. In unseren Augen, jenen der

Dorfbewohner, waren das keine wirklichen Häuser, zumal sie auf Staatsgrund standen. Die Bewohner der Flußsiedlung hatten keinen Grundbesitz. Der Grund war ihnen auf Lebenszeit verpachtet worden, aber er gehörte weiterhin der Gemeinde.

Die Leute vom Fluß waren also für uns Dorfbewohner eine Art Habenichtse, und ein Habenichts war auch mein Vater in den Augen Theresias. Sie wußte das bei jeder Gelegenheit zu erwähnen. Es war eine ihrer Grundüberzeugungen, daß ihr Schwiegersohn ein Habenichts war und daß es ihr bis an ihr Lebensende unverständlich bleiben würde, wieso meine Mutter sich in diesen Habenichts verlieben konnte. Noch unverständlicher war ihr, daß diese Liebe meiner Mutter auch nach Jahrzehnten immer noch andauerte. Theresia schüttelte jedesmal den Kopf, wenn sie auf dieses Thema kam.

Karl erschien ihr zutiefst verdächtig. Nichts stimmte am Lebenslauf dieses Mannes. Er war bei seinen Großeltern aufgewachsen, also hatte er keine richtige Familie. Eigentlich doch auch nicht anders als Theresia. Den Vergleich aber machte sie nie. Zu sagen ist, daß Karl bei seinen Großeltern aufwuchs, weil seine Mutter sehr früh starb, als sie ein Kind tot gebar. Sie hinterließ drei Kinder. Außer Karl zwei Töchter. So ein Tod war in den zwanziger Jahren kein seltener Fall, versicherte mir meine Mutter.

Karl redete kaum über seine Familienumstände. Alles, was ich darüber weiß, weiß ich eigentlich von Lissi, meiner Mutter. Karl beschränkte sich auf die Geschichten aus seiner Kindheit bei den Großeltern, über den Rest schwieg er sich weitgehend aus. Erst später und Schritt für Schritt füllte Lissi, wenn ich sie fragte, die Lücken. Karl erzählte gern Abenteuergeschichten, Kinder- und Jugendstreiche, sein ganzes Leben erzählte er als Abenteuergeschichte, und wenn meine Mutter es mitbekam, sagte sie nur: »Machst du dem Kind wieder den Kopf voll mit deinen Erfindungen?« Sie sagte es nie vorwurfsvoll, meistens lachte sie dabei.

Ich spüre Claras Hand im meinem Nacken. Ihre Finger suchen nach meinen Halswirbeln, die Nägel bohren sich kurz in meine Haut. Ihr Gesicht ist nah an meinem, ich sehe es und sehe es gleichzeitig im Spiegel. Sie hat die Kopfhörer abgenommen.

»Laß uns die nächste Ausfahrt nehmen, dort ist eine Csárda«, sagt sie.

»Ja«, höre ich mich sagen.

»Bist du nicht hungrig?«

»Doch.«

Sie hat die Hand immer noch auf meinem Nacken, blickt nach vorn, auf die Fahrbahn.

»Hier«, ruft sie, zeigt mit der Rechten auf das Schild.

Ich verlasse die Autobahn. Nach ein paar Minuten erreichen wir das Gehöft. Piroschkaland. Alles aus Holz und folkloristisch bemalt. Und alles irgendwie herzförmig. Ungarn ist das heimliche Zentrum des europäischen Kitsches. Am schnellsten läßt sich das in Budapest auf der Váci utca feststellen.

»Ist es nicht wunderbar?« ruft Clara aus, läuft vor und dreht sich einmal um sich selber. Bleibt vor mir stehen und drückt mir einen dicken Kuß auf den Mund.

Wir setzen uns an einen der klobigen Tische. Die meisten Gäste um uns herum scheinen Deutsche und Österreicher zu sein. Sie rufen den Kellnerinnen ihre Bestellungen quer über den Hof zu: »Ein schönes frisch Gezapftes!« Begleiten ihren Wunsch durch ausgiebiges Gestikulieren, als fürchteten sie, die Kellnerinnen verstünden kein Deutsch. Diese nehmen es gelassen, sie kennen sich aus. Und das Bier-her-Deutsch ist ihnen mehr als geläufig.

Abwechselnd lächelnd und schmunzelnd, eilen sie in ihren weißen, grün und rot bestickten Trachtenkleidern zwischen den Tischen, der Bar und der Küche hin und her. Eine Blonde mit hübschem Gesicht bringt uns die Speisekarten. Sie bleibt vor uns stehen, und plötzlich sagt sie: »Clara, das ist ja eine Überraschung.«

Clara blickt hoch, nimmt ihre Brille ab, springt auf.

Die beiden Frauen umarmen sich.

Sie reden ungarisch miteinander, und sie reden so schnell, daß ich kaum etwas verstehe.

Dann wendet sich Clara mir zu und sagt auf deutsch: »Das ist Werner. Und das«, sie zeigt auf die Kellnerin, die mich lächelnd mustert, »ist Ildiko.«

Die Kellnerin nickt. »Sucht euch was Schönes aus. Unser Koch ist richtig gut. Was trinkt ihr?«

Clara bestellt eine Cola, ich ein Bier.

Ildiko eilt zur Bar, und Clara sagt: »Ildiko ist eine alte Freundin. Wir sind zusammen zur Schule gegangen. Sie arbeitet schon seit ein paar Jahren hier.«

Jetzt bringt Ildiko die Getränke, und die beiden Frauen sprechen wieder ungarisch miteinander. Ich höre einzelne Worte heraus: ember, Mann, pénz, Geld, gyerekek, Kinder, boldogság, Glück.

Ildiko nimmt die Essensbestellung auf. Nach einer Viertelstunde ist alles auf dem Tisch. Wir essen langsam, wortlos. Clara hat die Sonnenbrille auf. Der Septembernachmittag verbreitet eine schwer zu beschreibende Ruhe. Altweibersommer, denke ich. Sehe Fäden in der Luft schweben. Ich bin in Ungarn, weit weg von mir, und vor mir sitzt Clara, von der ich nichts weiß, fast nichts, und doch viel zuviel. Und sie, was weiß sie über mich? Außer meiner Neugier, außer meinem uferlosen Männertrieb.

Hure und Freier, junge Frau, älterer Mann. Kinopaare, Phantasien. Wir sind ausgesucht höflich zueinander, weil sonst nichts Verläßliches zwischen uns ist.

Ildiko kommt nochmals kurz an den Tisch, zeigt Clara Fotos. Fotos von einem Kleinkind. Clara macht ein entzücktes Gesicht.

Mein Blick gleitet von den Kinderfotos zu den Reitern, die bedächtig um die Csárda herum traben, im wilden Aufzug des 19. Jahrhunderts, als wäre jeder von ihnen Rózsa Sándor persönlich, der Rebell, den Kossuth 1848 ins Revolutionsheer aufnahm und wieder verstieß, weil dessen Gesellen das Plündern nicht lassen konnten.

Als wir aufbrechen, verabschiedet sich Clara mit einer Umarmung von Ildiko. Ildiko reicht mir die Hand und sagt: »Clara ist ein guter Mensch, paß auf sie auf.«

»Ildiko, kérem«, Clara fällt ihr abwehrend ins Wort.

Wir sitzen bereits in meinem Wagen, ich habe den Motor gestartet, will losfahren, als Clara sagt: »Sie hat ein zweijähriges Kind. Ihr Typ ist abgehauen. Schon vor einem halben Jahr. Sie wäre besser in Budapest geblieben. Sie war bei den Männern beliebt.«

Ich lasse den Wagen anspringen. Räderknirschend.

Clara sieht mich an. »Langsam«, sagt sie, »wir haben Zeit.«

Nach dem Tod seiner Frau tat sich Karls Vater mit einer verwitweten Frau zusammen, die vier Kinder hatte, und Karl kam zu den Großeltern an den Fluß. »Sie haben ihn abgeschoben«, pflegte Theresia zu sagen.

Über Karls Vater Michael weiß ich kaum etwas. Er hat seinen Lebensunterhalt und den der Familie als Müller in einer Motormühle im Dorf und danach mit einer Bäckerei verdient. Als Heranwachsender mußte mein Vater in der Bäckerei mit anpacken, die Arbeit begann in der

Nacht. Ich habe immer nur diese nächtlichen Aufsteh- und Arbeitszeiten vor Augen, von denen Karl redete. Irgendwann hörte dieses Aufstehen und Arbeiten auf, weil die Berichte meines Vaters darüber aufhörten. Die Berichte hörten abrupt auf. Und wie die Episode mit der Bäckerei für die Familie ausgegangen ist, weiß ich bis heute nicht.

Ich kann den fremden toten Mann schlecht Großvater nennen, ich habe ihn nicht gekannt. Er ist in den fünfziger Jahren in Österreich gestorben. An krankem Herzen, wie es hieß. Michael Zillich ist im September 1944 mit seiner zweiten Frau, wie die meisten deutschen Dorfbewohner, mit der sich zurückziehenden Wehrmacht vor den Russen geflohen und irgendwo in Oberösterreich gestrandet. Er ist nach dem Krieg in Österreich geblieben. Von ihm besitze ich nichts als einen Brief an seinen Sohn Karl aus den frühen fünfziger Jahren. Mein Vater hat mir diesen Brief irgendwann geschenkt. Wie man ein Erbstück verschenkt. Weitergibt. Ich weiß aber nicht, was in dem Brief steht, denn der Brief ist in Sütterlin verfaßt, auf gotisch, wie man in der Familie sagte, und diese gotische Handschrift kann ich nicht lesen. Ich habe mir diesen Brief niemals vorlesen, habe ihn niemals entziffern lassen, ich weiß nicht, warum. Ich habe ihn aufgehoben, auch nach dem Tod von Karl. Wie ein stummes Vermächtnis. Arme Schlucker hinterlassen gute Ratschläge, denke ich mir. Hier aber haben wir es mit verdeckten Ratschlägen zu tun. Mit einem Geheimnis.

Michael war mit seiner zweiten Frau und deren Kindern in Österreich geblieben. Damit schien er seine Kinder aus der ersten Ehe aufgegeben zu haben. Genaueres weiß ich nicht darüber. Außerdem war zwischen seinen erwachsenen Kindern und ihm der Eiserne Vorhang niedergegangen. Michael wurde in Österreich von seiner zweiten Frau und deren Kindern begraben. Und irgendwann, als auch seine zweite Frau tot und die Frist für das Grab abgelaufen war, haben die Kinder der zweiten Frau das Grab aufgegeben. Mein Großvater hat also schon lange kein Grab mehr in Österreich.

Ich weiß nicht einmal, wie er ausgesehen hat. Ich kann mich an kein Foto von ihm erinnern, und ich neige dazu zu glauben, daß es gar kein Foto von ihm im Familienalbum gab, aber ich will das jetzt nicht behaupten. Die Erinnerung trügt gerade in den schlichten Angelegenheiten. Mit dem Älterwerden habe ich es oft genug feststellen können.

In deutlicher Erinnerung dagegen habe ich ein Foto von Karls Großvater. Im Grunde sind es zwei Fotos, die mit ihm zu tun haben. Obwohl er auf dem einen Foto gar nicht zu sehen ist. Auf diesem ist bloß ein mächtiger Fisch zu sehen, ein Wels, der an einen Baum aufgehängt ist. Diesen Fisch soll mein Urgroßvater Nikolaus gefangen haben. Noch in den Zwanzigern soll es so große Fische in unserem Fluß, in der Marosch, gegeben haben. Das ist heute undenkbar, und wenn es das Foto nicht geben würde, hätte ich die Geschichte für eine Erfindung Karls gehalten, zumal meine Mutter ihn ja in ihrer milden, aber auch abschätzigen Art immer wieder als Erfinder bezeichnete. Nie wieder habe ich das Wort »Erfinder« mit so einer Geringschätzung ausgesprochen gehört.

Auf dem anderen Bild war Nikolaus neben seiner Frau und umgeben von mehreren Enkelkindern abgebildet. Er hatte ein weißes Leinenhemd an, ein trachtenähnliches, wie es die Bauern der Gegend um die Jahrhundertwende trugen, im Gesicht saß einer dieser großen ungarischen Schnurrbärte und auf dem Kopf, weit aus der Stirn geschoben, ein Strohhut. In der Hand aber hielt er, und das war das eigentlich Merkwürdige an dem Foto, ein Stück

Brot, in das er gerade mit einem Taschenmesser schnitt. Die Geste erinnerte mich an jene der Bauern, wenn sie auf dem Felde ihre Mittagspause machten.

Die Enkelkinder, die das Foto zeigte, waren Karl und seine beiden Schwestern, Bärbel und Lisbeth. Lisbeth ist jung gestorben, Bärbel hat ein schweres Schicksal gehabt. Wenn von ihr die Rede war, war stets von ihrem schweren Schicksal die Rede.

Die jung verstorbene Lisbeth soll an einer unheilbaren Krankheit gelitten haben. Von ihr sprach man wenig. Theresia erwähnte sie manchmal, aber immer nur wegen dieser geheimnisvollen Krankheit, die nie näher benannt, stets aber als unheilbar bezeichnet wurde, jedenfalls von Theresia. Und auch diese unheilbare Krankheit war in den Augen Theresias nichts anderes als ein weiteres Argument gegen die Familie meines Vaters und damit gegen meinen Vater selber. Diese unheilbare Krankheit der längst verstorbenen Schwester Karls lastete wie eine Drohung auf meiner Familie. Denn unheilbar bedeutete auch vererblich, und Theresia wollte damit darauf hinweisen, was für einer Gefahr Karl unsere Familie ausgesetzt habe, indem er meine Mutter heiratete, sozusagen fahrlässig; Lissi gegenüber schwang ebenfalls der Vorwurf der Leichtfertigkeit mit. In den Augen Theresias habe sie gar meine Geburt gefährdet, denn man konnte ja nicht wissen, wann und wo, in welchem Glied, wie sie betonte – wobei sie mit »Glied« Generation meinte –, die geheimnisvolle unheilbare Krankheit wieder ausbrechen konnte. »Was kann das arme Kind dafür«, fügte sie hinzu. Das arme Kind aber war ich.

Andere konnten aus ihrer Sicht etwas dafür und waren hochgradig verantwortlich. Zu den Hauptverantwortlichen dieser Fahrlässigkeiten und weiterer nicht näher beschriebener Umtriebe, die mit der Gottesstrafe zu enden pflegten, gehörte aus mir unerfindlichen Gründen Nikolaus Zillich, der Großvater Karls, den sie immer nur als herausgeputzten Spazierstockträger beschrieb, wie er sonntags, vom Fluß her kommend, an unserem Haus vorbei, welches das letzte am Dorfrand war oder das erste beim Betreten des Dorfes, je nach Betrachtungsweise, ins Dorfinnere schlenderte. Dieses Herausgeputzt-Sein und dieses Ins-Dorf-Schlendern kamen mir, dem Kind, wegen der Art, in der Theresia beides zu schildern pflegte, wie ein Verbrechen vor. Dieser Mann mußte ein Verbrecher sein, sagte mir meine Kinderphantasie, und seine Verbrechen mußten etwas mit der unheilbaren Krankheit der Schwester Lisbeth und deren frühem Tod zu tun haben. Theresia pflegte sich regelmäßig in höchstem Maße zu erregen, wenn sie den Sonntagsausflug des Mannes beschrieb. Viel später und eher nebenbei erfuhr ich, daß der Mann ins Wirtshaus ging und anschließend zu den Weibern. Zu lockeren Weibspersonen im Dorf. Obzwar er zu Hause doch seine Frau hatte und die Enkel und all die Probleme, habe er das Geld Sonntag für Sonntag unter die Weiber im Dorf gebracht.

In den Augen Theresias hatte dieser Mann keinen Familiensinn. Und er hat für diesen fehlenden Familiensinn auch seine Strafe abgekriegt, wie sie manchmal sagte. Damit meinte sie nicht die unheilbare Krankheit Lisbeths, sondern vielmehr sein eigenes späteres Schicksal: die Tatsache, daß er im Altersheim gestorben ist, was damals im Dorf »Armenhaus« hieß und von Theresia auch stets als »Armenhaus« bezeichnet wurde. Denn ins Armenhaus kam nur, wer keine Familie hatte oder um den sich die Familie nicht kümmern konnte oder wollte. Und aus der Sicht meiner Großmutter waren diese Gründe im Falle von Nikolaus Zillich gegeben.

Von der jung verstorbenen Lisbeth gab es ein Foto im

Familienalbum, aber dieses Foto ist merkwürdig eigenschaftslos. Es ist ein Portraitfoto, und man kann so gut wie nichts daraus schließen. Die Fotos aus der Familie meines Vaters waren sowieso ziemlich spärlich in unserem Familienalbum vertreten, sie führten dort eher eine Randexistenz. Ein Teil von ihnen war gar nicht erst eingeklebt worden. So, als rechnete man damit, sie könnten jederzeit wieder entfernt werden, und es lohne nicht, sich die Mühe zu machen, sie einzukleben. Die geringe Zahl dieser Fotos wurde auch damit erklärt, daß mein Vater zu lange aus seiner Familie fort gewesen sei, insgesamt mehr als ein Jahrzehnt, und in dieser Zeit sein Vater sich mit seiner zweiten Frau nach Österreich geflüchtet habe, so daß vieles verlorenging und anderes nicht zu meinem Vater gelangen konnte, sondern bei Michael in Österreich oder bei der zweiten Schwester, bei Bärbel, geblieben ist.

Unter den losen Fotos im Album gab es auch eines, das zeigte einen Mann in einem auffallend modischen Anzug der dreißiger Jahre. Auffallend elegant, wie sich nur arme Leute zu kleiden pflegten, die irgendwie zu Geld gekommen waren. Denen der Zufall was ins Portemonnaie gespült hatte. Ich weiß nicht, wieso sich dieses Foto im Album befand. Keiner aus der Familie erwähnte den Mann jemals, keiner schien ihn näher gekannt oder was mit ihm zu tun gehabt zu haben. Es handelte sich, sagte mir meine Mutter, um den Mann der Frühverstorbenen, er sei in Bukarest bei den amerikanischen Bombenangriffen während des Krieges zu Tode gekommen. Wahrscheinlich betrachtete man das Foto als Teil eines symbolischen Nachlasses der toten Schwester meines Vaters.

Das ist alles, was die Frühverstorbene hinterlassen hat. Die andere Schwester meines Vaters, die älteste, die überlebende, wohnte ebenfalls in unserem Dorf, aber an dessen anderem Ende. Und das war weit weg. Das halbe

Dorf lag dazwischen, in dem die Menschen mit ihren Vor- und Nach- und Spitznamen ein und aus gingen. Weil aber so viele als Kinder und als junge Menschen starben, sprach man recht unaufgeregt von den gestorbenen und von den überlebenden Kindern. Die Gestorbenen und die Überlebenden.

»Die Grenze ist nicht mehr weit.« Es ist Claras Stimme neben mir. »Hast du die Papiere bei der Hand?«

Ich greife mit der Rechten in die Rocktasche, ziehe den deutschen Paß heraus, lege ihn vor mich. Clara legt ihren ungarischen dazu.

»Damit es schneller geht«, sagt sie. Sie hat wieder ihre Finger in meinem Nacken.

»Wenn der Typ was fragt«, sagt sie sachlich, »ich bin deine Freundin. Wir haben uns in Budapest kennengelernt und fahren jetzt nach Deutschland.«

»Habe verstanden«, antworte ich und verordne mir ein Lächeln.

Wir sind vor dem Grenzübergang. Es geht langsam voran, aber kein Stau. Die meisten werden durchgewunken. Zwei Autos vor uns muß eines zur Seite fahren, mit einem mir fremden Autokennzeichen.

»Ukrainisch«, sagt Clara. Als sei das die ganze Erklärung.

Wir erreichen den Schlagbaum. Der ungarische Grenzbeamte winkt uns durch, ohne einen Blick an uns zu verschwenden. Seine kurze Geste meint wohl: raus, alles raus.

Auf der österreichischen Seite stehen zwei Uniformierte. Der eine bedeutet den Autos, Schrittempo zu fahren, der andere bückt sich, wirft einen Blick ins Innere. Den Wagen vor uns, mit ungarischem Kennzeichen, läßt er kurz halten, schaut in die Pässe.

Dann sind wir dran. Ich habe die Scheibe heruntergekurbelt. Sein Gesicht ist dicht vor meiner Nase. Er blickt mich an, sieht Clara, grinst, zieht sein Gesicht zurück und ruft: »Gute Fahrt!«

Arschloch, denke ich mir. Hätte wohl auch gern so 'ne Frau im Auto dabei. Aber für einen Augenblick muß ich mir eingestehen, daß ich es doch gern erklärt hätte. Den wahren Sachverhalt geschildert. Wer ist hier eigentlich das Arschloch?

Steh zu deiner Hurenfreundin, ermahne ich mich in Gedanken. Und es ist mir, als höre ich Theresia murmeln: »Du wirst noch wie der alte Zillich.«

»Wir sind in Österreich«, sagt Clara fröhlich, während sie ihren Paß wieder in der Handtasche verstaut. »Bis Wien ist es nicht mehr weit.«

Das Dorf war auf und um einen Hügel herum errichtet worden, die Häuser standen an unregelmäßigen Straßen. Der Hügel war so zugebaut und hatte so eine geringe Erhöhung, daß man ihn gar nicht als Hügel wahrnahm. Seine Bedeutung als Hügel war mehr eine historische, eine Angelegenheit der Dorfchronisten. Ursprünglich soll der Ort im Tal, also in der flachen Landschaft gelegen haben, denn als Tal war auch diese schwer zu erkennen. Wegen der Überschwemmungsgefahr habe man das Dorf dann jedoch auf die Anhöhe verlegt. Das ist alles schon sehr lange her, und kaum jemand erinnert sich noch daran. Jedenfalls, das sagen mir meine Geschichtskenntnisse, ist das Dorf in seiner Anlage untypisch. Die meisten Banater Dörfer sind Straßendörfer vom Wiener Reißbrett.

Wenn man, so wie wir, am Dorfende wohnte, befand man sich am Fuße des Hügels. Man wohnte also unten und lebte in der Gefahrenzone, theoretisch. Nur einmal kam es zum Ernstfall, nämlich bei der großen Überschwemmung in den siebziger Jahren, als der Flußdamm zu brechen drohte.

Doch der Flußdamm, der in der österreichisch-ungarischen Zeit gebaut worden war, hielt den Fluten auch noch in den siebziger Jahren stand. Eigentlich wollten die Kommunisten ihn ja schleifen, weil sie sich ausgerechnet hatten, wieviel Ackerland sie damit gewinnen konnten. Das war in den Anfangsjahren, noch zu Väterchen Stalins Lebzeiten, als jeder Analphabet Bürgermeister werden konnten. Mein Vater erwähnte die Sache gerne, wenn wir auf dem Damm gingen. Für ihn waren selbst die schlimmsten Vorkommnisse Gegenstand amüsanter Anekdoten. In seiner Schilderung verwandelte sich alles in einen milden Witz. Er kannte alle Leute im Dorf, grüßte alle und wurde von allen gegrüßt, wenn wir spazierengingen. Im Gegensatz zu meinem Vater kannte ich niemanden im Dorf. Das hatte wohl damit zu tun, daß ich früh weggegangen bin, aber auch solange ich mich dort aufhielt, kannte ich kaum jemanden. Unser Haus am Dorfrand hatte eine ideale Lage, wenn man den Dorfbewohnern nicht dauernd ausgesetzt sein wollte. Selbst Dorffeste konnten einem am Dorfrand gestohlen bleiben. Man hörte höchstens die Blasmusik, die der Wind herüberwehte, als wäre sie ein Naturschauspiel. Die Blechmusik.

Mein Vater grüßte einen älteren, ziemlich heruntergekommen wirkenden Mann und sagte: »Das war jener Bürgermeister, von dem ich dir erzählt habe. Der den Damm niederreißen lassen wollte. Das war er.« Mein Vater sagte es nachdenklich, weder ironisch noch triumphierend. Er grüßte den Mann, aber er sprach nicht mit ihm. Und ich blickte diesem Mann nach, der sich langsam entfernte und den die Kommunisten seinerzeit zum Bürgermeister gemacht hatten, und ich sah den Mann bedrückt davongehen, wie unter der Last eines großen Vergehens, und das Vergehen war, der Bürgermeister der Kommunisten gewesen zu sein, jenes Amt, das ihm nicht zustand, mit der Anmaßung des Kommunismus angetreten und sich unweigerlich der Lächerlichkeit preisgegeben zu haben. Und in dieser Lächerlichkeit bis an sein Lebensende verharren zu müssen. Das war die harte Strafe des Dorfes. Es war die Macht der Gemeinschaft. Das schweigende Gottesauge. Das peinigende.

Die Schwester meines Vaters hieß Barbara. Sie wurde Bärbel genannt. Bärbel lebte am anderen Ende des Dorfes, und sie lebte ebenfalls unten, am Fuße des Hügels, aber auf der anderen Seite. Oben, in den Straßen auf dem Hügel, wo auch die Dorfmitte war, lebten die Begüterten, genauer gesagt die Nachfahren der Begüterten, denn ihre Güter waren ihnen längst von den Kommunisten weggenommen worden. So war ihr Begütertsein zwar nur noch symbolisch, aber sie pflegten diese Symbolik bis in die Heiratspolitik hinein. Die Begüterten wurden in unserer Familie Bauern genannt. Das bedeutete, daß sie vor dem Krieg Feld besaßen und nach dem Krieg keines mehr. Sie waren aber immer noch Bauern und bezeichneten sich auch so. Manchmal wurde auch noch ein Adjektiv davorgesetzt, und man sprach von reichen Bauern. Und diese, so die These meiner Mutter, würden nur untereinander heiraten.

Nun hatten sie aber schon seit zwei Jahrzehnten kein Feld mehr, und symbolisch gingen sie immer noch auf ihr Feld, das längst enteignet und in der LPG aufgegangen war. Sie arbeiteten längst auf diesem sogenannten Genossenschaftsland, das weder ihnen gehörte noch sonstwem, und sie rechneten sich die Flächen vor, die ihnen immer noch symbolisch gehörten, denn der Kommunismus hatte ja keine Legitimität, er hatte sich mit Gewalt und auf Befehl der Russen die Macht verschafft und würde sie auch wieder verlieren, denn so konnte das nicht ewig weitergehen, diese schreiende Ungerechtigkeit konnte einfach keinen Bestand haben. Man mußte nur Geduld haben, den Kommunismus irgendwie aussitzen, und danach würde man sein Eigentum wiederbekommen, und so ging es einfach darum, den Eigentumsgedanken weiter zu pflegen, und deshalb war auch eine bruchlose Heiratspolitik wichtig, denn alles, was im Augenblick bloß symbolisch war, würde einmal wieder Wirklichkeit werden. Man mußte sich sein Eigentum nur ganz fest ins Gedächtnis einprägen.

Wir waren eine Handwerkerfamilie. Das betonte meine Mutter immer wieder. Und damit war ein Abstand zwischen uns und den sogenannten Bauern geschaffen. Und es war auch ein Abstand zu Bärbel, die zwar aus einer Handwerkerfamilie kam, aber in der LPG arbeitete. Obwohl sie auf dem Felde arbeitete, galt sie nicht als Bäuerin, sie hatte vor dem Krieg kein nennenswertes Feld besessen und konnte somit auch keine symbolischen Rechnungen anstellen, etwa für eine geplante Heirat ihrer Tochter Marie. Sie war Feldarbeiterin, weil sie nichts anderes konnte und die Deutschen nichts zählten in jenen Nachkriegsjahren; ihr Mann, der Handwerker, war tot, vermißt, auf der Krim verschollen, jedenfalls nicht mehr am Leben. Nach zwanzig Jahren kommt keiner wieder und schon längst nicht aus Rußland.

Bärbel hatte nach dem Krieg nichts als ihr Haus, und auch das gehörte ihr zehn Jahre lang nicht wirklich, denn wir Deutschen hatten zehn Jahre lang kein Recht auf unsere Häuser, wir durften darin im besten Fall, wenn sie nicht zu groß und wir nicht zu reich gewesen waren und durch unseren gewesenen Reichtum nicht die Volksmacht der Rumänen gefährdeten, wohnen bleiben. Zehn Jahre lang, bis sie uns wieder gehörten.

Bärbel wohnte also mit ihrer Tochter in dem Haus, das ihr gehörte und auch nicht gehörte, und ging, da sie nichts hatte, aufs Feld arbeiten, aufs Feld der LPG, so wie ihre Tochter Marie. Daß sie auf dem Feld arbeitete, schaffte aber diesen Abstand zwischen uns und ihr. Denn wir verstanden uns als Handwerker. Und Handwerker arbeiteten nicht auf dem Feld. Mein Großvater, meine Großmutter, meine Mutter und irgendwie auch mein Vater, der Müller, der zwar in der Staatsmühle arbeitete, aber irgendwie ist früher, in der wahren Welt, ja auch die Müllerei ein Handwerk gewesen.

Die Kommunisten hatten ein ambivalentes Verhältnis zu den Handwerkern. Einerseits sahen sie sie als eine Art Vorläufer der Arbeiterschaft an, der Arbeiterklasse, andererseits war das Handwerk historisch überlebt. In den Augen der Kommunisten sollten diese historischen Handwerksüberbleibsel, da sie nun mal da waren und man nicht alle erschießen konnte, den sogenannten Handwerksgenossenschaften beitreten. Das waren größere Werkstätten, die man zur Not unter Fabriken subsumieren konnte, und so waren die industrieversessenen Kommunisten damit zufrieden, zumal sie diese ehemaligen Handwerker nun durchaus als Arbeiter bezeichnen konnten, als Werktätige. Damit war die Sache für die Kommunisten erledigt.

So wenig, wie sie von allem verstanden, verstanden die Kommunisten auch von den Handwerkern. Die Grundvoraussetzung des Handwerks war schließlich die Selbständigkeit. Kein Handwerker ließ sich freiwillig zum Handlanger machen. Handwerk war in erster Linie durch die Freiheit gekennzeichnet. Weder Bastian noch Lissi ließen sich davon überzeugen, einer Genossenschaft beizutreten. Trotzig blieben sie selbständig unter den unangenehmsten Umständen, den unentwegten Schikanen der Kommunisten, die, weil sie über das Gesetz verfügten, am längeren Hebel saßen. Beharrlich versuchten sie den übriggebliebenen Selbständigen mit jeder neuen Verfügung klarzumachen, daß deren Lage aussichtslos sei.

Damit kamen sie aber nicht weit. Erst als sie die Steuern so weit anhoben, daß sie den Wert unseres Hauses überstiegen, gaben Lissi und Bastian auf, aber nicht etwa, um der sogenannten Genossenschaft beizutreten. Sie gaben das Handwerk offiziell auf, meldeten es ab und arbeiteten schwarz weiter. Wie das halbe Dorf.

Mein Vater wiederum kam zwar aus einer Handwerkerfamilie, aber er war kein richtiger Handwerker mehr, da er ja in der Staatsmühle arbeitete. Die Handwerkerfamilie meines Vaters Karl hatte ihren Status genaugenommen nicht erst durch die Machtübernahme der Kommunisten verloren, ihre Mitglieder waren schon durch das Abhandenkommen der Wassermühle nicht mehr wirkliche Handwerker, da ja schon Karls Vater kein eigenes Handwerk mehr betrieb, sondern sich bei anderen den Lebensunterhalt verdiente. So konnte Karl auch kein wirkliches Handwerk mehr beerben. Er konnte das traditionelle Handwerk der Familie zwar noch erlernen und ausüben, aber es nicht mehr als eigenes Handwerk betreiben. Deshalb war er in den Augen unserer Familie, und besonders in jenen Theresias, auch kein wirklicher Handwerker mehr. Er konnte sich gerade noch mit dem Titel seines Handwerks schmücken und mit der Machtübernahme der Kommunisten herausreden, aber Theresia nahm diese Ausrede nicht wirklich an, sie traute ihm auch ohne die kommunistische Machtübernahme nicht das Betreiben eines eigenen Handwerks zu. Dafür fehlten in ihren Augen Karl praktisch alle Voraussetzungen. Für sie war er nicht nur ein Habenichts, sondern auch ein Luftikus, der sich durch fortgesetzte Angeberei auszeichnete.

Bärbel sahen wir selten. Eigentlich nur an den großen

Feiertagen des Dorfes, an den Namenstagen und an Ostern, an Weihnachten und eventuell Neujahr. Das waren die offiziellen Begegnungstage mit der Schwester meines Vaters. Dann kam sie in Begleitung ihrer Tochter Marie, und sie saßen bei uns in der Stube und redeten von ihrer Arbeit auf dem Feld. Meistens redete Bärbel, und meine Mutter verdrehte die Augen, als wollte sie jedesmal sagen: Geht sie nicht endlich, hört sie nicht endlich auf? Meiner Mutter waren diese Besuche von Bärbel und Marie lästig. Sie betonte aber stets, sie habe nichts gegen Marie. Und was sie gegen Bärbel haben konnte, habe ich auch niemals wirklich verstanden. Es mußte irgendwas mit der Hochzeit zu tun haben. Mit der Hochzeit von Lissi und Karl, aber was, weiß ich bis heute nicht. Denn selbst meine Großmutter, die mich sonst gerne in die Geheimnisse unserer Familie einweihte, zumal wenn es darum ging, ihre eigenen Ansichten zu untermauern, blieb in dieser Frage wortkarg.

Für Lissi und Theresia war Bärbels Haus Feindesland. Es war im übrigen eine der wenigen Fragen, in denen die beiden Frauen übereinstimmten. Zum Feindesland gehörte schließlich auch Marie, also meine Kusine, obwohl sie kaum etwas sagte, aber sie wurde mit der Zeit immer mehr dem Feindesland zugerechnet. Spätestens als sich herausstellte, daß sie eine unheilbare Krankheit hatte. Und nachdem diese unheilbare Krankheit zum Ausbruch gekommen war und sie eine Zeitlang in einer Nervenheilanstalt verbringen mußte, welche in den Worten Theresias als »Narrenhaus« bezeichnet wurde, war sie für unsere Familie endgültig abgeschrieben. Meine Großmutter sah meine Mutter nur stumm an, als hätte sie sagen wollen, ich habe dich von Anfang an gewarnt, ich habe dir gesagt, mit dieser Familie stimmt was nicht, aber du hast ja nicht gehört. Lissi, die sonst schon bei Kleinigkeiten aufbrauste, schwieg ebenfalls, und Theresia hatte ein paar Punkte gut.

Marie wurde fortan von allen mit Mitleid betrachtet, man ging auffallend vorsichtig mit ihr um. Manchmal wurden auch Gründe für den Ausbruch ihrer Krankheit gesucht, eine schwere Kellertür sei ihr auf den Hinterkopf geknallt, hieß es, Bärbel hätte sie zu schwerer Arbeit angehalten. Bei anderer Gelegenheit wurde gesagt, sie habe einen Rumänen geliebt, und Bärbel habe ihr diese Liebe verboten. Theresia tat dies alles mit einer kurzen Handbewegung ab. »Es liegt in der Familie«, sagte sie.

Manchmal gingen wir an den Feiertagen auch in das Haus von Bärbel. Meine Mutter, mein Vater und ich. Meine Mutter wurde jedesmal mit dem Anziehen nicht fertig, aber sie schaffte es dann doch, und weil es schon spät war, konnten wir dann nicht mehr so lange bleiben. Einmal ging mein Vater mit seiner Schwester auf den Dachboden, weil Bärbel meinem Vater auf dem Dachboden etwas zeigen wollte, einen Schaden am Dach, den er eventuell reparieren konnte, oder ihre Maisvorräte, die ihr die Arbeit in der LPG eingebracht hatte, oder wer weiß was. Ich ging mit. Und oben auf dem Dachboden sah ich den Sarg stehen. Es war ein kleiner, weiß gestrichener Kindersarg.

Der Sarg gehörte Bärbels Sohn, dem Bruder meiner Kusine, von dem nur selten die Rede war. Er war schon lange tot, und er war an einem Frühlingssonntag im Fluß ertrunken. Das war einige Zeit vor meiner Geburt gewesen, und man sprach über die Sache schon lange nicht mehr. Aber der Sarg stand auf dem Dachboden, weil die Leiche niemals gefunden wurde. »Der Fluß hat sie nicht herausgegeben«, sagte Karl. Der Fluß hat sie mitgenommen, weit fort, wahrscheinlich über die ungarische Grenze hinaus, nach Szeged geschwemmt, nach Szegedin, irgendwohin, davon.

Er ist zwölf Jahre alt gewesen. »Sie hat ihm kein Geld fürs Kino gegeben, und dann ist er eben zum Fluß gegangen«, sagte meine Mutter, als ich sie einmal fragte. Lissi hielt ihre Schwägerin für geizig. Ihr ganzes Schicksal hatte für meine Mutter mit ihrem Geiz zu tun.

Es waren zwei Worte, die Lissi regelmäßig im Zusammenhang mit ihrer Schwägerin aussprach: »Geiz« und »Schicksal«. Das Schicksal bezog sich auf den vermißten Ehemann, auf den ertrunkenen Sohn und die dem Wahnsinn verfallene Tochter. Für meine Mutter waren das die Koordinaten eines schrecklichen Lebens. Es war ein Leben wie aus den Romanen, die meine Mutter zu lesen pflegte und die sie dutzendweise im Austausch von ihren Bekannten und Freundinnen, für die sie schwarz Kleider nähte, bekam. Meine Mutter war stets gefesselt vom Inhalt der Romane, die sie las. Es war für sie die pure Wirklichkeit, die abschreckende, die sie diesen Büchern entnahm. Ich vermute, sie las die Romane zur eigenen Abschreckung, wenn sie wieder einmal mit ihrem Leben unzufrieden war. Lissi ging es auf jeden Fall besser als ihren Romanheldinnen. Sie mochte deren Schicksal bestimmt nicht teilen, und mit Bärbel hatte sie sozusagen eine solche vom Schicksal getroffene Romanfigur nicht nur real vor sich, sondern sogar in der eigenen Familie.

Weil sie sich aber damit nicht abfinden wollte, suchte sie nach Gründen für das Schicksal Bärbels, und den Hauptgrund fand sie in deren Geiz. So war der Zwölfjährige ertrunken, weil Bärbel das Kino zu teuer war. Und war Marie nicht in den Wahnsinn getrieben worden, weil sie so schwer arbeiten mußte und nichts davon hatte, weil Bärbel alles auf die hohe Kante legte, ohne dabei ein konkretes Ziel zu verfolgen? Als wäre sie in Amerika und müßte das Geld für die Rückkehr aufbewahren. Bärbel sparte ohne Absicht, sie sparte und fand ihre Genugtuung in der Höhe der Summe, die sie auf der Sparkasse und unterm Kopfkissen verwahrte. Niemand in der Familie wußte genau, wieviel Geld Bärbel gespart hatte, wieviel sie auf der hohen Kante verwahrte, es hieß immer nur, es sei sehr viel.

Manchmal erwähnte Karl die Sparsamkeit seiner Schwester, er sprach dabei anerkennend von der hohen Summe, die sie wohl zusammengebracht hatte. Und an den Feiertagen, wenn Bärbel bei uns saß oder wir bei ihr, brachte er regelmäßig das Gespräch auf die gesparte Summe, er kleidete seine Anspielungen in Anekdoten und Witze, aber selbst sein Humor brachte sie nicht dazu, ihm die tatsächliche Höhe der gesparten Geldsumme zu verraten.

Lissi wurde bei diesem Verlauf des Familiengesprächs stets unruhig, denn sie empfand das Thema als gegen sie gerichtet, und vor allem Karl verdächtigte sie, daß er damit nur anfange, um sie zu kränken, daß er nur darum das Gespräch auf die Ersparnisse der Schwägerin lenke, um sie zu kritisieren. Denn Lissi sparte nicht. Die Geldfrage war eine der wenigen, wenn nicht die einzige Streitursache zwischen Karl und Lissi. Meine Mutter galt als verschwenderisch. In dieser Frage waren Karl und Theresia ausnahmsweise derselben Meinung. Sie waren sich nicht einig, aber sie waren derselben Meinung. Sie meinten, meiner Mutter zerrinne das Geld zwischen den Fingern.

Und Lissi sagte nur: »Wir leben allerdings gut. Wir essen gut, und wir sind gut gekleidet.« Und Karl solle sich mal den Speiseplan im Hause seiner Schwester vor Augen führen, er solle mal eine Woche lang zu Bärbel essen gehen, und danach solle er mit seiner Sparidee wiederkommen. Und außerdem könne er bei der Gelegenheit ja auch in die Kleiderschränke blicken und vergleichen, was in unseren hängt und was in denen von Bärbel. Lissi steigerte sich in solchen Situationen stets in einen wahren

Monolog, der zu einer umfassenden Verteidigung ihres Lebenskonzepts ausartete. Und mein Vater schwieg.

Die Debatte über die Geldfrage und das Sparen war für Lissi ein Angriff nicht nur auf ihre Lebensweise, sondern auch auf ihre Ehe und auf mich, ihr Kind. Denn sie sparte auch nicht in meinen Angelegenheiten. Sie hatte einen unausgesprochenen Sinn für den Genuß, und den trachtete sie auch mir zu vermitteln. Meinen Vater aber suchte sie vor den verheerenden Einflüssen des Sparens zu schützen. Sparen war für Lissi eine Form der Armut. Eine Art freiwillige Armut, und das war ihr zuwider. Meinen Vater betrachtete sie als gefährdet, und seine Schwester, die vom Schicksal getroffene, sah sie als Opfer der Sparidee an.

Als eigentliche Betreiberin, als bösen Geist dieser Sparideologie sah meine Mutter jedoch die Tante Karls an, die Schwester seiner früh verstorbenen Mutter, die einen großen Einfluß auf ihre Nichte Bärbel hatte und diesen Einfluß zur fortwährenden Intrige nutzte, wie Lissi behauptete.

Karls Tante Agnes, die ebenfalls am anderen Ende des Dorfes wohnte und die wir ebenso nur an den Feiertagen sahen, und zwar noch seltener als Bärbel, galt als Drachen dieser zerfallenen Familie, dieses Familienrests, in dem es nur noch einen einzigen Mann gab, den jüngsten der Familie, Karl. Wenn der einzige Mann aber das jüngste Familienmitglied ist, ist sowieso schon alles futsch und vorbei, wie Theresia zu sagen pflegte.

So hatte Karl einen ziemlich schlechten Stand in seiner Restfamilie. Jedenfalls hatte er dort nicht das Sagen. Er hatte es weder in unserer Familie noch in seiner Restfamilie. In seiner Restfamilie hatte der Drachen das Heft in der Hand. Das wiederum erklärte auch die Zögerlichkeiten und die für uns komischen Ansichten meines Vaters sowie die Starrköpfigkeit und übertriebene Sparsamkeit seiner Schwester, so daß beide in unserer Familie letzten Endes akzeptiert wurden, weil es nicht direkt ihre Schuld war, daß sie diese unangenehmen Eigenschaften hatten. Sie waren vielmehr Opfer des Drachens dort unten. Wenn von Agnes die Rede war, sagten Theresia und Lissi stets »die dort unten«. Dabei wohnten wir selber ebenfalls unten, wenn man die Lage des Dorfes in Betracht zog, aber irgendwie gab es zweierlei unten, so wie es zwei Dorfenden gab. Demnach war unser Unten, wie unser Dorfende, das richtige, und das andere war das falsche. Jedenfalls in den Augen von Lissi und Theresia, die die Tante meines Vaters so gut wie nie bei ihrem Namen nannten.

Selbst ihre dürre Gestalt mußte als Beweis für ihre Bösartigkeit herhalten. Sie war vom Bösen sozusagen ausgezehrt, aber nicht nur vom Bösen, sondern auch vom Geiz. Sie war überhaupt die Moderatorin des Geizes, die Zeremonienmeisterin des Sparens, das meine Mutter so haßte.

Eines der Argumente, die Lissi und Theresia in ihrer Erregung gegen Agnes vorbrachten, war, sie hätte drei Männer überlebt. Über diese drei Männer wurde in unserer Familie nichts weiter gesagt, es hieß immer nur: »Der Drachen hat drei Männer überlebt.« Damit wollten Lissi und Theresia wahrscheinlich die Gefährlichkeit der Tante meines Vaters herausstreichen. Der eine dieser Männer war, glaube ich, Schuster gewesen, der andere Kneipenwirt. Über den dritten ist mir gar nichts in Erinnerung. Auch über den Schuster wurde nichts weiter gesagt. Nur die Zeit mit dem Kneipenwirt wurde regelmäßig erwähnt. Diese Kneipenwirtszeit von Agnes galt als wichtiges Beweismittel gegen sie. Sie habe damals für die Männer zu nächtlicher Stunde auf dem Tisch getanzt. Sie habe sie besoffen gemacht, pflegte Theresia zu betonen, und habe ihnen das Geld aus der Tasche gezogen.

Ich bleibe, wie vorgesehen, in Wien. Wir nehmen ein Zimmer in dem Hotel am Westbahnhof, in dem ich im Lauf der Jahre gelegentlich übernachtet habe. Bei meinen Reisen ins Banat. Jedes Jahr zweimal. Zu Ostern, zu Weihnachten. Seit ich allein fahre, mache ich regelmäßig Station in Wien. Auf der Hinfahrt, auf der Rückfahrt. Es waren sehr unterschiedliche Aufenthalte. Davor und danach. Davor die Anspannung, danach die Erleichterung. Für eine Weile Ruhe zu haben vor der Vergangenheit. Diese Fahrten ins Banat waren unausgesprochen eine Infragestellung der Auswanderung.

Monika wollte stets durchfahren. Sie wollte die Fahrt jedesmal so schnell wie möglich hinter sich bringen. Sie hatte kein Interesse mehr am Banat, seit ihre Familie nicht mehr dort lebte. Sie hatte aber auch kein Interesse an Wien. Die Reisen ins Banat waren ihr lästig, und sie nahm es meinen Eltern übel, daß sie nicht ausgewandert sind. Sie betrachtete diese Verweigerung meiner Eltern als einen persönlichen Affront. Als hätten meine Eltern damit eine Mißbilligung der Lebensentscheidung der Schwiegertochter ausgesprochen.

Ich liege eine Weile auf dem Bett, während Clara sich im Bad zu schaffen macht. Der Fernseher, den der Jugoliftboy, der Tschusch, wie sie hier sagen, angemacht hat, um von mir eine Münze zu ergattern, läuft. Er ist vor irgendeinem der Kriege in seinem Heimatland abgehauen. Statt Held zu werden oder Verbrecher, irgend etwas von Format, hat er es nun zum mickrigen Bettler gebracht im verhaßten Wien, zum tief gekränkten Ausländer. Nichts ist schlimmer als diese Ausländerkränkung. Der wirkliche

Diener ist nur in großen Dingen gehorsam, denke ich mir. Es ist ein Satz von Gyula Illyés, den ich mal in seinem Buch über die Puszta gelesen habe.

Ich höre nichts, ich sehe nichts. Ich liege nur da. Dann gehe ich nochmals zum Auto, nehme eine weitere Tasche aus dem Kofferraum. Als müßte ich meinen Wien-Aufenthalt durch Auspacken absichern.

Clara hat inzwischen das Bad verlassen.

»Wo warst du?« fragt sie, als ich das Zimmer betrete. Ich bemerke eine Spur Nervosität in ihrem Tonfall. Ein kurzes Zittern in ihrer Stimme.

»Am Auto, wegen einer Tasche«, sage ich.

»Ach so, ich dachte, du hättest mich verlassen.«

Sie lehnt sich einen Augenblick an mich. Sagt: »Laß mich hier nicht allein.«

Ich lege den Arm um ihre Schulter, schweigend.

»Gehen wir essen?« fragt sie.

Wir nehmen das Gasthaus an der Ecke. Den Ort des Wiener Schnitzels. Schnitzel wie in meiner Kindheit. Aber vom Kalb und über den Tellerrand hängend. Clara bestellt einen Salat.

Ich rede von den Schnitzeln meiner Kindheit.

»Kommst du mit mir rüber ins Geschäft?« fragt sie.

Sie will einen Table-Dancing-Job annehmen, in einem der Lokale am Gürtel. Wir gehen also rüber. Es ist praktisch nur über die Straße, links vom Bahnhof. Gleich hinter den Jugolokalen aus den Achtzigern. Lepa Brena und Novo Beograd. Sie spricht ein paar Worte mit dem Kerl an der Kasse, der greift zum Telefon. Minuten später ist ein anderer da, der Chef, der sich ihr Anliegen anhört.

»Ich soll Grüße ausrichten von Béla«, sagt sie.

Der Mann blickt mich an, und ich nicke, als sollte ich ihre Aussage bestätigen. Er mustert mich kurz. Ich scheine nicht ganz seinen Vorstellungen zu entsprechen.

Wie ein Macker sehe ich bestimmt nicht aus. Aber ich mache mit und der Typ auch.

»Okay«, sagt er, »Béla ist mein Freund. Du kannst morgen anfangen, Spätschicht. Garantie, pro Stunde.« Er nennt einen Schillingpreis. »Extras sind deine Sache. Wir sehn uns morgen um sechs.«

Er verabschiedet sich von uns beiden mit Handschlag, als wäre zwischen uns etwas abgemacht und besiegelt, Rotlichtsitte.

Es ist ein weiterer milder Septemberabend. Wir laufen in den Seitenstraßen um die Mariahilfer herum, setzen uns in einen Biergarten, in einem Innenhof mit Bäumen, alten Bäumen. Plötzlich wirkt alles wieder ländlich, wie vor hundert, vor zweihundert Jahren, aus der Innenstadt wird eine Vorstadt, wäre da nicht die schicke Szenekleidung der Gäste. Es ist manchmal nur die Kleidung, die den Menschen die Zeit vor Augen hält.

»Woran denkst du?« fragt Clara.

Ich schildere ihr meine Beobachtung.

Sie wirft mir einen prüfenden Blick zu. Sagt: »Ich dachte, du wärst Ingenieur, aber ich sehe, du bist Philosoph.« Es hört sich nicht wie eine Anerkennung an.

Kurz vor Mitternacht sind wir wieder im Hotel. Clara verzieht sich ins Bad, und ich sehe mir die Nachrichten von »Zeit im Bild« an. Die Nachrichtenbilder ziehen an mir vorbei. Ich sehe Leichen wie Stofftiere.

Als Clara zurückkommt, übergebe ich ihr die Fernbedienung und gehe meinerseits ins Bad. Als ich das Zimmer wieder betrete, schläft sie bereits. Der Fernseher läuft, es ist ein ungarisches Programm von RTL. Junge Leute, die wie junge Leute aussehen, erzählen sich etwas auf ungarisch. Dazwischen steigen die Clips: Britney Spears, »You drive me crazy«. Shania Twain, »That don't impress me much«. Das ewige Geschlechtergesäusel. Und jede Generation entdeckt es neu. Hält es für was Neues. Was für ein Betrug. Was für ein Selbstbetrug.

Neben mir dreht sich Clara um, wendet das Gesicht der Wand zu. Weg von mir, der Wand zu. Ich betrachte ihren Hinterkopf, hebe die Hand, um ihr über das Haar zu streichen. Halte inne. Sie schläft, sage ich mir. Greife nach der Fernbedienung. Stelle den Ton etwas leiser.

Ich lasse die Bilder eine Weile vorbeihüpfen, dann drücke ich den Knopf.

Was mache ich hier? Neben mir im Bett liegt diese junge Frau, die ich seit drei Tagen kenne. Ich habe die Verantwortung für sie übernommen. Sie nach Wien gebracht, wo sie ihrer Hurenarbeit nachgeht. Ich bin zum Beschützer einer mir unbekannten Hure avanciert. In was bin ich da hineingeraten? Als hätte ich nicht schon mit der Baustelle genug auf dem Buckel. Ich rekapituliere die letzten Tage und denke mir, so kommt man vom Regen in die Traufe und vom Hundertsten zum Tausendsten und nie wieder zu sich.

Ich sollte meine Mutter anrufen, denke ich mir, bevor ich ebenfalls einschlafe. Aber was soll ich zu ihr sagen? Karl ist tot. Ihr Mann, mein Vater. Das wissen wir beide. Man kann den Tod feststellen, darüber hinaus aber läßt sich kaum was sagen. Jedenfalls nichts Sinnvolles. Über etwas Sinnloses kann man nicht etwas Sinnvolles sagen. Da kann man den heiligen Nepomuk noch so oft anrufen, es ändert nichts. Karl ist tot, und ich liege mit einer Hure im Bett, und das, um zu schlafen. Der heilige Nepomuk aber steht auf dem Domplatz in Temeswar, und die Leute gehen zu ihm. Die Leute gehen an die Wasserquelle an seinem Sockel. Sie glauben an die Heilwirkung der Quelle. Es ist Mineralwasser, betonen sie.

Im Traum sehe ich Kinder einen Sarg tragen. Eines der Kinder bin ich. Am offenen Grab steht eine Frau, die

Bärbel ähnelt, einer noch jungen Bärbel. Als wir mit dem Sarg das Grab erreichen, nickt sie erfreut. »Begrabt endlich meinen Jungen«, höre ich sie sagen. Ich werde wach, springe auf, trinke ein Glas Wasser. Er hat kein Grab, denke ich mir, der Fluß ist sein Grab. Schlafe wieder ein. Die Mohnstauden im Garten der Nachbarn wiegen sich im Wind. Blaue Kugeln auf den Spitzen. Der Nachbar hat Mohnkörner im Mund. Den Mund voller Mohn.

Am nächsten Morgen, nach dem Frühstück, erklärt Clara beiläufig, sie wolle shoppen gehen, Läden gucken. Ob ich ein paar Knöpfe für sie übrig hätte. Habe ich.

3

Ich bleibe auf dem Zimmer. Die Enge des Hotelzimmers erscheint mir plötzlich wohltuend, adäquat. Ich liege auf dem Bett, ein Film zieht durch meinen Kopf, eine Ansammlung disparater Bilder. Die Marosch, mein Vater, Budapest, Clara, Sandhofen, Monika. Bis das Zimmermädchen an die Tür klopft. Sie spricht Ausländerdeutsch. Sie hat einen Balkanakzent. Ich frage sie. Ich frage dreist, wie man Ausländer fragt. Mazedonien, sagt sie. Schon wieder so ein Land. Die haben jetzt alle eigene Staaten, und ihre Bürgermeister nennen sich Minister und haben das Messer in der Hand. Ich lasse die Mazedonierin ihre Arbeit machen. Damit sie ihren Mann ernähren kann und den Taugenichts von Sohn dazu. Ich setze mich ins Foyer. Blättere in einer dieser kleinformatigen österreichischen Zeitungen. Blättchen, bestenfalls Flyer. Nur in Österreich kann man so etwas für eine Zeitung halten.

Ich gehe wieder aufs Zimmer. Auf unser Zimmer. Mein Zimmer. Claras Zimmer. Hört sich seltsam an, so durchbuchstabiert. Ich fahre ein Stockwerk mit dem Fahrstuhl hoch. Es ist ein alter Fahrstuhl von vor dem Ersten Weltkrieg. Aus dunklem Holz und Spiegelglas. Mein Gesicht ist im Spiegel.

Auf dem Zimmer nehme ich das Telefon, gebe mir einen Ruck, rufe meine Mutter an.

»Bist du gut angekommen?« fragt sie.

»Ja«, sage ich.

Eigentlich ist unser Gespräch damit beendet, zumindest erschöpft.

»Es ist schwer«, sagt meine Mutter.

Ich sage nichts, was könnte ich schon sagen. Was für eine Feigheit, über den Tod zu reden. Habe ich bei Krúdy gelesen, in der »Roten Postkutsche«. Ich kann nichts sagen, ohne daß mir die Stimme versagt. Es ist schrecklich, und gleichzeitig ist es, wie es ist, eine ganz normale Sache. Millionenfach erlebt. Denke ich mir. Rauf und runter gedeutet. Und doch einzigartig für jeden, jedesmal ein Skandal. Es gibt keinen größeren. Und auch das ist gesagt. Alles ist gesagt, absolut alles.

Ich schweige. Schweigen ist Respekt und Affront zugleich. Der Tod bringt die Überlebenden gegeneinander auf.

Ich horche ihrer Stimme nach.

Sie fragt nach dem Wetter, fragt nach der Arbeit.

»Es muß gehen«, sage ich, und das Muß, das ich ausspreche, klingt wie ein Kommentar zu allem, was wir sagen und was wir nicht sagen.

Wir sind in der Pflicht.

Später krame ich in der Tasche, die ich aus dem Kofferraum geholt habe, und halte mit einemmal das Bündel mit den Dokumenten meines Vaters in der Hand. Handgeschriebene Eingaben, Ausweise, Fotos. Ein Ahnenpaß. Habseligkeiten, Erinnerungsstücke. Eine handschriftliche Darstellung der Wassermühlen auf der Marosch. Ich lese ein bißchen darin. Wasserrad und Wasserschaufel. Muß mich erst an die Handschrift gewöhnen. Ich kenne ja nur die Briefe von ihm, die kurzen, floskelhaften Briefe, die er nach Deutschland schrieb, mir und Monika und dann nur noch mir. Briefe, in denen nichts stand, weil er die Zensur fürchtete. Später mochte er sich daran gewöhnt haben, nichts zu schreiben. »Winter gut überstanden, Gartenarbeit begonnen. Sind gesund.« Oder auch: »Mama kränkelt.« Gesund, kränkeln. Das ist auch schon alles zur Person.

Ketten. Tauchbäume. Laufsteg.
Die Geschwindigkeit des Wasserrads.
Kammrad. Zahnrad. Mühlachse.
Mahlgang.
Steine.
Mahlgut.
Rührnagel. Nockenring.
Wächter.
Walzenstuhl. Rüttelsieb.
Weizen.
Wasser.

Alte Wörter für mich, Ablagerungen. Etwas, das entfernt mit der Familie zu tun hat. Aber mit mir? Für meinen Vater war es der Raum einer Welt, in der er aufgewachsen ist. Seine Großvaterwelt. Die Welt, in der sein Vater gescheitert ist. Die Welt, aus der sein Vater durch eine Laune der Natur herausgefallen ist.

Sein Wissen über die Wassermühlen hat Karl für den Heimatforscher aufgeschrieben, den ausgewanderten Dorfchronisten. Der Heimatforscher lebt in Augsburg. Er kommt zweimal im Jahr ins Dorf, verteilt Lebensmittel und Kleider, die er in Augsburg einsammelt. Fragt dabei die Leute aus. Er bastelt an der Ortsgeschichte. Für ihn hat Karl die Mühlen beschrieben.

In Karls Papieren finde ich auch ein Blatt, das von seinem Vater handelt. Darin geht es um das Jahr 1911. Der Wassermüller hat zwei Kinder, einen Sohn und eine Tochter. Den Sohn hat er aufs Gymnasium nach Szegedin geschickt. Jetzt soll der Sohn heiraten. Es sollte eine Bauerntochter sein, denkt er. Wegen der Mitgift. Um die Schwester auszahlen zu können, auf den Wert der halben

Mühle. Dreißig Joch Feld war eine Wassermühle wert. Nach einigem Hin und Her findet er die passende Bauerntochter. Im Februar 1912 ist die Hochzeit. Aber das Glück währt nicht lange. Herbst und Winter, Hochwasser und Eis bringen die Katastrophe. Die Mühle wird zerstört. Der junge Müller, Michael Zillich, mein Großvater, ist verarmt. Es ist ein loses Blatt, eine Skizze, wie für eine Autobiographie. Die Kommunisten verlangten bei jeder Gelegenheit Autobiographien von den Leuten. Schnüffelten in deren Vergangenheit herum, suchten ihre Herkunft zu ergründen. Als könnten sie sie damit durchschauen.

Der Ahnenpaß stammt aus den dreißiger Jahren, als man sich seiner deutschen Herkunft vergewissern wollte und diese Vergewisserung doch nur die Waffen-SS-Tauglichkeit nach sich zog. Die Kollektivschuld. Damals, als der Michelbach seine Reden hielt und die jungen Männer als Volksgenossen ansprach. Vom guten deutschen Blut redete er, das in ihren Adern fließen würde, und darüber sollte der Ahnenpaß Auskunft geben sowie den jungen Männern eine moralische Verpflichtung auferlegen, die Reinhaltung der Rasse betreffend. So redete der Michelbach, und die jungen Männer hörten ihm zu.

Die Deutsche Mannschaft bildete einen Fackelzug. Spiele waren das. Krieg spielte man, und dann war man mittendrin. Freiwillig, wie es hieß. Siegheil. Wer im Dorf nicht spurte, keine Lust auf den Führer hatte, dem wurde das Haus von der DJ mit faulen Eiern beworfen.

Der Ahnenpaß reicht bis ins frühe 19. Jahrhundert zurück, aber nicht bis zur Einwanderung, nur bis zur dritten oder zweiten Generation nach den Eingewanderten. Es ist der sogenannte kleine Ariernachweis. Der Ahnenpaß ist also ohne Anfang. Aus ihm geht nicht hervor, woher die Familien gekommen sind. Man kann zwar aufgrund der Dorfgeschichte und der Kirchenbücher Vermutungen anstellen, aber genaue Angaben gibt es nicht. Mein Vater hat den Ahnenpaß weitergeführt. Er hat die Nachkriegsgenerationen hinzugefügt. Die Toten und die Lebenden. Das war hilfreich für meine Anerkennung als Aussiedler. Als Deutscher. Jetzt wäre es an mir, die Daten zu ergänzen. Aber für wen? Und wofür?

Unter den Papieren befindet sich auch ein Briefwechsel, den er mit dem Archiv der rumänischen Armee nach der »Revolution« genannten Wende geführt hat. Darin behauptet das Archiv, er wäre 1943 an die deutsche Wehrmacht überstellt worden. Es ist die Unwahrheit und eine weitere Kränkung. Das Armeearchiv führt gefälschte Akten.

Ich sehe meinen Vater vor mir, höre ihn reden. Von seiner Deportation nach Rußland, 1945 aus der rumänischen Armee. Wahrscheinlich wollte diese Armee die Verantwortung für seine Deportation nicht tragen. Ich höre ihn sprechen, als müßte er etwas beweisen. Er geht auf und ab. Ruhelos.

Der Fernseher läuft, und im Fernseher ist nichts als Politik. Nackte Politik. Machtkampf.

In Bukarest wechseln sie gerade die Indianer aus. Nicht wie sonst, scheinheilig, nein. Diesmal ist es das ganz große Indianerauswechseln. Die Leute im Dorf gehen tagelang nicht arbeiten. Die Jugend fährt auf einem offenen Laster der LPG durchs Dorf und schwenkt eine Fahne, aus der sie das kommunistische Wappen herausgeschnitten haben. Genauso, wie man es im Fernsehen zu sehen bekam. Sie fahren durchs Dorf und an den Fluß. Sie nennen sich Revolutionäre. Fahren an den Fluß und wieder ins Dorf zurück, es ist die Revolution. Am Fluß nehmen sie den kleinen Georg fest. Er soll aussagen, was mit den Auswanderergeldern geschehen ist. Sie bringen ihn nach Temeswar, zur Armee. Und dann kommen ein paar Leute aus Temeswar und durchsuchen das Haus vom kleinen Georg.

Im Fernsehen zeigen sie den Oberindianer und seine Schlampe. Mit denen wird kurzer Prozeß gemacht. An einem Abend sitzen alle vor den Fernsehern und warten auf das Videoband. Das gesamte Dorf wartet auf das Videoband wie das ganze Land. Alle wollen den kurzen Prozeß sehen, den Beweis für die Revolution. Als ginge es nur darum, daß Köpfe rollen. Daß es nicht nur darum gehen kann, wird ihnen erst später klar. Als sie nichts mehr davon haben. Gar nichts.

Ich sehe meinen Vater vor mir. Ich höre ihn reden. Es ist mein erster Besuch nach dem Ende der Diktatur. Es ist Januar, ich bin nur ein paar Tage da. Habe den Kofferraum vollgepackt mit Lebensmitteln und einigen Klamotten. Sachen zum Überleben im Chaos der Wende. Ich höre meinen Vater über seine Deportation reden, über den Winter 1945. Diesmal höre ich besser zu als früher. Er erzählt seine Erlebnisse wie ein Vermächtnis. Wir sitzen im Wohnzimmer, neben dem Ofen. Auf der Straße sind Männer, sie tragen Brennholz auf der Schulter.

»Am 29. Januar 1945«, sagt er, »wurde ich in Călăraşi in der Kaserne in den Arrest gebracht. Es geschah mit den Worten: ›Es tut uns leid, aber Befehl ist Befehl.‹ Im Arrest befanden sich einige Matrosen, die mich neugierig beäugten, aber der Diensthabende sagte zu ihnen: ›Der Kamerad hat nichts verbrochen. Er ist Deutscher und wird morgen an die Russen übergeben.‹ Ich sah mich um, setzte mich auf eine Kiste, blickte auf die Uhr. Der Diensthabende kam zurück und brachte mich in ein leeres Zimmer, mit einer Bettstelle. Ich hätte ja nichts verbrochen. Er brachte einen weiteren Soldaten herein, einen Siebenbürger. Wir wurden bewacht. Fünf Jahre, zwei Monate und elf Tage war ich nun beim rumänischen Militär.

Um sechs brachte man uns wieder in den Arrest, es sollte den Anschein haben, als hätten wir dort übernachtet. Um sieben kam ein rumänischer Kamerad mit einer Kanne Kaffee. Er war schockiert, mich in Haft zu sehen.

Man brachte uns auf den Hof. In diesem Augenblick kam der Major durch das Kasernentor. Als er uns in Uniform sah, begann er sofort, nach gutem rumänischem Brauch, die Mutter und den lieben Gott zu verfluchen. Wir sollten Zivilkleider tragen.

Ich mußte mich anschließend bis auf Hemd und Unterhose ausziehen und meine Uniform laut Inventurliste abgeben. Danach wurde ich aus den Kleiderbeständen, die man seinerzeit den Juden abgenommen hatte, eingekleidet. Ich bekam eine braune Kammgarnhose, einen grünen Kammgarnrock und einen Damenmantel.

Ein deutsches Ehepaar wurde noch zu uns gebracht, der Mann war Offiziersanwärter. Man brachte uns in das Büro des Kommandanten, wo bereits ein Russe auf uns wartete, der uns Fragen stellte. Er entdeckte, daß die Frau Polin war, und meinte, sie dürfe nicht deportiert werden. Die Frau bestand aber darauf, bei ihrem Mann zu bleiben. Nach einer längeren Diskussion mußte sie sich schriftlich für die Arbeit in Rußland verpflichten. Der Russe hatte einen Dolmetscher dabei, den ich gut kannte, der aber so tat, als hätte er mich heute zum ersten Mal gesehen.

Man händigte uns Unterwäsche zum Wechseln aus und Lebensmittel für zehn Tage. Ein Offizier gab mir eine Pelzkappe und Handschuhe. Danach stellten sich die Offiziere im Flur in der Rangordnung auf, um sich mit einem Händedruck von uns zu verabschieden.

Mit zwei Limousinen brachte man uns zum Bahnhof Ciulniţa. Wir wurden dort streng bewacht. Die Leute, die auf uns aufmerksam wurden, dachten, wir seien Gefangene oder Faschisten, die in die Sowjetunion gebracht und dort erschossen werden.

Als wir im Zug saßen, öffnete der Russe, der uns begleitete, seine Tasche, entnahm ihr eine Stange Salami und ein Taschenmesser, schnitt die Salami auf und teilte die abgeschnittenen Stücke unter uns auf. Die Leute um uns herum flüsterten sich zu, die Russen seien wohl gute Menschen. Wir schwiegen.

In Brăila wurden wir an das russische Ortskommando übergeben. Der Kommandant, sein Name war Wiener, erklärte uns in seinem Schuldeutsch, wir werden zur Arbeit in die Sowjetunion gebracht und es werde uns dort gut gehen, insofern wir gut arbeiten würden. Frau Alt, die Polin, aber wollte er nach Hause schicken. Er führte ein langes Gespräch mit ihr, sie aber bestand weiterhin darauf, bei ihrem Mann zu bleiben, sie wolle sein Schicksal teilen. Man führte uns ab. Wir stiegen auf einen LKW, und es ging wieder einmal zum Bahnhof. Wir wurden nach Jassy gebracht

Das Sammellager in Jassy war ein Schulgebäude für Studenten. Als wir dort ankamen, waren nur zwei Leute anwesend. Wir brachten unsere Sachen in ein Eckzimmer im ersten Stock, von wo aus wir die Straße gut einsehen konnten. Am nächsten Tag kam ein neuer Transport an: Menschen aller Kategorien.

Mein Freund Hans Klein hatte kein Geld, doch er verstand sich aufs Kartenspielen. Ich besaß noch ein paar Scheine, borgte ihm was. Er hatte schnell eine Kartenpartie zusammen und auch wieder Geld. Das war in der Nacht, denn das Kartenspielen war verboten.

Es kamen immer neue Transporte an, bis das Lager voll

besetzt war. Da waren Leute, die sehr viel Gepäck mit sich trugen, unter ihnen ein Uhrmacher mit seinen zwei Töchtern. In einer großen Kiste hatte er seine gesamte Werkstatt mitgebracht. Er stammte aus Klausenburg. Die Mädchen waren sehr schwach, und ich dachte mir, wie sollen diese schwachen Geschöpfe in Rußland arbeiten? Der Uhrmacher selbst war ein schwacher Mann. Ich dachte mir, vielleicht hilft ihm ja sein Handwerk, sich leichter durchzuschlagen.

Der Uhrmacher sprach ein sehr gutes Deutsch, er redete sehr viel und behauptete, daß wir nicht nach Rußland kämen, das würden die Amerikaner nicht zulassen. Und wie sie es zuließen!

Der nächste Tag war ein Dienstag, der 13. Februar 1945. Da hieß es packen, am Nachmittag geht es los. Am Nachmittag wurden wir auf die Straße geführt, in einer Kolonne aufgestellt, und es ging los. Zuerst liefen sechs in einer Reihe, aber das hielt nicht lange vor, denn es gab Leute, die hatten zuviel Gepäck. Sie konnten nicht Schritt halten. An beiden Seiten der Kolonne gingen die Russen mit schußbereiten Maschinenpistolen. Die Straße von der Schule bis zum Bahnhof war mit neugierigen Menschen gesäumt. Am Bahnhof angelangt, begann sofort die Einwaggonnierung.

Da machten wir, die von Anfang an zusammenhielten, einen großen Fehler, indem wir alle in denselben Waggon einstiegen. Außer uns waren es nur noch ein paar, die von Zuhause kamen und Lebensmittel bei sich hatten.

Im Waggon waren auf beiden Seiten in halber Höhe Bretter angebracht. Das sollten die Betten sein. In der Mitte des Waggons stand ein Ofen, daneben lag Brennholz. Es gab keine Stelle zum Austreten. Zum Glück war da einer aus der Südbukowina, ein Waldarbeiter. Er hatte sein Beil mitgebracht.

Die Türen wurden zugezogen. Unsere Tür wurde nicht verriegelt, das half uns aber auch nicht weiter. Wir machten Feuer, und einer sagte, wir sind noch in Rumänien. Damit wollte er sagen, daß wir nicht immer Holz haben werden, um uns zu wärmen.

Die Lokomotive fuhr sehr langsam an. Der Zug setzte sich in Bewegung, und es ging ostwärts. Ich dachte, wer weiß, wer von uns dieses ungerechte Vaterland Rumänien jemals wiedersehen wird. Eine Stunde später hatten wir den Pruth hinter uns und befanden uns auf sowjetischem Territorium. Jemand versuchte die Tür zu öffnen, sie ging ganz leicht auf.

Einige von uns stellten sich in den Türrahmen und schauten hinaus. Draußen lag alles still im Schnee. Der Zug fuhr langsam und ohne anzuhalten, die ganze Nacht hindurch.

Nach neun Uhr blieb der Zug auf offenem Feld stehen, die Türen wurden geöffnet, alle mußten aussteigen, um die Not zu verrichten. Das war ein Anblick! Da hockten über zweitausend Menschen, Männer und Frauen durcheinander, mit blanken Hintern auf dem Schneefeld. Die Wachposten amüsierten sich. Dann ging es weiter.

Von nun an gab es kein Brennmaterial mehr, die Öfen blieben kalt. Herr Krämer, der es verstand, mit der Holzhacke umzugehen, schlug ein Loch in den Wagenboden. Das wurde unser Abort. Eine Decke wurde als Vorhang benutzt.

Essen wurde in Eimern gebracht und verteilt. In jedem Waggon gab es einen Verantwortlichen. Einen, der Russisch sprach.

Allmählich machten wir Bekanntschaften, aus manchen wurden Freundschaften. Gute Freunde wurden mir Jakob und Fiffi. Fiffi war der Spitzname, den richtigen Namen habe ich nie erfahren, auch Jakobs Familiennamen nicht.

Jakob wirkte sehr traurig, er antwortete nicht immer, wenn man ihn was fragte. Fiffi hingegen war trotz Hunger, Durst und Kälte stets guter Laune. Er erzählte uns meist Märchen, die er zu Hause für seinen kleinen Sohn bereit hatte. Das beliebteste Märchen wurde das vom Kleinen und vom Großen Klaus. Fiffi war Temeswarer. Er sagte, er sei mohammedanischer Abstammung, seine Eltern seien von der Donau-Insel Ada Kaleh gekommen. Von Beruf war er Anstreicher.

Wir waren bereits eine Woche unterwegs, weit waren wir aber nicht gekommen. Bei einer Gelegenheit, als die Waggontür offenstand, fragte jemand eine Russin nach dem Ort. Sie sagte, wir seien noch im Donbogen, und je weiter wir fahren würden, um so kälter würde es sein. Rußland sei groß und kalt.

Die Lok ruckte jedesmal so heftig an, daß wir im Waggon übereinanderfielen. Läuse machten sich bemerkbar. Bei der Kälte konnte man sich nicht ausziehen. Zum Läusefangen griff man einfach unters Hemd. Herr Krämer hackte aus einem der Bretter, die als Bett dienten, Kleinholz. So wurde es wieder erträglicher im Waggon. Ich hatte die Schuhe ausgezogen und die Pelzkappe über die Füße gezogen.

Wenn nicht gerade entlaust wurde, saßen wir, die aus der Armee kamen, im Kreis und erzählten. Das meiste aber wußte Fiffi.

Wieder kam ein Brett ins Feuer, es blieben immer weniger Bretter in den Betten. Aus dem Waggon konnte man durch einige Löcher, die durch Astausfall entstanden waren, hinausblicken. Wer Lust hatte, konnte in die endlose Schneelandschaft schauen.

Wieder hielt der Zug in einem Bahnhof. Ich guckte mit einem Auge durch ein Astloch und sah gegenüber einen Speisewagen stehen. Ich kannte die kyrillische Schrift und las mit lauter Stimme vor: »Waggon Restaurant«. Da kam Herr Alt zu mir und schrie: »Sie sind verrückt geworden! In Rußland gibt es keine Speisewagen. Wahrscheinlich sind Sie verrückt geworden!«

Außer mir konnte im Waggon kein Mensch die kyrillischen Buchstaben lesen, und so zweifelte man allgemein an meinem Verstand. Der Zug ruckte heftig an. Es gab Tage ohne Wasser und ohne Essen. Es schien als hätten die Russen vergessen, was sie transportierten. Wir näherten uns der Wolga. An den Kirchtürmen konnte man die Dörfer der Wolgadeutschen erkennen.

An einem Nachmittag überquerten wir den mächtigen Strom. Ich dachte an den Soldaten, der am Wolgastrand Wache hielt, an die Wolgaschlepper. Die Leute, die Text und Musik geschrieben hatten, sie haben nicht übertrieben. Wir waren jetzt weit weg von Rumänien, und es ging immer noch weiter und weiter.

Was den Durst betraf, wurde Herr Krämer mit seiner Axt wieder einmal zum Retter. Er trennte eine Latte vom Brett ab, befestigte eine leere Konservendose daran. Damit fingen wir während der Fahrt Schnee auf. Die Büchse wurde durch das Kloloch im Fußboden gesteckt. Der Schnee am Ofen aufgetaut.

Beim nächsten Halt wollte ich mir zusätzliches Wasser holen. Die Russen kontrollierten uns nicht mehr so genau. Wohin sollte man schon entkommen? Ich hatte eine Flasche und Lederhandschuhe, so daß ich die Flasche unter den Wasserhahn halten konnte. Aber schon nach ein paar Schritten gefror das Wasser, und die Flasche platzte.

Zu essen gab es gesalzene Fischsuppe und einen Eimer Wasser. Beides reichte nicht aus. Dann wieder gab es trockenen Salzfisch und kein Wasser. Und wieder ging die Büchse durch das Kloloch. Ich hatte noch Maismehl. Rührte einen Brei an.

An einem Morgen wurde der Zug geteilt. Unser Waggon befand sich jetzt gleich hinter der Lok. Die Leute, die russisch sprachen, unterhielten sich mit dem Begleitpersonal. Morgen sei die Fahrt zu Ende. Die Endstation, das Nickelkombinat Nummer fünf im Ural, erreicht. Es war der siebte März. Wir sprangen einzeln aus dem Waggon. Hans Klein, der Kartenspieler aus Jassy, wankte, als er den Boden berührte. Ein Russe gab ihm eine feste Ohrfeige. Und wieder wankte Hans. Er schwieg.

Wir wurden in einer Kolonne aufgestellt und zum Bad und zur Entlausung gebracht. Im Vorraum war eine Friseurstube eingerichtet. Der siebenwöchige Bart wurde abrasiert, der Kopf kahlgeschoren. Das Badepersonal war über unsere Ankunft nicht informiert worden. Sie hatten nichts vorbereitet. Die Kessel waren kalt, das Wasser auch. Trotzdem mußten wir baden.

Ein solches Bad hatte ich noch nicht gesehen. Die Wände entlang waren Rohre gezogen, für Kalt- und Warmwasser. Von Zeit zu Zeit waren Wasserhähne angebracht. Darunter standen Schüsseln. Es gab weder Duschen noch Wannen, man wusch sich in der Schüssel.

Ich sah mich um. Die Männer aus unserem Waggon waren jetzt alle im Bad. Ich sah einen Mann mit seinem sehr jungen und schwachen Sohn, beide litten unter den Läusebissen. Sie hatten breite Wunden an den Rippen. Andere zeigten nur wenige Spuren. Ich selbst hatte so gut wie nichts. Ich hatte die Läuse immer fleißig gejagt.

Nach der Entlausung ging es ins Lager. Das Lager befand sich in einem Schulgebäude. Man hatte die Kinder nach Hause geschickt. In den Klassenräumen waren Bettstellen errichtet worden, je drei übereinander.

In der Schule war es angenehm. Es gab sogar eine Zentralheizung. Das Küchenpersonal war freundlich. Das Essen nach russischem Verständnis gut, aber sehr knapp.

Auf dem Flur befand sich ständig ein Kessel mit warmem Tee, ohne Zucker. Beim Betreten des Speisesaals bekam jeder einen Löffel, mit der Bemerkung, gut darauf aufzupassen, denn den gebe es nur einmal.

Die Leute aus dem zweiten Waggon kamen sehr aufgeregt im Lager an. Die Russen hatten nämlich gemerkt, daß eine Menge Bretter aus den Waggons fehlten. Sie verlangten einen Schadensersatz in Rubeln. Ich dachte an unseren Waggon. Krämer hatte sehr geschickt die Versteifungen aus den Wänden gelöst, beim Heraustrennen der letzten Versteifung drohte der Waggon einzustürzen. Krämer nagelte das Brett schnell wieder fest. Wir hatten Glück, daß wir die ersten beim Aussteigen waren und die Russen noch nichts gemerkt hatten.

Alle Leute hatten das Bad und die Entlausung hinter sich. Nach dem Essen suchten wir unsere neue Schlafstätte auf, und wieder machten wir, die aus der Armee Kommenden, den gleichen Fehler wie beim Einsteigen in den Waggon. Wir nahmen dasselbe Zimmer.

Unsere Sachen mußten wir beim Betreten des Hofes abgeben. Die Sachen kamen in einen aus Brettern gezimmerten Stall. Die Leute, die noch was Eßbares dabeihatten, durften es nicht holen. Auch ich hatte noch ein bißchen Maismehl in meinem Koffer.

Ich machte die Bekanntschaft eines älteren Mannes aus der Südbukowina, der gut russisch sprach. Ich bat ihn, mit einer der Köchinnen zu sprechen, um das Maismehl zu kochen. Die Köchin sagte zu, aber für nachts, ein Uhr. Ich wollte das Mehl in der Dämmerung an mich nehmen, wurde dabei aber von einem der Aufseher, einem Leidensgenossen, erwischt und bekam zwei kräftige Ohrfeigen.

Wir sollten drei Wochen ohne Arbeit im Lager verbringen. Wegen der vorgesehenen Quarantäne. Nach dem täglichen Frühstück gab es Hofgang, um zehn wurden wir vom diensthabenden Offizier begrüßt. Einer war von der Front gekommen, er hatte ein Glasauge. Die ersten Tage begrüßte er uns mit: »Gesundheit, Genossen!« Aber wir waren ja die Gefangenen, und sie, die Russen, waren die, die uns gefangenhielten. Also konnten wir auch keine Genossen sein. Das Wort »Genosse« wurde umgehend abgeschafft und mit der Anrede »Internierter« ersetzt.

Beim Hofgang, der Pflicht war, egal, wie das Wetter war, und kalt war es ja immer, obwohl wir schon Ende März hatten, vertraten wir uns die Beine. Die sich von zu Hause kannten, sammelten sich zu Gruppen und sangen Volkslieder. Der Offizier mit dem Glasauge ließ das zu, doch dann kam ein anderer, der verbot es kategorisch. Die beiden versahen den Dienst im Turnus. So gab es mal Volkslieder, mal nicht.

In den Schlafräumen vertrieben wir uns die Zeit mit Geschichten. Fiffi wußte immer noch am meisten zu erzählen. Jakob war immer noch sehr traurig, und Maier Matzi, ein Temeswarer, brütete vor sich hin.

Eines Abends gab es gekochten gebrochenen Weizen. Da man inzwischen die Vorräte aus dem Stall nehmen durfte, ließen die meisten, die noch was besaßen, das Essen stehen. Wir, die Armeeangehörigen, sammelten die Essensreste vom Tisch ein. Mein Maismehl war auch längst verbraucht.

In unserem Zimmer herrschte bald eine lockere Stimmung. Sogar Jakob und Maier Matzi fühlten sich schon besser. Nach einer Woche wurden wir wieder ins Bad gebracht und entlaust. Langsam gewöhnten wir uns an das Unabänderliche. Ich suchte immer wieder nach Leuten aus meinem Dorf. Arthur Gilmer kannte ich nicht. Er war Maurer von Beruf und arbeitete meist in Bukarest. Josef Hollmann kannte ich auch nicht. Auch er war Maurer und arbeitete meist auswärts. Die beiden waren schon älter.

Karl Posch hingegen kannte ich sehr gut. Posch war von Beruf Bäcker. Er hatte als Geselle bei meinem Vater gearbeitet. Mein Vater hatte Ende der zwanziger Jahre eine Bäckerei gepachtet. Mehr als zehn Jahre hatte ich Posch nicht gesehen. Als ich ihn ansprach, konnte er sich zuerst nicht an mich erinnern. Bis ich die Bäckerei erwähnte.

Posch wollte nicht viel von mir wissen, denn er hatte sich bereits bei den Russen eingeschmeichelt und damit Wichtigeres zu tun, als sich mit mir abzugeben. Er sprach ein sehr schlechtes Russisch, doch für den Zweck, für den ihn die Russen brauchten, reichte es allemal. Karl Posch sollte in den kommenden fünf Jahren eine große Rolle spielen. Doch davon später.

Es begann die Ausfragerei vor einer Kommission. Den Vorsitz hatte der politische Kommissar. Wir wurden nach Namen, Beruf, Nation und Vermögen gefragt. Wir standen Schlange, und wenn einer rauskam, wollte meistens jemand wissen, wie es denn gewesen sei. Neugierig wurde gefragt: »Was für eine Nation hast du denn angegeben?«

Viele Siebenbürger gaben an, sie wären Sachsen und keine Deutschen.

Als die Reihe an mich kam, sagte ich: »Name: Zillich, Karl, Vatername: Michael, geboren am 12. Juli 1918 in P., Rumänien. Nation: Deutsch, Militäreinheit: Marine-Infanterie, Garnison: Călăraşi, Rumänien, Beruf: Müller.«

Der Dolmetscher übersetzte, und die Kommission brach in Gelächter aus. Wahrscheinlich dachten sie, wir brauchen hier keine Müller, wir brauchen Leute an der Schaufel.

In der Quarantänezeit hatten sich Gleichgesinnte jeweils zu Gruppen zusammengetan. Die größte Gruppe bildeten die Siebenbürger Sachsen, es folgten die Banater, die Sathmarer, die Bukowiner und jene aus Ungarn, von denen kaum einige Deutsch konnten.

Der erste Tote stammte aus Ungarn, er konnte sich mit der Lage nicht abfinden. Er erhängte sich mit dem Hosenriemen im Abflußschacht der Küche. Seine Landsleute beerdigten ihn. Nackt in einen Strohsack gesteckt und am Grabe rausgenommen. Anstelle eines Kreuzes bekam er eine Tafel mit einer Nummer.

Die Russen führten uns auf das Gelände der Fabrik, um uns auf die bevorstehende Arbeit vorzubereiten und über den Arbeitsschutz aufzuklären. Die Erklärungen waren auf russisch und wurden von Dia-Bildern begleitet. Wir verstanden nichts.

An einem Sonntag brachte man uns ins Kino. Auf dem Weg dorthin sahen wir einen Betrunkenen von einer Straßenseite zur anderen wanken. Ich stieß meinen Nebenmann an und sagte: Das hier ist auch nicht anders als bei uns in Rumänien.

Im Kino zeigte man uns einen Film mit dem Väterchen Stalin. Es handelte sich um eine Sitzung, in der Stalin zwei Stunden lang redete. Außer den Bukowinern konnte keiner von uns richtig Russisch.

Es war immer noch sehr kalt, es lag viel Schnee, obwohl es Ende März war. Die Vorbereitungen für die Arbeit gingen weiter. Ein paar Tage vor dem ersten April mußten wir im Hof antreten. Zwei große amerikanische Limousinen fuhren vor. Die Leute, die ausstiegen, trugen Ledermäntel. Es war die Fabrikleitung, besser gesagt die Kombinatsführung. Zuerst wurden die Schwerarbeiter bestimmt, aus den Reihen der stärksten Männer. Zuletzt blieben einhundertvierundzwanzig übrig. Einhundertvier kamen zum Bau, zwanzig in den Steinbruch. Unter diesen war auch ich. Die Baugruppe und die vom Steinbruch hatten russische Verantwortliche. Am ersten April begann die Arbeit. Wir mußten unser Lager selber bauen.

Es wurden die Brigadiere ausgesucht. Im Steinbruch

war die Arbeit sehr schwer. Die Steinbrocken mußten aus der Wand herausgetrennt und zum Bau abtransportiert werden. Der Antreiber aus unseren Reihen war ein Siebenbürger. Er hatte während des Krieges an der russischen Front ein paar Worte Russisch aufgeschnappt. So machte man ihn zum Brigadier. Brigadiere bekamen Extra-Essensrationen.

Die Steine wurden auf LKWs verladen. Diese waren sehr hoch gebaut. Ich mußte mit meinen ein Meter siebenundfünfzig den Korb bis zur Kopfhöhe heben, um ihn auf der Plattform abstellen zu können. Was mir nicht immer gelang.

Herr Sienerth, der Brigadier, sah uns zu, wie wir uns beim Beladen des Lasters quälten. Er sah, wie ich einen Stein anhob und ihn wieder fallen ließ. Er fluchte und rief: »Zillich, wenn du nicht besser arbeitest, schicke ich dich nach Sibirien!«

Am vierten Tag im Steinbruch wandte ich mich an den russischen Meister, den wir »Natschalnik« nannten, Chef, und sprach mit ihm über meine Lage, meine Arbeitskraft. Er verstand mich, trotz meiner geringen Sprachkenntnisse. Am Tag danach wurde ich der Baustelle zugeteilt. Der Natschalnik dort sagte zu mir: »Du bist einer, ich brauche noch drei, um die Kalkgrube auszuheben. Drei Freiwillige. Wenn die Grube in vier Tagen fertig ist, bekommt ein jeder von euch ein Kilo Brot zusätzlich.«

Die Grube sollte einen Fassungsraum von sechs Kubikmetern haben. Wir arbeiteten verbissen, denn wir wollten das Brot nicht verlieren. Der Spaten ging bloß einen halben Meter tief. Die gelbe Erde war so fest, daß man nur mit der Picke weiterkam. Während wir so hart arbeiteten, als würden wir die Grube bei uns zu Hause graben, kam Karl Alt, mein Leidensgenosse aus Călăraşi, vorbei. Er schrie mich an: »Sie sind ja wohl verrückt«, rief er. »Wie können Sie und diese drei Männer so für die Russen schuften!« Ich sagte nichts. Auch die anderen sagten nichts. Ich dachte nur an das Kilo Brot, das ich bekommen würde. Die Grube wurde zur rechten Zeit fertig, und der Natschalnik händigte jedem die versprochene zusätzliche Brotkarte aus.

Danach wurde ich zum Ausheben der Fundamente eingeteilt. Die Arbeit dort war etwas leichter. Herr Götz, ein älterer Mann, besorgte eine Feile und schärfte damit die Werkzeuge. Wir gingen öfter als notwendig den Spaten schärfen. Es bedeutete jedesmal eine kleine Ruhepause.

An den vier Tagen, die ich im Steinbruch gearbeitet hatte, lernte ich Franz Stolz kennen. Er war Kronstädter. Von Beruf war er Musiker, die meiste Zeit Kapellmeister. Ich verriet ihm, daß ich ein bißchen was von Musik verstünde, und so kamen wir öfter ins Gespräch. Stolz war zweiundfünfzig Jahre alt, sieben Jahre älter, als es die Abmachung für die Deportation zuließ. Er erzählte mir, daß er in Deutschland gewesen war, wo man ihn als Kommunisten verdächtigt und nach Dachau gebracht hatte. Wieder zu Hause, wurde er nach dem 23. August, als die Rumänen die Fronten wechselten, als Hitlerist verhaftet und mit uns nach Rußland deportiert.

Herr Stolz war ein kleiner, schwacher Mann, ihn trieb niemand an. Er tat, was er konnte. Im Steinbruch sammelte er die kleinen Steine ein, die nach den Sprengungen herumlagen. Er fuhr mit dem ersten Transport der Arbeitsunfähigen nach Hause.

Ich dachte über das von ihm Erzählte nach und kam zu dem Schluß, daß er doch ein Kommunist war. Einmal, als wir über den Kommunismus sprachen, sagte er kurz: »Ich bin jetzt schon eine Weile im Lande des Kommunismus, aber das ist gar kein Kommunismus, das ist der reine Banditismus.«

Mit der Arbeit ging es nicht besonders gut voran, der Bürger Natschalnik, »Bürger« hatten wir die Russen zu nennen, hatte kein Antreibertalent. Er wurde bald ausgetauscht. Der Neue war ein Jude aus Bessarabien, der vor den Deutschen nach Rußland geflüchtet war. Mit ihm kamen die Drohungen und Beschimpfungen. Es gab Tage, an denen er die Arbeit für zehn bis fünfzehn Minuten einstellen ließ, um uns mit Beschimpfungen zu traktieren.

Ich hörte ihm gelassen zu und dachte mir, gut, er beschimpft uns Männer, aber warum auch die armen Frauen? Was hatten die damit zu tun? Ein Bauer aus Glogowatz bei Arad hatte den Mut, ihm zu antworten. Man konnte mit ihm ja rumänisch sprechen. Er bezeichnete die Antwort des Bauern als eine Frechheit und meinte: »Ich kann es so einrichten, daß du stirbst.«

Anfang April, nachdem wir mit der Arbeit begonnen hatten, änderte sich plötzlich das Wetter. In den Bergen schmolz der Schnee, der Fluß führte Hochwasser. Das Hochwasser zerstörte Teile der Holzbrücke über den Fluß.

Die Brücke mußte wieder instand gesetzt werden. Man holte dazu auch vier Mann von der Baustelle. Sie sollten die Holzteile, die flußabwärts angeschwemmt worden waren, einsammeln. Unter den Männern befand sich mein zweiter Bettnachbar, Seiler Béla. Als er zurückkam, machte er ein trauriges Gesicht. Er erzählte, er wäre um ein Haar ertrunken. Sie seien mit einer Lotka losgefahren, um die Stämme einzusammeln. Sie wollten einen schweren Stamm in die Lotka heben, da fiel diese um, kenterte. Unter Wasser habe er schnell an die Brust gegriffen, an die Stelle, wo er die Brieftasche aufbewahrte mit einem Foto seiner Frau. Er habe gedacht: Meine liebe Eva, wir sehen uns nicht wieder. Die Männer konnten sich schließlich retten. Die Russen hatten sie wahllos von der Baustelle abkommandiert, ohne auch nur zu fragen, ob sie was vom Fluß verstünden, vom Kahnfahren, oder wenigstens schwimmen konnten.

Herr Seiler war von Beruf Schuster. Er arbeitete als einziger Geselle in einer Schusterwerkstatt. Der Meister war ein älterer Mann, der kränkelte und nach einem Jahr starb. Er hinterließ die Witwe und einen Sohn, fast so alt wie der Geselle, der sich aber einem anderen Handwerk zugewandt hatte. Die Frau des Meisters führte die Werkstatt mit dem Gesellen weiter. Sie verliebten sich und heirateten.

Die Arbeit auf dem Bau ging weiter. Es wurde tagsüber sehr heiß, obwohl es erst April war. Morgens aber war es kalt, so daß ich den Mantel überzog. Tagsüber zog ich ihn dann wieder aus. Als ich eines Tages vom Mittagessen zurückkam, war er weg. Am gleichen Abend bekamen wir zum Glück Wattejacken zugeteilt.

Die Fundamente waren ausgehoben. Es waren sieben Baracken vorgesehen. Ich lernte einen jungen Maurer aus Reschitza kennen. Er war Spezialist für Hochöfen. Ich brachte die Steine, er legte sie ins Fundament. Eines Tages fragte er mich nach meinem Beruf. Ich sagte, ich sei Müller, verstünde aber auch etwas von der Bäckerei. Horwath musterte mich eine Weile, dann sagte er, aufgrund meiner Sprechweise und Körperbewegung hätte ich mindestens Kellner sein müssen.

Auf der Baustelle arbeiteten zahlreiche Frauen. Unter den Frauen gab es mehrere mit dem Namen Liesel. So bekam jede von ihnen noch einen Namenszusatz. Man sprach von der »großen Liesel«, der »schönen Liesel«, der »dicken Liesel«, der »Zigeuner-Liesel« und der »schwarzen Liesel«.

Bald stellte sich heraus, daß, wenn irgendwo plötzlich

Leute gebraucht wurden, diese regelmäßig von der Baustelle genommen wurden. Ich wurde zum Transport eingeteilt. Wir sollten am Fluß Sand aufladen. Wir waren sechs Mann, an zwei amerikanischen Selbstkippern, Fünftonnern. Der Laster war noch nicht voll beladen, und schon war der zweite zurück. Die Fahrer schimpften ununterbrochen. Ich erklärte einem mit den wenigen russischen Wörtern, die ich in der Zwischenzeit gelernt hatte, daß wir keine Maschinen seien. Er aber brüllte weiter. Am nächsten Tag war ich zum Glück nicht mehr dabei.

Die Fundamente waren fertig. Die Mauern der Baracken wurden mit Doppelwänden aus kleinen Blöcken, die aus einem Gemisch von Schlacke, Kalk und Zement bestanden, hochgezogen. Der Zwischenraum wurde mit Schlacke ausgefüllt. Von Zeit zu Zeit wurden die beiden Wandteile mit Klammern verbunden. Als die Wand eine Höhe von zwei Metern erreicht hatte, kam jemand auf die Idee, daß wir unsere Namen auf einem Stück Holz einmauern könnten.

Die ersten Beziehungen zwischen Männern und Frauen hatten sich inzwischen angebahnt. Angefangen hatte Karl Posch. Ihm war aber keine von unseren Frauen gut genug. Die waren ja arm und hungrig. Er nahm sich eine russische Köchin aus der Kantine. Liebesaffären waren streng verboten. Wer erwischt wurde, kam in den Karzer. Mann wie Frau

Karl Posch war ein Schmeichler. Er erreichte, daß er sonntags in der russischen Fußballmannschaft mitspielen durfte. Nach dem Spiel ging er regelmäßig zu seiner Köchin in die Wohnung. Das Verhältnis blieb nicht lange verborgen. Der Kommissar verbot Posch das Fußballspielen, doch dieser überzeugte ihn davon, daß er nicht mehr zur Köchin gehen würde, und so durfte er wieder

Fußball spielen. Nach dem Spiel ging er aber wieder zur Köchin. Er wurde von einem Mann, den der Kommissar beauftragt hatte, ihn zu beobachten, mit der Köchin angetroffen. Posch kam in den Karzer, und die Russin verschwand.

Im Lager befanden sich zu diesem Zeitpunkt etwa dreihundertfünfzig Frauen, viel weniger als Männer.

Nach dem ersten Monat Arbeit kam der Zahltag. Wir standen Schlange, hofften, Geld zu bekommen. Der Kassierer fragte jeden nach dem Namen, warf einen knappen Blick auf seine Liste und brummte ein »Njet«. Nur wenige bekamen was. Einem Maurer aus Ungarn, der kaum deutsch sprach, wurden vierunddreißig Rubel ausgezahlt. Für diesen Monatslohn hätte er zwei Kilo Brot kaufen können. Als er herauskam, zerriß er die Scheine wütend in kleine Stücke und warf sie weg.

Ein Russe fand die Reste der zerrissenen Scheine. Sofort wurde die Suche nach dem Täter eingeleitet. Sie fanden ihn aber nicht. Die Russen waren erbost darüber, daß jemand die Frechheit hatte, sowjetisches Geld zu zerreißen.

Das Essen bestand in der Regel aus Sauerkraut oder Gurkensuppe. Zum Frühstück gab es Suppe und dreihundert Gramm Brot, mittags Suppe und einen Brei aus Hirse oder geschälter Gerste. Dazu vier Stückchen Fleisch, jedes in der Größe des kleinen Fingers, und vierhundert Gramm Graubrot. Abends eine saure Suppe und dreihundert Gramm Brot.

Das Brot hatte so viel Feuchtigkeit, daß man es mit dem Messer nicht schneiden konnte. Die Küchenhilfe, die die Brote ausgab, hatte neben sich ein Wassergefäß stehen, in das sie vor jedem Brotschnitt das Messer eintauchte. An einem Abend gab es zusätzlich gesalzenen Käse, den die meisten auf dem Tisch stehenließen. Auch ich. Isidor, ein Mann aus der Moldau, füllte sich drei große Teller und aß sich satt. Und zwar für immer.

Als wir am Abend ins Lager zurückkehrten, saß Isidor auf dem Klo und erbrach Käse, während er seine Not verrichtete. Sienerth kam herein und sagte: »Isidor, du wirst sterben.« Und Isidor antwortete: »Wenigstens sterbe ich satt.«

Am Morgen beim Appell fehlte ein Mann, Isidor. Ich sollte ihn holen gehen. Sein Schlafplatz war im zweiten Stock. Ich sah seine Füße, zog an dem einen. Er rührte sich nicht, er war tot.

Isidor war der dritte Tote. Vor ihm starb Schuller. Er stammte aus Siebenbürgen, sprach aber nur ungarisch. Er wurde in einem Sack zur Grube gebracht und dort nackt in die Erde gekippt. Ich staunte, als ich die goldene Kette mit dem Kreuz an seinem Hals sah. Man hatte sie ihm nicht abgenommen. Die Grube war nicht tief genug, so daß wir Mühe hatten, ihn mit Erde zuzudecken.

Frau Ada Alt war freiwillig mit ihrem Mann nach Rußland gekommen. Der Kommandant der russischen Garnison in Brăila hatte ihr allerlei Märchen von der Frauenarbeit in Rußland erzählt. Sie bekam eine Arbeitsstelle im Sägewerk. Die Stämme, die dort geschnitten wurden, waren so schwer, daß bis zu vier Frauen ein Brett trugen. Frau Alt klagte nie, sie war froh, bei ihrem Mann sein zu können.

Ich kam auf eine andre Baustelle, sollte Kalk löschen. Fünf Tonnen an einem einzigen Tag. Das schaffte ich nie. Am nächsten Tag hatte ich Ziegel zu schleppen. Das ging. Ich kam wieder zum Lagerbau, die Baracken sollten bis zum 15. August fertig werden. Unser Natschalnik Hermann wurde ausgetauscht. Der neue war ein Wolgadeutscher namens Vladung. Die Wolgadeutschen hatte man umgesiedelt. Sie hatten hier Zwangsaufenthalt und mußten sich monatlich melden.

Ich traf auf einen Österreicher. Er galt als mein Doppelgänger, so stark war unsere Ähnlichkeit. Wir wurden ständig verwechselt. Man wußte nicht, ist es der Zillich oder der Rieffner. Jakob Rieffner war mit drei Kameraden hinter die russische Front geraten. Es gelang ihm, sich zivile Kleider zu beschaffen und unterzutauchen. Sie fielen aber auf, weil sie nicht russisch sprachen, und wurden von Zivilisten an die Behörden übergeben. Rieffner pflegte öfter zu erzählen, wie sie an einem Abend müde und hungrig im Gebirge auf einen alten Schäfer stießen. Sie verlangten etwas zu essen. Der Alte aber erwiderte auf deutsch: »Ich habe soeben gegessen, ein paar Kartoffeln und das letzte Stückchen Brot.« Wenn uns der Hunger besonders plagte, zitierte Rieffner meist den Schäfer: »Habe soeben gegessen. Ein paar Kartoffeln und das letzte Stückchen Brot.«

Es regnete zwei Tage lang. Wir mußten den Tag über im Regen arbeiten. Hermann ließ nicht zu, daß wir uns unterstellten. Er trieb uns ständig an. Rieffner sagte zu mir: »Mensch, wenn wir uns eine Lungenentzündung holen, sind wir abgeschrieben.«

Der neue Natschalnik Vladung war ebenfalls sehr energisch. Er hatte aber nicht vergessen, daß wir Deutsche waren, wie er selber, und er ein Verbannter. Der Unterschied zwischen ihm und uns war, daß er nicht in der Baracke schlafen mußte und nicht in der Kolonne zu marschieren hatte. Vladung hatte es schwer mit uns, er war zwischen Verantwortung und Mitleid hin und her gerissen.

Wenn Vladung nicht da war, stellten wir einen Posten auf, für den Fall, daß jemand kam. Vladung wußte das. Er sagte, er habe die Verantwortung. Wir sollten ein bißchen mehr arbeiten. Immer mehr Leute wurden vom Barackenbau weggenommen und anderen Arbeiten zugeteilt.

Mich holte Vladung aufs Fabrikgelände. Auch hier wurden Betonarbeiten durchgeführt. Männer wie Frauen arbeiteten auf dem Gelände. Lenchen war ein schönes Mädchen. Ich war die meiste Zeit in ihrer Nähe. Das fiel Vladung ziemlich schnell auf, er sprach mich mehrmals darauf an, schließlich sagte er: »Zillich, du bekommst für zehn Tage kein zusätzliches Brot.« Nach Arbeitsschluß ging ich in sein Büro und flehte ihn um das Kilo Brot an, er aber meinte, beschlossen ist beschlossen, und dabei bleibt es.

Am nächsten Morgen warteten wir auf Vladung, um zur Arbeit eingeteilt zu werden. Er kam mit Verspätung. Er sagte als erstes: »Zillich, warum steht ihr hier rum, nimm die Leute, und geht zur Arbeit. Ich war verblüfft. Gestern hatte er mir das Brot gestrichen, jetzt machte er mich zum Aufseher. Wir gingen zu unseren Arbeitsplätzen. Am Nachmittag kam Vladung wieder und sagte: »Zillich, du und du«, er zeigte auf Imre Lippenpfennig, dessen Namen er nicht kannte, »ihr zwei geht zum Haupttor und wartet auf mich.« Nach kurzer Zeit kam ein mit Kohlen beladener LKW und gleich danach Vladung mit den Begleitpapieren. Der Pförtner kontrollierte kurz die Papiere und ließ uns passieren. Imre fragte mich, was ich über die Ladung denke. Ich antwortete, daß ich denke, die Kohlen seien gestohlen und die Papiere falsch. Vladung blieb zurück, wir fuhren in die Stadt Orsk über den Uralfluß. Er erwartete uns an einer Straßenecke in der Stadt. Sprang aufs Trittbrett. Es ging noch einige Häuser weiter. Dann fuhren wir auf einen Hof. Es gab nicht viele Höfe. Wir luden den LKW ab. Wäsche hing auf dem Hof. Als wir fertig waren, bekamen wir etwas zu essen. Eine Gemüsesuppe mit viel Kartoffeln.

Bevor wir in die Fabrik zurückfuhren, sagte Vladung zu mir: »Zillich, du wartest auf mich vor meinem Büro.«

Die Leute gingen zum Abendessen, ich blieb zurück. Es fiel niemandem auf. Nach einiger Zeit erschien Vladung. Er drückte mir ein paar Rubelscheine in die Hand. »Das gehört dir«, sagte er und ging. Die Kohle war gestohlen.

Nach dem Abendessen gingen wir in einer Kolonne von etwa hundert Mann zurück ins Lager. Ein alter Russe begleitete uns mit geschultertem Gewehr. Am Haupttor hing eine große Landkarte, auf der die Frontlinie mit Pfeilen eingezeichnet war. Ich sah die Pfeile, die sich Deutschland näherten, und dachte mir, was soll aus uns werden.

Als Clara zurückkommt, bin ich eingeschlafen.

»Zilli, du schläfst ja. Am hellen Tag.«

Sie ist plötzlich ganz vergnügt. Das verstehe ich nicht.

»Was gibt's da zu lachen«, frage ich, noch benommen vom Nachmittagsschlaf.

»Du siehst so lustig aus, schau dich im Spiegel an.«

Sie nimmt mich bei der Hand, zieht mich vom Bett, zum Spiegel. Ich sehe mich im Spiegel und weiß immer noch nicht, was es zu lachen gibt. Sie aber hört gar nicht mehr auf mit dem Gekicher. Sie ist jung, sage ich mir. Ich strecke mich wieder auf dem Bett aus. Sie legt sich zu mir. Kuschelt sich an mich.

»Was liest du denn?« fragt sie. »Was ist das?« Sie greift sich den Nachlaß meines Vaters auf dem Nachttisch, setzt sich auf, beugt sich herunter, hebt das Manuskript über die Wassermühlen auf, das mir aus der Hand gefallen ist, als ich eingeschlafen bin.

Ich blicke auf ihren Slip, der aus der Jeanshose hervorlugt. Rot. Dunkelrot. Sie legt sich zurück, neben mich, die Wassermühlenbeschreibung in der Hand.

»Was ist das?« fragt sie.

»Ach, das ist kompliziert«, ich winke ab.

»Denkst du, ich bin dumm?« Sie rückt ein Stückchen von mir ab. »Du denkst, ich bin dumm«, sagt sie.

»Ich denke nicht, du bist dumm.«

»Doch«, sagt sie plötzlich aggressiv, »alle denken es. Alle glauben, ich kann nur blasen.«

»Clara, beruhige dich. Ich erkläre es dir.«

»Du erklärst mir gar nichts. Istenit. Die Männer wollen einem immer was erklären.«

»Nein, Clara, hör jetzt bitte zu.«

»Gut«, sagt sie, »ich gebe dir eine Chance.« Sie lächelt. »Aber jetzt will ich alles wissen. Die ganze Wahrheit.« Sie wedelt mit dem Manuskript, als hätte ich sie damit betrogen.

Ich zeige auf die Papiere. »Die sind von meinem Vater.«

»Und das hier ist auf russisch«, sagt sie. Sie hält den Entlassungsschein meines Vaters aus der Zwangsarbeit in der Hand. Die Bestätigung, daß er Zwangsarbeit geleistet hat. Ein mit kyrillischen Schreibmaschinenbuchstaben beschriebener Zettel.

»Woher kannst du Russisch?« frage ich.

»Ein bißchen aus der Schule, außerdem haben wir in Budapest jetzt wieder viele Russen. Diesmal haben sie sogar Geld.«

»Mein Vater ist nach dem Krieg für fünf Jahre nach Rußland deportiert worden, als Deutscher.«

»Svábok«, sagt sie, »auch bei uns gab es ein paar. Die meisten sind nach Deutschland gegangen. Németországa«, sagt sie.

»Und das war im Banat.«

»Bánságiban?« fragt sie.

Ich nicke.

»Ich hatte eine Tante in Temesvár«, sagt sie. »Wir waren mal dort. Aber da war ich noch sehr klein. Es muß Anfang der achtziger Jahre gewesen sein. Die hatten damals nichts zu essen. Das weiß ich noch. Warst du noch dort oder schon in Deutschland?«

»Ich bin damals weggegangen.«

»Vielleicht haben wir uns ja gesehen, ohne voneinander zu wissen. Wie alt warst du damals?«

»Dreißig.«

Sie lacht.

»Ich war sieben«, sagt sie, »erzähl mir von deinem Vater.« Sie kuschelt sich wieder an mich.

Ich erzähle ihr die Geschichte meines Vaters. Die beiden Geschichten meines Vaters. Die Geschichte seiner Deportation. Und die Geschichte seiner Befreiung nach 1989. Irgendwie gehören diese beiden Geschichten zusammen. »Mein Vater hieß Karl«, sage ich. Ich sage es, um nicht immer »mein Vater« sagen zu müssen. Der Vorname eignet sich besser zum Erzählen.

Es war Herbst geworden, Anfang September gefror es bereits. Die Kälte kam und mit ihr ein langer Winter. Es wurde eine Kommission gebildet, bestehend aus einem Arzt, dem Lagerkommandanten, dem Kommissar, einer Schreibkraft. Die Aufgabe der Kommission war es, die Leute auszusuchen, die krank und schwach nach Hause zu entlassen waren. Man hatte sich vor der Kommission nackt auszuziehen, und diese begutachtete, ob man für ein weiteres Jahr arbeitsfähig war. Am Bahnhof stand ein Waggon bereit, der an einen Zug angehängt werden sollte, der ganz Sibirien abfuhr, um die glücklichen Arbeitsunfähigen einzusammeln und nach Hause zu bringen. Karl gehörte nicht dazu.

Der erste Winter war besonders kalt. Die Deportierten bekamen warme Kleider und Filzstiefel, die Stiefel aber waren unbesohlt, so daß man meist nasse Füße hatte. Jene, die Geld hatten, ließen sich die Stiefel in der Schusterei mit Gummi vom Transportband besohlen. Karl aber war einer von denen, die keine Kopeke verdienten. Die Regel lautete, ein Internierter dürfe nicht mehr als vier Rubel pro Tag verdienen. Davon wurden die Kosten für den Lebensunterhalt abgezogen, und es blieb nichts mehr übrig.

Auf den Fensterscheiben setzte sich fingerdickes Eis fest, das bis in den April blieb. Die Kohle, die den Insassen zugeteilt wurde, brannte sehr schlecht, die Baracken blieben kalt. Die Männer drängten sich um den Herd, die meisten wollten die Kartoffelschalen, die sie aus den Küchenabfällen herausgefischt hatten, braten.

Draußen tobten Schneestürme. Manchmal genügte die Schaufel zum Räumen, manchmal mußten die Schneebrocken mit der Brechstange auseinandergebrochen werden. Unter der Aufsicht eines Natschalniks mußten die Männer die Wege auf dem Kombinatsgelände frei machen. Karl fragte den Natschalnik, ob es beim Schneeschaufeln auch eine Norm gebe. Der Natschalnik erwiderte, es gebe in Rußland für jede Arbeit eine Norm, sogar fürs Gehen. Beim Gehen betrage die Norm vier Kilometer pro Stunde, und das werde auch wie eine Arbeit bezahlt. Beim Schneeschaufeln sei die Norm fünfundzwanzig Kubikmeter pro Person. Karl dachte, das ist ein schöner Haufen Schnee.

Er trug zwei Watteanzüge und darüber noch die Arbeitskleidung. Für das Nachtlager gab es weder Leintücher noch Polster und Decken. Karl zog die Hose über seine Füße, setzte die Pelzkappe auf, und mit den Wattejacken deckte er sich zu.

In diesem ersten Winter freundete er sich mit der schwarzen Liesel an. Durch sie lernte er auch Herrn Diefenbach und Herrn Stegmann kennen. Stegmann kam aus Ungarn. Er erzählte meist Witze, konnte aber auch Gedichte rezitieren. Lenau, die Schilflieder. Seine Brotration pflegte er bis zum Schlafengehen aufzubewahren. Er könne nicht hungrig einschlafen, behauptete er.

Diefenbach war ein Zeitungsredakteur aus Temeswar. Er erzählte aus der Zeitungswelt, von den Demonstrationen der Journalisten im Jahr 1929. Nun arbeitete Diefenbach als Schuster. Da hatte er es wenigstens tagsüber warm. Sein Großvater war Schuster gewesen, und er sei ihm in den Ferien zur Hand gegangen. Das kam ihm jetzt zugute.

Eines Abends fragte ein älterer Mann Karl, ob er die Familie Bieber aus P. kenne. Es war ein Mann aus Nakowa, Jakob Winkler. Er hatte schwere Arbeit am Fließband zu verrichten. Karl half dort einmal aus, nur ein paar Stunden, aber er spürte bereits den Staub auf der Brust. Winkler erkrankte bald. Er war in Rumänien Mitglied der damals illegalen Kommunistischen Partei gewesen und mehrmals verhaftet worden. Jetzt, im Lande des Kommunismus, fühlte er sich aber nicht besonders wohl. Es ging um die vielgerühmte Gleichheit im Kommunismus. Winkler wurde öfter beim Kommissar gesehen. Wahrscheinlich redeten sie vom Kommunismus, aber das half dem Genossen Winkler wenig, er mußte genauso arbeiten wie die anderen, die keine Kommunisten waren.

Der April brachte den Sommer. Frühling und Herbst gab es nicht. Es gab nur Sommer und Winter. Der Winter war kalt, der Sommer heiß.

Karl kam mit drei weiteren Männern zu Reparaturarbeiten in eine Kantine außerhalb der Fabrik. Am zweiten Tag wurden sie zurückgeschickt. Sie hätten zwei Kilo Speck gestohlen, was nicht zutraf. Die Lagerleitung übergab die Untersuchung an Stefan Menartschek, den Häftlingskommandanten. Dieser begann eine ernsthafte Ausfragerei, und Karl sah sich schon vor einem russischen Gericht. Es gab dort keine Strafen unter zehn Jahren, auch wenn es sich um eine Lappalie handelte. Nach einer Stunde lachte Menartschek plötzlich und sagte, es sei ihm egal, ob sie die zwei Kilo Speck gestohlen hätten, sie sollten ihm aber ein Kilo davon abtreten.

Danach wurde Karl zum Transport eingeteilt. Sie fuhren wegen Material die verschiedenen Fabriken ab, das dauerte meistens den ganzen Tag. Es gab lange Fahrten und lange Wartezeiten am Ort. In diesen Wartezeiten verkauften sie Salz. Auf dem Fabrikgelände lagerten Hunderte Tonnen, und die Bevölkerung hatte keines zum Kochen.

Einmal hatte Karl in seinem Brotbeutel fünf Kilo dabei. Er ging in die erstbeste Baracke, und als ihm ein Bursche entgegenkam, fragte Karl, ob er Salz brauche. Dieser schüttelte stumm den Kopf. Er ging weiter durch die Baracke, und plötzlich stand er vor einem Offizier, der an einem Tisch saß. Karl blickte sich um, und als er eine Pendeluhr sah, sagte er, er wollte wissen, wieviel Uhr es sei. Er ging zurück in den Gang und klopfte weiter hinten an eine Tür. Als eine Frau heraustrat, fragte er sie, ob sie Salz brauche. Sie kaufte es ihm für einen Fünfundzwanziger ab.

Karl arbeitete den ganzen Sommer über beim Transport. Im Herbst 1946 wurde ein weiterer Krankentransport zusammengestellt. Karl aber befand sich nach der Musterung wieder unter den Arbeitsfähigen. Von diesem Transport hieß es, er sollte nach Ostdeutschland gehen, die Rumänen hätten den Deportierten die Staatsangehörigkeit aberkannt.

Ein weiterer Winter stand bevor. Wege mußten vom Schnee geräumt, Eisenbahnlinien freigelegt werden. Die Baracken waren nicht mehr so stark belegt, weil viele ausgemustert werden mußten, da sie nicht mehr arbeitstauglich waren. Die Reihen wurden durch Neuankömmlinge aufgefrischt, Oberschlesier, die meist polnisch untereinander sprachen. Sie sahen nicht so abgerissen aus wie Karls Landsleute, aber auch sie hatten Hunger.

Clara sitzt neben mir auf dem Bett. Sie sitzt aufrecht, die Beine angewinkelt. Hat nichts außer einem T-Shirt an. Während ich rede und rede, die Stimme meines Vaters annehme, blickt sie auf ihre Füße. Lackiert mit großer Hingabe die Fußnägel.

»Willst du das wirklich hören?« frage ich sie, unsicher geworden.

»Unbedingt.«

»Und warum?«

»Weil es eine Supergeschichte ist. Und das hat dein Vater alles erlebt?«

Sie blickt wieder auf ihre Fußnägel. Ich rede weiter, nicht überzeugt, aber ohne Ende. Ich beherrsche die Geschichte so gut, als hätte ich sie selbst erfunden. Vielleicht will ich etwas wiedergutmachen. Weil ich ihm nicht genug zugehört habe, versuche ich seine Geschichte so gut wie möglich, so vollständig wie möglich weiterzugeben, zu verbreiten. Als wäre ich ihm das schuldig.

Die Russen machten sich einen Spaß daraus, zu behaupten, die Deportierten hätten keine Kultur. Sie wollten sie ihnen aber nun beibringen.

Plötzlich war ein Klavier da. Kaum hatten sie es aufgestellt und einen Stuhl organisiert, begann Herr Alt darauf zu spielen. Er entpuppte sich als leidenschaftlicher Musiker. Der russische Lagerkommandant, der dabei war, staunte. Nach ein paar Tagen ließ er Herrn Alt zu sich ins Büro kommen und bestellte ihn für den Samstag in die Stadt. Nachher erzählte Herr Alt Karl, er habe für die Russen Strauß-Walzer gespielt. Die hätten mit ihren Frauen getanzt und getrunken. Champagner und Liköre.

In diesem Winter starben mehrere Leute, Karl hob mehrere Leichengruben aus. Die Tischler fertigten jetzt Särge für die Toten an. Die Gräber auszuheben dauerte bei der Kälte manchmal eine ganze Woche. So lagen die Leichen hartgefroren im Werksschuppen. Einmal, als drei Männer beerdigt werden sollten, war der Boden so hart gefroren, daß man die Grube nicht tief genug ausheben konnte. Es hatten genaugenommen nur zwei Särge darin Platz. Nun kam einer auf die Idee, zuerst zwei hineinzustellen und den dritten dazwischen, auf die Kante.

Eines Tages nahm Fiffi ihn in seine Kantine mit. Da Karl keine Marken für diese Kantine besaß, stahl er ein Bündel Holz vom Sägewerk und nahm es mit. Als sie auf das Essen warteten, sahen sie zwischen den Tischen plötzlich einen wunderschönen Kater. »Siehst du den Kater?« fragte Fiffi. Es war der erste und der letzte Kater, den Karl in der Sowjetunion zu Gesicht bekam.

Eine Woche später, als sie wieder in der Kantine saßen, fragte Fiffi Karl, ob er denn nicht den Kater sehe? Und als Karl verneinte, lachte Fiffi lauthals und zeigte auf seinen Bauch. »Hier drin ist er«, sagte Fiffi.

Der Winter ging zu Ende, und das Essen wurde noch schlechter. Die Leute erzählten, die Amerikaner und die Russen hätten Streit und die Amerikaner würden keine Lebensmittel mehr schicken.

Die Leute fanden sich zu Gruppen zusammen, um zu reden. Karl hörte, wie Bauern aus dem Banat über den Viehstand zu Hause sprachen. Die Rote Armee hatte ihnen Kühe und Schweine weggenommen und geschlachtet. In der Gruppe gab es einen Wortführer. Er sagte, Schweine seien leicht nachzuzüchten, bei Kühen und Pferden aber dauere es lange. Manchmal redeten sie über den Kommunismus, über die Zustände im Lager und außerhalb des Lagers, über den Sowjetmenschen. An einem Morgen war das Bett des Wortführers leer. Niemand hat je wieder etwas von ihm gehört.

Herr Alt fuhr jetzt jeden Samstagnachmittag mit dem Lagerkommandanten in die Stadt, um für die Russen aufzuspielen. Das blieb dem Kommissar nicht lange verborgen. Er ließ Alt zu sich kommen und verbot ihm weitere Fahrten in die Stadt. Aber am Samstag stand wieder das Auto des Kommandanten vor dem Lagereingang, und Alt fuhr mit. Das ging eine Zeitlang, dann war auch Alt weg, sein Bett blieb leer. Für Frau Alt war es ein schwerer Schlag, war sie doch freiwillig ihrem Mann in die Deportation gefolgt. Bald darauf verschwand auch das Klavier.

Karl blieb weiterhin beim Transport beschäftigt. Manchmal fuhr er mit dem Fahrer allein hinaus. Während der Fahrer sich um den Auftrag kümmerte, lief Karl über das Gelände einer unbekannten Fabrik. Sah abgerissene Gestalten, Frauen. Eine Sirene erklang. Er hörte, wie eine Frau rief: »Aufhören, die Sirene hat gekrisch!« Bei dem Dialektwort wußte er, es sind Rußlanddeutsche. Verbannte.

Eines Tages fuhren sie in eine Ziegelfabrik. Dort arbeiteten russische Häftlinge, die ihnen sofort etwas verkaufen wollten, meistens Handschuhe. Unter den Häftlingen war auch ein Deutscher. Man hatte ihn mit einem Kilo Kartoffeln erwischt und zu zehn Jahren Haft verurteilt.

Im Lager wurde das Kulturleben eingeführt, es war eine Idee der Russen. Herr Schimmelgeier stellte eine Gruppe Tänzerinnen auf, denen er aus Papier und Draht Pferdekostüme verpaßte. Sie wurden »Schimmelgeiers Stuten« genannt. Seine Freundin, eines der schönsten Mädchen im Lager, tanzte solo, sie wirbelte den Rock bis zum Nabel hoch. Schimmelgeiers Stuten tanzten auf Strauß-Walzer.

Karl hatte einen quälenden Traum, der sich wiederholte.

Jedesmal war er daheim, bei seinen Eltern. Sie saßen beim Abendbrot. Der Vater hielt einen großen Laib Brot auf dem Arm, über dem er das Kreuz machte und »in Gottes Namen« murmelte, bevor er ihn anschnitt. Karl aß sich satt und wurde vor Hunger wach. Vor Hunger konnte er in solchen Nächten nicht mehr einschlafen.

Der Sommer war da, der nächste. Der Transport nach Hause wieder weg, der Zug aus Sibirien. Posch wurde zum Barackenkommandanten ernannt. Karls Hose, eine Wattehose, war zerschlissen und für den Sommer ungeeignet. Aber Posch wollte ihm keine neue geben. Posch sagte nur: »Die Leute wissen, daß wir Landsleute sind, ich kann es mir nicht leisten.«

Eines Tages, als Karl verspätet zum Mittagessen kam, wartete die schwarze Liesel bereits mit einem Zettel auf ihn, auf dem mit Bleistift eine Portion Kascha eingetragen war. Kascha ist ein russischer Brei aus Graupen oder Hirse, eine Art Nationalgericht. Da die Liesel auch in den kommenden Tagen mit einem solchen Zettel auf ihn wartete, stellte er sie zur Rede. Woher sie das Geld für den Kascha habe, soviel könne sie doch gar nicht verdienen, nebenbei mit dem Stricken, und ob sie vielleicht einen Freund habe. Sie blickte ihn an, griff in die Tasche, zeigte ihm den Bleistift und sagte: »Dummkopf.« Sie probierten es noch ein paarmal mit den selbstgeschriebenen Zetteln, dann änderten die Russen den Bleistift, und sie hörten mit den Fälschungen auf. Hätte man sie erwischt, hätte es sie viele Jahre gekostet.

Da er beim Transport arbeitete und über Land fuhr, konnte er sich auch auf den Feldern umsehen. Nach der letzten Tagesfuhre hatte er stets noch Zeit, was von den Feldern zu holen. Die Russen bewachten sie nicht mehr so streng. Was Karl von den Feldern brachte, verkaufte Liesel am nächsten Tag im Lager.

In diesen Tagen gelang es Frau Alt, ihren Mann wiederzusehen. Er befand sich nur acht Kilometer entfernt, in einem Kriegsgefangenenlager. Frau Alt ging oft zu ihm. An einem Sonntag trat die Musikkapelle des Kriegsgefangenenlagers, in der auch Herr Alt spielte, vor den Leuten aus Karls Lager auf. Der Ansager teilte von der Bühne aus mit, Herr Alt habe nicht mitkommen dürfen, er grüße aber seine Frau mit dem Lied »Regentropfen, die an dein Fenster klopfen«.

In der Zeitung steht, daß es 1945 die Deportationen der Deutschen in die Sowjetunion gegeben hat. Und daß es Unrecht war. Der neue Staatspräsident wird zitiert. Der neue Staatspräsident ist ein alter Kommunist. Er hat die Revolution gemacht. Er und viele andere. Die meisten der alten Kommunisten haben die Revolution gemacht.

Seit einer ganzen Weile streiten sie nun schon darüber, wer alles die Revolution gemacht hat. Die Kommunisten, die Schriftsteller oder das Volk von der Straße, die Geldwechsler vom Interconti oder der Geheimdienst. Andere wiederum sagen, es habe gar keine Revolution gegeben. Es sei nur eine Palastrevolte gewesen. Eine Moskauer Intrige. Die Revolte aber oder Revolution oder was auch immer geht direkt in den Wahlkampf über. Es sind mehr Parteien als Wähler.

Die Kommunisten gründen immer neue Parteien. Je mehr Parteien es gibt, desto stärker werden die Kommunisten. Die Kommunisten sind jetzt die Antikommunisten. Und weil sie die Antikommunisten sind, herrscht jetzt Meinungsfreiheit, genauer: Meinungsvielfalt. Wo es früher eine Meinung gab, gibt es jetzt viele, zahllose Meinungen. Es herrscht Meinungsverwirrung. Und das im Auftrag der Kommunisten.

In der Zeitung steht, daß die Deportation zu Unrecht

geschah. Das steht nach fünfundvierzig Jahren zum ersten Mal unmißverständlich in der Zeitung. Nicht als Andeutung wie früher oder mit Wörtern wie »Aufbauarbeit« umschrieben. Nein, diesmal steht es schwarz auf weiß im Blatt. Verschleppung, Unrecht.

Der Diktator ist tot, die Zeitungen verbreiten Meinungen, und die Preise steigen. Karls Rente ist immer weniger wert. Seine Freiheit wächst von Tag zu Tag, und seine Rente schrumpft im gleichen Tempo. Leute kommen ins Dorf, Reichsdeutsche. Es ist die Zeit der Hilfe. Sie bringen Lebensmittel und Kleider. Immer wieder Lebensmittel und Kleider. Die gesamte Gemeindeführung trägt neue Hemden. Die Reichsdeutschen machen Fotos von sich und den Einheimischen.

Plötzlich aber stehen die Zigeuner, die in der Zeitung jetzt »Roma« genannt werden, vor dem Gemeindeamt und wollen auch Hemden. »So weit ist es gekommen, daß die Zigeuner Hemden fordern«, sagt der Nachbar. Der Bürgermeister zuckt die Schultern. »Das ist die Demokratie«, sagt er. Er sagt es halb verlegen, halb ironisch. Den nächsten Transport läßt er an die Farbigen verteilen.

Es ist die Zeit des großen Abreisens. Man weiß ja nicht, was wird. Viele fahren nach Deutschland, bleiben dort. Setzen sich ab, bevor die Grenzen wieder dichtgemacht werden. Niemand traut dem Frieden und dem Brotpreis. Der deutsche Außenminister reist an, schüttelt den Exkommunisten die Hände, redet mit Schriftstellern, was anscheinend Mode ist. Er läuft auf dem Kopfsteinpflaster des Großen Rings in Hermannstadt hin und her und verkündet, daß das Tor offen bleibe. Aber wer glaubt das schon? Die Äußerung des Außenministers hört sich für die meisten eher so an, als wolle er verhindern, daß alle auf einmal nach Deutschland kommen. Als wolle er sie für dumm verkaufen. Der Außenminister ist im Fernsehen zu sehen, seine goldenen Worte stehen in Karls Zeitung. Karls Zeitung ist voller großer Worte, vollmundiger Erklärungen. Knallfrösche, die über das Papier hüpfen. So häßlich hat sich die Wahrheit noch nie angefühlt. Es ist, als sei sie an die Stelle der Lüge gerückt. Als habe sie die Stelle der Lüge eingenommen.

Worüber früher geflüstert wurde, das behaupten sie jetzt lautstark. Die Wirkung ist die gleiche, denkt Karl. Und als auch der kleine Georg wieder da ist, ist es den Leuten im Dorf endgültig klar: Nichts wird so heiß gegessen, wie es gekocht wird. Und eine Revolution ist nicht unbedingt eine Revolution.

So sind die Rumänen. Sie machen im Handumdrehen aus einem Floh einen Elefanten und anschließend aus dem Elefanten mühelos wieder einen Floh.

Diesmal aber, denken die Leute im Dorf, sollen die Rumänen ihren Floh alleine abrichten. Sich ihr Flohkonzert anhören, solange sie wollen. Den Floh für eine Grille halten. Was auch immer. Von den Rumänen, den Walachen, haben die meisten Leute jetzt genug. Sie gehen nach Deutschland. Egal, was der Außenminister sagt.

Eines Tages fragte der Maurer Horwath Karl, was er zu einem Fluchtversuch meine. Karl erinnerte sich an den jungen Mann, der wie ein Boxer aussah und im ersten Sommer beim Baden im Fluß das Weite suchte. Sie erwischten ihn, als er auf einer Kolchose ein Lamm stehlen wollte. Man brachte den Jungen zurück ins Lager. Er war so grausam verprügelt worden, daß er arbeitsunfähig und mit dem ersten Transport nach Hause geschickt wurde.

Wenn man genug Lebensmittel hätte, wäre eine Flucht vielleicht möglich, überlegte Karl. Das Lager befand sich in der Nähe des Flusses. Dort lagen Kähne. Mit einem solchen Kahn könnte man in etwa zehn Tagen das Meer erreichen. Schwieriger wäre es, über die Grenze in die Türkei zu gelangen. Karl verwarf den Vorschlag Horwaths. Dieser arbeitete bald beim Hochofenbau und verdiente ein bißchen Geld, so daß es ihm besser ging und er den Fluchtgedanken aufgab.

Die Russen zeigten jetzt abends Filme. Der Vorführer kam in die Baracken. Es handelte sich meistens um Kriegsfilme. So gut wie nie wurde ein Film zu Ende gezeigt. Wenn der Vorführer keine erhobenen Köpfe mehr auf den Betten ausmachen konnte, schaltete er seinen Apparat aus und ging.

Herr Diefenbach arbeitete nach wie vor in der Schusterei. Durch seine Vermittlung kam auch Karl in die Werkstatt. Dort war es warm. Der Natschalnik beauftragte Karl mit der Toilettenreinigung. Das war eine Arbeit, die die Internierten ablehnen konnten, aber der Natschalnik bot dafür 100 Gramm Brot, und Karl nahm die Arbeit an. In der Schusterei hatte er Nägel aus Birkenholz zu schnitzen. Diefenbach wurde zum politischen Lektor im Lager, eine Art Vortragender für die Deportierten. Er sprach über die kommunistischen Länder, über Lenins Politik, über die Waffenindustrie. Darüber hinaus verfaßte er eine Lagerzeitung, für die man ihm ein eigenes Zimmer angewiesen hatte. Karl trug die Linien auf dem Lackpapier ein, auf das Diefenbach in Handschrift die Zeitungstexte auftrug.

Oft rief Diefenbach ihn nach der Arbeit zu sich, um ihn über die Brigade auszufragen, über die Arbeit. Aus ein paar Sätzen von Karl machte er danach einen ganzen Artikel.

Als das Frühjahr kam, wurde Karl einem älteren Russen zugeteilt, der die Kohlenhalde vermaß. Karl hatte nicht viel zu tun, außer die Instrumentenkiste des Russen zu tragen. Der Alte blieb regelmäßig für längere Zeit weg.

Dann schrieb Karl Liebesbriefe an die schwarze Liesel, die er ihr am Abend vorlas.

Kurz darauf wurde er wieder dem Bau zugeteilt. Einige seiner Kollegen fanden auf dem Abstellgleis einen Waggon, dessen Tür aufgebrochen war. Er war mit Sojabohnen beladen. Die Leute füllten ihre Brotbeutel, auch Karl. Im Lager verkauften sie das meiste davon weiter.

Er machte die Bekanntschaft einer Köchin, die im Dorf der Einheimischen wohnte. Bei jeder Gelegenheit trug er Holz für sie nach Hause. Das Dorf hieß Perwoimaiskoje. Erster Mai. Das andere aber, gegenüber vom Kombinat, nannten sie Oktjabarskoje. Oktober. Nach der Oktoberrevolution. Die Köchin bedankte sich, indem sie sein Kochgeschirr mit Kascha aus Soja füllte. Auch die Torte, die Liesel für Karls Geburtstag vorbereitete, bestand aus Kascha.

Auf der Suche nach etwas Eßbarem lief Karl den Hügel hoch, auf dem der Friedhof der Internierten lag. In einer Grube fand er einen Jungen vor, der mit den Fingern Kreide aus der Wand grub. Karl sah, wie der Junge von der weißen Erde aß. »Charascho«, sagte der Junge, gut. Auch Karl kostete davon, und obzwar die Erde nicht recht schmeckte, nahm er doch einige Klumpen mit. Er brachte sie ins Lager, und die schwarze Liesel träufelte etwas Zucker darauf, den sie noch besaß, und sie aßen die Erde. In der Nacht hatte die Liesel hohes Fieber.

Karl war wieder beim Transport. Sie fuhren zu einem Kinderheim am Fluß. Der Fahrer ging ins Heim, Karl blieb auf dem Wagen. Plötzlich hörte er Kinderstimmen, die auf russisch immer den einen, den gleichen Satz sagten. Er stieg vom Wagen und sah zwei Jungen, Zehnjährige, herumstehen, der eine hielt zwei Machorka-Zigaretten in der Hand, der andere einen Feuerstein und ein Stahlstück. Dieser schlug das Stahlstück immer wieder gegen den Stein, um Feuer zu kriegen. Aber es wollte und wollte nicht gelingen. Bei jedem neuen Versuch sagte der Junge mit fester Stimme auf russisch: »Stalin, Stalin, gib Feuer.« Weit und breit gab es keine Zündhölzer. Alle Raucher trugen einen Feuerstein bei sich.

Herr Geyer war ein älterer Mann, von Beruf Schneider. Er bezeichnete sich als Juden, seine Staatsbürgerschaft kannte er selber nicht. Er habe in Prag, in Zürich und Budapest in den besten Schneidereien gearbeitet. Verhaftet habe man ihn in Budapest und von dort deportiert.

Man beschäftigte ihn in der Schneiderei, anfangs nähte er Arbeitskleidung. Die Russen entdeckten aber bald, daß Geyer mehr konnte. Es gab jetzt Stoffe zu kaufen, das meiste aber hatten die Militärs von ihrem Siegeszug mitgebracht. So wurde Geyer nur noch mit dem Schneidern von Anzügen für die Lagerleitung beauftragt. Er konnte sich frei bewegen, kam erst am späten Abend ins Lager. Eines der schönsten Mädchen wurde seine Freundin. Sie war sehr mager, erholte sich aber schnell, aufgrund der Einkünfte des Herrn Geyer.

Während des Sommers wurden Leute auf die Kolchosen zur Arbeit geschickt, es war Gurkenerntezeit. Die Russen aßen die Gurken, wie man im Banat die Äpfel aß. Ein Mädchen machte es den Russen nach, und da sie sehr hungrig war, aß sie sich satt mit rohen Gurken. Danach trank sie Wasser aus einem mit Seerosen bewachsenen Teich. In der Nacht überkam sie das Fieber, und morgens um sechs war sie bereits tot.

Eines Tages hörten die Leute, Herr Alt sei mit den Gefangenen aus dem Nachbarlager nach Deutschland geschickt worden, Frau Alt aber, die ihm freiwillig in die Zwangsarbeit gefolgt war, blieb weiterhin im Lager.

Ein anderes Lager in der Umgebung wurde aufgelöst, und die Leute wurden in Karls Lager gebracht. Es waren

Ostpreußen, viele kamen aus der Nähe von Danzig. Sie waren sehr mager, viele hatten keinen Überlebenswillen. Einer von ihnen wurde Karls Brigade zugeteilt. Er trug den litauischen Namen Naujukat, behauptete aber, ein waschechter Ostpreuße zu sein. Auch drei verbannte Rußlanddeutsche wurden der Brigade zugewiesen. Einen von ihnen machten sie zum Brigadier. Er hieß Alexander Neuwirth und wurde Sascha genannt. Sascha erzählte viel von der Vorkriegszeit und der Arbeit auf der Kolchose. Ständig stritt er sich mit den Russen herum. Sie fragten immer wieder nach seinem Namen, um ihn anzeigen zu können. Aber der Name Neuwirth war für die Russen unaussprechlich, und so gaben sie die Absicht, ihn anzuzeigen, schnell wieder auf.

Eines Tages luden sie Zement- und Sodasäcke aus. Sascha gab ihnen einen Tip. Er sagte, er habe einmal einen Sack mit Backsoda gefunden und schönes Geld damit gemacht. Sie suchten nun eifrig die Säcke ab, blieben aber glücklos.

Unter den ostpreußischen Neuankömmlingen waren viele Frauen, denen es schlecht ging. Sie suchten nach Männerfreundschaften. Herr Diefenbach, der Zeitungsredakteur, tauschte bald seine Kleine gegen eine der neuen aus Ostpreußen. Die Verschmähte wiederum tröstete sich mit einem anderen und wurde schwanger, und damit konnte sie nach Hause fahren. Die Frauen aus dem aufgelösten Nachbarlager wurden allgemein »Frau Danzig« genannt.

Die Internierten bekamen jetzt Rot-Kreuz-Karten, um ihren Angehörigen zu schreiben. Manche tauschten die Karten gegen Brot. Auch Karl bekam eine Karte. Er wußte, daß sich sein Vater nach Österreich geflüchtet hatte, ohne seine Adresse zu haben. So schrieb er an die alte Dorfadresse, als sei diese noch gültig. Sechs Monate später erhielt er Post von seinem Vater. Der schrieb ihm, er erhalte eine kleine Rente, ein paar Dollar von den amerikanischen Kusinen, und er bessere seine Einkünfte noch durch das Sammeln von Heilkräutern auf. Sie freuten sich, daß der Sohn am Leben sei, und er möge fleißig arbeiten. Dieser väterliche Rat verärgerte den Sohn. Seine nächste Karte schrieb er an seinen ehemaligen Leutnant aus der rumänischen Armee.

Es war zu dieser Zeit, daß Liesel sich entschied, Karl zu verlassen. Sie hatte ein Auge auf einen jungen Ungarn geworfen. Die Ungarn versammelten sich regelmäßig, um die schönen Heimatlieder zu singen und den Csárdas zu tanzen. Aber mit dem Ungarn und der Liesel wurde es nichts. Und Liesel wandte sich wieder Karl zu, aber es war nicht mehr wie vorher. Es war nur noch eine halbe Sache, eine Halbherzigkeit, die ihr selbst zu schaffen machte.

Auch die nächste Musterung fand Karl arbeitstauglich. Diesmal wollte man Herrn Geyer, den jüdischen Schneider, nach Hause schicken. Geyer arbeitete nur noch in der Siedlung, und so wurde Karl losgeschickt, ihn zu suchen. Als er ihn fand und ihm eröffnete, er müsse morgen auf Transport nach Hause, begann Geyer zu fluchen. Das ginge gar nicht, er habe schließlich einen Haufen Aufträge von den Offizieren und der Intelligenz. Er könne unter diesen Umständen nicht fahren.

Karl ging zurück, und Geyer erschien erst am späten Abend, um zu packen und in den Waggon zu gehen. Der Zug sollte in der Nacht abfahren. Eine halbe Stunde vor der Abfahrt wurde Geyer aber wieder aus dem Zug geholt. Die Russen sagten, er könne als Jude nicht zurückfahren, sie hätten schließlich keine Juden deportiert, also könnten sie auch keine Juden freilassen. Wahrscheinlich aber ging es ihnen um ihre Anzüge, die noch nicht fertig waren. Kurzum, Geyer blieb bis zuletzt.

Der Winter kam mit heftigen Schneestürmen. Es gab bis zu drei Meter hohe Schneeberge. Das Lagertor konnte nicht mehr geöffnet werden, es gab keine Versorgung, das Essen blieb aus. Für alle hieß es Schnee schaufeln. Zwei Wege wurden freigeschaufelt, einer zur Fabrik, einer zur Siedlung.

Karl wurde zusammen mit einem weiteren Mann, Bernhard, ins Brennstofflager geschickt. Dort angekommen, gab es keinen Auftrag für sie. Ein Mann bewachte das Magazin, und sie kamen ins Gespräch. Als Bernhard sagte, er komme aus Ostpreußen, erzählte der Wächter, er stamme aus Litauen. Er habe in der Nähe von Vilnius einen schönen Hof besessen, zwanzig Schweine habe er gemästet. Die Russen hätten ihn verhaftet, was aus seiner Familie geworden sei, wisse er nicht.

An diesem Tag arbeiteten Karl und Bernhard nicht.

Die Kommunisten gründen so lange ihre Phantomparteien, bis sie den Wahlsieg in der Tasche haben. Im Frühjahr 1990 werden sie bequem die Wahlen gewinnen. Sie haben ihre Faustregeln, an die sie sich halten. Wenn geputscht werden soll, sorge für revolutionäre Stimmung, und ist das Volk auf der Straße, dann organisiere ausreichend Tote. Die Revolution braucht Autorität. Wenn aber Wahlen angesagt sind, dann müssen Parteien her. Je mehr es davon gibt, um so besser. So beschreibt es der Maler.

Der Maler, Karls Jugendfreund von der Marosch. Als Karl bei den Großeltern lebte. Vom Fisch und von der Luft. Es ist lange her.

Im Dorf werden Kneipen aufgemacht, in denen die Männer rumhocken und sich die Zeit vertreiben. Die Männer brauchen, um denken zu können, Kneipen. Das war immer schon so. Und die Landbevölkerung braucht ihren Acker. Auch wenn sie nichts damit anfangen kann.

Sie braucht ihn. Die Kommunisten geben ihr das Feld. Kleine, mickrige Flächen. Es wirkt wie Valium. Sie lösen die landwirtschaftlichen Genossenschaften auf und geben den Leuten Feld. Jedem ein bißchen. Das nützt weder den Leuten, noch schadet es den Kommunisten.

Den Leuten aber geht alles nicht schnell genug. Sie plündern die Stallungen der LPG. Führen das Vieh weg, schlachten es. Es ist, als wollten sie mit allem kurzen Prozeß machen, nicht nur mit dem Diktatorenpaar. Als wollten sie alles zerschlagen und vernichten, vielleicht, um sich an nichts mehr erinnern zu müssen. Um die Schmach der letzten Jahrzehnte endlich vergessen zu können. Als wollten sie lieber zum Holzpflug zurückkehren, als nochmals die Genossenschaft zu erleben.

Im Fernsehen sind Abend für Abend Demonstranten zu sehen. Demonstranten und Hungerstreikende. Die Welt ist aus den Fugen geraten. Der Nachbar erzählt, am anderen Maroschufer seien Ufos gelandet. Sein Schwager habe sie selbst gesehen. Sie seien nur für einen Augenblick sichtbar gewesen, dann seien sie wieder verschwunden. Von der Beobachtung des Schwagers wird sogar in zwei Zeitungen berichtet. Ein Artikel zeigt ein Foto von ihm.

Vielleicht haben die Ufos auch nur die Farbe gewechselt. Vielleicht haben sie sich unsichtbar gemacht und sind immer noch am Maroschufer, nur wir wissen es nicht.

Es gibt eine sichtbare und eine unsichtbare Wirklichkeit. Die unsichtbare Wirklichkeit, meint der Nachbar, werde immer größer.

»Wir haben keine Macht darüber«, sagt er. »Du siehst, was sie aus der Revolution gemacht haben. Wofür sind die jungen Leute in Temeswar gestorben? Damit die Kommunisten dranbleiben?«

Wir sitzen um den großen Tisch, beim Mittagessen. Der Maler, Karl, Lissi und ich. Ich bin für ein paar Tage hingefahren. »Runter«, wie Willi sagt. Urlaubstage. Tage mit Karl, mit Lissi.

Ich gehe mit Karl zum Fluß. Wir nehmen nicht das Auto, wir gehen zu Fuß.

»Das Auto machst du dir nur dreckig«, sagt Karl.

Das Auto ist für ihn wie die gute Stube, die man nicht betritt. Es ist ein Statussymbol.

Er will zu Fuß gehen, wie früher. Er will die Vergangenheit heraufbeschwören.

Wir laufen über die Hutweide. Ich sehe den Wasserturm, die verlassenen Stallungen der Genossenschaft. Die Strommasten, die Leitungen. Grasnarben, Heuschober. Wir laufen am Wäldchen vorbei. Die Akazien sind noch kahl. Die Nester der Krähen hängen schwarz in der Luft. Krächzend fliegt ein Vogel hoch, zeigt einen lahmen Flügel.

Der Wind ist warm und kalt zugleich, es ist ein Frühlingswind, ein Vorbote.

Hinter dem Damm, in der Au, stehen wir unter den Eschen. Blicken schweigend in die hohen Baumkronen. Die Stämme der Eschen sind aus Silber. Das Laub ist feucht und knirscht trotzdem unter unseren Schuhen. Der Fluß ist unsichtbar, aber nahe.

Wir treten aus dem Wald heraus. Sehen auf das Wasser, das sich im Flußbett wälzt. Blicken über die Flußbiegung, das scharfe Eck.

Die Natschalniks wechselten oft. Klemens Bräuer, der den Rußlanddeutschen Sascha Neuwirth ablöste, war ein Zipser. Er sprach nichts außer seinem zipserdeutschen Dialekt. Bräuer hatte eine Banater Schwäbin zur Freundin, Marie. Er teilte ihr die leichteren Arbeiten zu. Eines Abends bestimmte er sie zur Wächterin des Magazins. So konnte er in der Nacht mit ihr ein paar Stunden verbringen.

Als er aber das Magazin betrat, war sie nicht da. Er kam aufgeregt in die Baracke zurück und sagte: »Habe ich die Marie da hingelegt, das soll sie sein, und jetzt ist sie nicht da.«

Eines Morgens, als sie von der Nachtschicht zurückkehrten, wurde die Kolonne von den Russen aufgehalten. Sie suchten nervös nach einem Mann, der einige Luftschläuche zwischen den Waggons abgeschnitten und mitgenommen hatte. Die Luftschläuche gehörten zum Bremsmechanismus. Der Diebstahl konnte als Sabotage betrachtet werden. Die Russen fanden den Mann nicht, aber die Internierten kriegten heraus, um wen es sich handelte. Sie behielten seinen Namen für sich. Der Mann war der Zipser Klemens Bräuer.

Im Lager wurde ein Theaterabend vorbereitet. Der Regisseur war ein Bukarester, der zuletzt einer Marineeinheit in Konstanza angehört hatte. Er arbeitete bei der Elektromontage. Mit Latten und Papiersäcken wurden Kulissen zusammengestellt. Die Kulissen sollten die aufgehende Sonne darstellen, über den Wolken und dem Meer. Zwischen den Wolken war als Sonne eine elektrische Glühbirne angebracht. Auf dem Programm standen Lieder, Tänze, Gedichte und ein Geigenspiel.

Zwei Banater Schwaben in ihren Sonntagskleidern, die sie auf wundersame Weise immer noch besaßen, trugen ein sehr trauriges Lied vor, das Karl nachdenklich werden ließ. Er dachte an ein Vorkommnis aus seiner Kindheit. Sieben Jahre war er alt gewesen und in der zweiten Klasse, als die Mutter eines Kameraden starb. Die gesamte Klasse war zum Begräbnis erschienen. Als der Sarg in die Grube hinabgelassen wurde, hatte Karl ein Gedicht aufzusagen. Nur die letzte Strophe ist ihm in Erinnerung geblieben: »Wie schlöß ein Raum so eng und klein die Liebe einer Mutter ein.«

Als zweiter spielte Herr Stranski auf der Violine. Danach kam eine Rumänin auf die Bühne. Sie war mit ihrem Vater und ihrem jungen Bruder verschleppt worden. Ihr Bruder war tot, der Vater lag auf der Krankenstation, er starb am gleichen Abend. Sie hielt drei selbstgemachte Papierblumen in der Hand, die sie nacheinander in den Saal warf. Mit den Worten: »Eine für die Mutter, eine für den Bruder, eine für den Vater.«

Es folgte ein Solotango, getanzt von einer Frau aus Ostpreußen. Danach kam eine Ungarin an die Reihe, die zuerst ein Gedicht vortrug, in dem anscheinend ein Wort vorkam, das im Russischen »Schäfchen« bedeutete und den russischen Aufseher so sehr begeisterte, daß er aufstand und applaudierte. Die Ungarin hatte noch ein trauriges Lied im Repertoire und einen feurigen Csárdas.

Die Sitzplätze reichten nicht für alle. Auch Karl hatte nur einen Stehplatz. Er stellte fest, daß sein Vordermann gute Kleidung von zu Hause trug. Er beobachtete, wie auf dem weißen Hemdkragen eine Laus spazierenging.

Wieder wurden sie einem neuen Natschalnik zugeteilt. Diesmal war es ein Russe. Karl sollte ihn eines Tages von zu Hause abholen. Er ging durch die Siedlung mit den einstöckigen Blocks. Vor den Wohnblocks kochten die Frauen auf Holzkohlefeuern ihren Fisch. Der Natschalnik lag auf dem Bett, das keinen Überzug hatte. Es gab keine Stühle und keinen Tisch. Er aß von einem Brot, das er ins Nachtkästchen legte, als Karl den Raum betrat.

Dieser Natschalnik war weit herumgekommen, mit der Front. Er trug Stiefel, von denen Karl dachte, daß sie mal bessere Zeiten erlebt hatten. Wer weiß, wem er sie ausgezogen hatte. Der Natschalnik war auch durch Temeswar gekommen und bis nach Budapest. Er erzählte viel von seinen Kriegserlebnissen, und eines Tages gab Karl sich einen Ruck und fragte ihn, wenn er so weit herumgekommen sei und Europa gesehen habe, wo er denn meine, daß es besser sei, im Osten oder im Westen, im Kapitalismus oder im Kommunismus.

Der Natschalnik schwieg lange. Dann sagte er: »Karl, du hast im Westen gelebt, und jetzt bist du hier. Beantworte deine Frage selber.« Sie redeten noch oft miteinander, bei vielen Gelegenheiten, Karls Frage aber wurde nie wieder erwähnt.

Ein Schlesier floh aus dem Lager. Nach drei Tagen brachten sie ihn zurück. Sie banden ihn für vierundzwanzig Stunden an einen Strommast.

Karl wurde zum Ausladen von Erzen abkommandiert. Hier verdiente man etwas Geld, und jene, deren Schulden im Lager angewachsen waren, weil man ihnen die Verpflegung berechnete, sollten auf diese Weise das Geld abbezahlen. Vor Arbeitsbeginn hielt der Natschalnik regelmäßig eine Ansprache, die mit der Aufforderung »Vorwärts Deutsche!« endete. Sebastian, der Brigadier, war ebenfalls ein Internierter. Er war sehr jung und auf seinen Vorteil bedacht. Seine Aufgabe war, die Leute anzutreiben. Das konnte er gut. Er verstand es auch, seine Essensration zu steigern.

Der Zug mit dem Erz fuhr in die Halle. An der Decke waren Laufkräne angebracht. Die Kräne warfen ihre schweren Greifer in die Waggons und hoben das Erz. Was sie nicht herausholten, mußten die Internierten mit Schaufeln und Brecheisen bewerkstelligen. Meistens war das Erz gefroren.

Um Mitternacht gab es eine Pause. In der Pause mußten vier Männer die Schaufeln der Bagger reinigen. Die Schaufeln waren so groß, daß die Männer darin arbeiten konnten, ohne sich gegenseitig zu behindern.

Die Erze wurden mit einem Transportband in die Steinmühle gebracht. Ein Mann, der aus Unachtsamkeit auf das

Band fiel, wurde in die Mühle befördert und zermalmt. Von seinem Körper wurde nichts mehr gefunden.

Eines Tages ließ der Natschalnik die Internierten wieder einmal antreten. Eine Reihe bildeten die Männer, eine die Frauen. Er ging von einem zum anderen, ließ sich über Beschwerden berichten, schrieb die Namen auf. Dann las er einige Namen vor, ließ die Betroffenen vortreten. Karl war unter ihnen und auch die schwarze Liesel. Sie sollten sich zum Abtransport fertigmachen.

Karl fragte in einem günstigen Augenblick den Fahrer nach dem Ziel. Als dieser einen vierzig Kilometer entfernten Ort nannte, atmete Karl auf. Am neuen Arbeitsort angekommen, wurde ihnen eine Baracke zugewiesen. Sie bestand aus Räumen mit vier Betten. Kontrolliert wurde kaum. Sie konnten sich frei bewegen. Um so mehr fiel ihm auf, daß die Liesel sich von ihm zurückzog. Die eine Brigade arbeitete im Erztagebau, die andere in einer Kalkgrube. Als er sah, daß die Liesel sich von ihm abwandte, drängte er sie nicht weiter.

Nach drei Wochen wurden sie plötzlich vor die Wahl gestellt, ins Kombinat zurückzukehren oder weiter hier, im Nebenlager, zu arbeiten. Karl entschied sich sofort für die Rückkehr, die Liesel aber blieb. Das empfand Karl als eine Entscheidung gegen ihn. Sie wollte ihn wohl nicht mehr.

Im Lager kam jemand mit der Nachricht, Fiffi liege im Krankenzimmer, es gehe ihm sehr schlecht. Karl ging sofort zu ihm, er erschrak, als er ihn sah. Fiffi sagte, er hätte eine Bitte an Karl. Er bitte ihn, am Morgen zum Basar zu gehen und eine dicke Zwiebel für ihn zu kaufen. Die wolle er gerne essen. Karl kaufte am nächsten Tag die dickste Zwiebel, die er finden konnte, aber als er das Krankenzimmer betrat, war Fiffi bereits tot.

Clara hat die Fußnagelprozedur beendet. Der Lack sitzt. Ein letzter prüfender Blick. Sie legt die Utensilien beiseite und streckt sich neben mir aus. Wortlos. Greift nach der Decke, zieht sie über uns. Ihr Gesicht ist an meiner Schulter.

Ihre Nähe wirkt überdeutlich und nebensächlich zugleich. Die Nähe gilt mir, es beunruhigt mich. Das Gesicht an meiner Schulter ist plötzlich wie eine zukünftige Last. Ich spüre ihre Zufriedenheit, und auch das macht mir Sorgen.

Was will sie? Wer bin ich? Ich rede mit einer Schlafenden, mit mir. Ich rede weiter und weiter, als müßte ich die Geschichte zu Ende bringen. Als könnte ich das.

Karl ging seinen Arbeitsaufträgen nach. Er ließ Säcke fallen und zerplatzen. Brachte sie zum Schneider. Aus dem Nebenlager kamen Grüße von der schwarzen Liesel. Er zuckte die Schultern. Um Mitternacht war Arbeitspause. Er legte sich auf ein Brett. Schlief vor Müdigkeit ein.

Herr Diefenbach warb jetzt für eine antifaschistische Organisation. Einige schrieben sich ein, sie hofften, als Antifaschisten ihre Lage verbessern zu können. Konnten sie aber nicht.

Und dann wurde Wirklichkeit, was nur noch als blasser Traum galt. Es sollte nach Hause gehen. Ein Major hielt ihnen einen Vortrag, in dem das Wort »Antifaschismus« vorkam und die Aufforderung, in Rumänien nichts als die Wahrheit über Rußland zu erzählen. Es hörte sich eher wie eine Drohung an. Wer Geld habe, solle es ausgeben. Über die Sowjetgrenze dürfe keine Kopeke mitgenommen werden. Und keine Fotos. Karl kaufte für die Rubel, die er im letzten Jahr hatte sparen können, Stoff für einen Anzug für sich, für ein Kleid für die Nichte und Schuhe für den Neffen.

Jetzt kehrten auch die anderen aus dem Nebenlager zurück. Unter ihnen war auch die schwarze Liesel. Sie kam auf ihn zu, begrüßte ihn.

Ein Ingenieur, der aus Berlin stammte und den Vorteil hatte, im Büro zu arbeiten, hatte zuletzt so viel Geld gespart, daß er daran dachte, ein Auto der Marke Pobeda zu kaufen. Daraus wurde aber nichts. Seine Angehörigen schrieben ihm, er solle eine Decke mitbringen, und schließlich schaffte er sich einen Ledermantel an, wie ihn der Kombinatsdirektor trug.

Bei der Kofferkontrolle entdeckte der Offizier einen Jungen, der nichts als seinen Brotbeutel besaß. Der Offizier lachte und bezeichnete den Jungen als echten Proletarier.

Russische Arbeiter kamen ins Lager. Sie zogen einen neuen Stacheldrahtzaun hoch. Nach dem Abzug der Deportierten sollte es ein Straflager für Russen werden.

Es folgten Zählappelle, bei denen vor allem die Kleider begutachtet wurden. Waren sie zu schäbig, wurden neue Watteanzüge ausgegeben. Auch Karl erhielt einen neuen.

Liesel schaffte eine Handtasche an, die einen doppelten Boden hatte. Darin versteckte sie die Fotos von sich und Karl.

Am 4. Dezember 1949 stand die Kolonne abmarschbereit im Lager.

Der Zug fuhr tage- und nächtelang. Hielt. Fuhr weiter.

Im Waggon befanden sich, anders als auf der Hinfahrt, nur Männer.

Die Grenze erreichten sie um ein Uhr nachts. Sie mußten aussteigen. Es folgte ein letzter Zählappell. Der begleitende Offizier las den Nachnamen vor, und der Internierte hatte diesen nach russischem Brauch durch Vor- und Vatersnamen zu ergänzen. Karl Michailowitsch.

Für eine längere Verzögerung sorgte ein junger Mann,

der den Namen seines Vaters nicht kannte. Er hatte keinen Vater. Der russische Major wollte das aber nicht akzeptieren, und so sagte der Mann schließlich »Fritzowitsch«, und damit war die Sache geregelt.

Am Morgen fuhr der Zug über die Grenze, ins Wischauer Tal hinab. Die Waggontüren standen jetzt offen. Karl sah den Schnee auf den Feldern. An den Bahnhöfen standen Frauen und gaben ihnen Äpfel. Karl hatte während der gesamten Deportation keinen Apfel mehr gesehen. An der Außenwand des Waggons war ein riesiges Stalinporträt angebracht worden, vom Boden bis zum Dach.

Mittags erreichten sie Sighet.

Karl hörte nach all den Jahren zum ersten Mal wieder am Mittag die Kirchenglocken läuten. Man brachte sie in ein Auffanglager. Die Entlassung wurde vorbereitet. Jeder erhielt zweihundert Lei und eine Bahnfahrkarte in den Heimatort. Ein Teil der Heimkehrer wurde zum Bahnhof nach Sathmar gebracht, ein Teil nach Baia Mare. Liesel kam nach Sathmar.

Karl fuhr über Baia Mare, Oradea und Arad nach Hause ins Banat. Bei jedem Umsteigen verabschiedeten sich ein paar Gefährten. Die meisten wurden am Bahnhof in Arad von ihren Angehörigen erwartet.

Karl wartete auf den Zug ins Dorf. Er stieg in einen Viehwaggon, in dem auch Bänke standen. Dort saß ein Junge. Als er Karl in seiner russischen Wattekleidung sah, begann er die Internationale zu singen. Da er merkte, daß Karl nicht reagierte, hielt er inne und schwieg.

Am Dorfbahnhof war zu dieser späten Stunde niemand.

Karl ging zum Haus seiner Schwester Bärbel. Die Tante öffnete ihm, war kreideweiß. Die Kinder verkrochen sich im Zimmer. Sie dachten, er sei ein Russe. Dann kam Bärbel. Sie gaben ihm zu essen, die Schweineschlacht hatte kürzlich stattgefunden. Er aß wenig.

Karl wusch sich und legte sich ins Bett.

Am Morgen erzählte ihm die Schwester, der kleine Neffe hätte gemeint: »Mutti, du hast immer gesagt, der Onkel kommt. Aber der Onkel sieht genauso aus wie ein Mann.«

Ich schweige. Denke mir, Clara ist eingeschlafen. Aber sie ist wach.

»Was ist aus der schwarzen Liesel geworden?« fragt sie mit leiser Stimme.

»Ich weiß es nicht«, sage ich, »ich weiß nicht, ob Karl sie je wiedergesehen hat«.

»Und warum?«

»Meine Mutter war wohl dagegen.«

Clara lacht.

»Das ist noch kein Beweis«, sagt sie. »Vielleicht haben sich die beiden ja heimlich getroffen. Auf Dienstreisen vielleicht.«

»Dienstfahrten, ja, die gab es. Vom Mühlenbetrieb aus, in die Nachbarorte. Aber das war später. Die Liesel stammte, soweit ich weiß, aus Hatzfeld, das war ungefähr dreißig Kilometer entfernt.«

»Dreißig Kilometer, das ist doch keine Distanz, isten«, sagt Clara. »Wenn dich die Gefühle umtreiben, ist das gar nichts.« Sie sagt es genüßlich und mit Anteilnahme. »Sie wird auch geheiratet haben.«

»Ist wohl anzunehmen.«

»Du bist humorlos.« Clara boxt mich in die Schulter. »Wurde denn die Liesel bei euch niemals erwähnt?«

»Doch«, sage ich, »ich glaube mich dunkel zu erinnern.«

»Dunkel«, sagt sie, »was hast du denn in deiner Kindheit gemacht?«

»Was hätte ich denn machen sollen?«

»Deine Eltern beobachten, dafür hat man doch seine Kindheit.«

»Hast du deine Eltern beobachtet?«

»Ich hatte keine.«

»Du hattest keine?«

»Nein, ich hatte keine.«

»Und wie kommt das?«

»Das geht dich nichts an.«

»Und wieso weißt du dann so genau Bescheid darüber, wie es mit Eltern ist, wenn du keine hattest.«

»Ich hatte viele Eltern, zu viele.«

»Wie soll ich das verstehen? Vorhin hattest du noch gar keine, und jetzt hast du plötzlich zu viele.«

»Zilli, lassen wir das. Wir wollen uns doch vertragen.«

»Wie du meinst. Wer weiß schon, wie das mit der Liesel war.«

Wir liegen eine Weile schweigend im Dunkeln, dann höre ich Claras regelmäßige Atemzüge. Sie ist eingeschlafen.

Was weiß ich schon über meinen Vater, denke ich mir. Nichts weiß ich. Gar nichts.

4

Was hat mich geritten, was bloß? Ich habe in Ulm angerufen! Jahrelang habe ich nicht in Ulm angerufen. Habe mir gesagt: Du darfst nicht in Ulm anrufen. War immer kurz davor, und habe mir stets beizeiten gesagt: Du darfst es nicht.

Ich durfte es ja wirklich nicht. Ich durfte es all die Jahre nicht. War ein Gerichtsbeschluß. Aber ich zahle. Die ganze Zeit zahle ich schon. Die Zicke hat sich gerächt. Hat es mir angedroht und wahr gemacht. Punkt für Punkt.

Ich erinnere mich an das entscheidende Gespräch. »Die Aussprache«, wie Monika es nannte. Sie habe mir alles verziehen. Es folgte die große Aufzählung, die komplette Liste meiner realen und eingebildeten Fehltritte. Alles verziehen. Wie großzügig.

Außer Birgit. Damit hätte ich die Grenze überschritten. So jedenfalls sah sie es. Was hatte ich schon mit Birgit! Eine Affäre wie jede andere. Affären kommen und gehen. Das wußte auch Monika. Wir hatten unsere Erfahrungen damit. Es gab Krisen und Auftritte, ich bereute, und es war wieder gut. Diesmal aber verstand sie keinen Spaß. »Du kriegst mich nicht noch einmal rum«, sagte sie. Ich nahm es nicht ernst. Hatte mich an meine Freiheiten gewöhnt. An meine Zuversicht, es schon wieder richten zu können. Einrenken, wie früher. Es war, als hätte ich eine Vereinbarung mit Monika, als hätte sich eine Art Gewohnheitsrecht eingestellt. Es war leichtfertig oder va banque. Gerade wenn die Ordnung in einer Beziehung überdeutlich wird, kommt ein unbenennbares Bedürfnis zum Zuge, die Beziehung in die Luft zu jagen. Den Kalten Krieg durch einen irrationalen Akt zu beenden.

Sie schnüffelte mir nach. Das Mißtrauen ist ein zäher Begleiter der Liebe. So entdeckte sie die Sache. Wollte sie entdecken. Was früher in Temeswar galt, war plötzlich ohne Bedeutung. Nachdem wir die Freiheit gewählt hatten, galt auch der private Pragmatismus nicht mehr. Unsere Befreiung von der Diktatur lieferte uns den Unwägbarkeiten der Freiheit aus. Wir waren nicht mehr aufeinander angewiesen. Kein Team mehr gegen etwas. Wir waren nur noch frei.

Ich hatte Schwierigkeiten auf dem Bau vorgetäuscht und war mit Birgit nach Bühl zum Zwetschgenfest gefahren. Birgit stammt aus Bühl, und sie hatte mir von dem Fest vorgeschwärmt. Wir sind einen ganzen Tag lang durch die Stadt gezogen. Ich habe Fotos von Birgit gemacht, und wir haben Passanten gebeten, Fotos von uns beiden zu machen. Wir waren ausgelassen wie Teenies. Ich habe die Fotos mit nach Hause genommen, und Monika hat sie gefunden.

Sie legte sie auf den Tisch. Triumphierend wie ein Detektiv. Sie orientierte sich ja immer an ihren Frauenzeitschriften. Das war schon im Banat so. Bereits dort wurde sie regelmäßig von einer ausgewanderten Kusine versorgt. Vor Frauenzeitschriften kann ich nur warnen. Naiv, wer glaubt, die kümmern sich nur um Kosmetik und Klamotten. Weit gefehlt, die kümmern sich um die ganze Frau. Die haben die besten Tips dafür, wie man den Mann unter Kontrolle hält. Die zehn Tips, wie frau ihn fertigmacht, und wenn's gar nicht mehr anders geht, ist die große Rache angesagt. Diese Blätter sind voller Szenarien für die große Rache. Ich habe es erfahren. Am eigenen Leib habe ich's erfahren.

Mit der gleichen Leidenschaft, mit der sie seinerzeit Besitz von mir ergriffen hatte, machte sie sich nun daran, mich loszuwerden. Sie sagte anfangs gar nichts. Sie hatte bloß diesen merkwürdigen Blick, den ich bereits an ihr kannte und der nichts Gutes verhieß. Da sie aber nichts sagte, maß ich dem Ganzen immer noch keine größere Bedeutung bei, verdrängte es wohl.

So ging ich ihr in die Falle.

Sie verbündete sich mit der Tochter. Die beiden müssen den Plan zusammen ausgeheckt haben. Die Kleine war sauer auf mich. Wegen ein paar Kleinigkeiten. Aus der Schule, von Zuhause. Wie das so ist mit Kindern. Ich hatte was getrunken. Hatte ein Glas getrunken, wenn ich vom Bau kam. Wenn die Kroaten wieder mal nicht spurten. Ein Glas zuviel, und was gesagt, ein Wort zuviel zu der Kleinen, zu einem T-Shirt, zu einer Musik, was immer. Die Arbeit auf dem Bau kann einen ganz schön runterziehen.

Vielleicht habe ich auch was über ihre Knospen gesagt, wie man auf dem Bau so redet. Den halben Tag lang, mit den Kerls. Die ziehen Wände ein, nichts klappt, den ganzen Tag mußt du dabeisein. Sonst setzen sie im Handumdrehen die Türen falsch ein, die Treppe ans Balkonfenster. Trinken ’ne Dose, machen Pause, reden von den Ärschen, die unten vorbeirauschen. Alles ein Traum. »Deutsche Frauen kannst du leicht kriegen.« Wo sie das bloß herhaben. Reden von Birgit, meiner Birgit im Büro. Ich höre weg oder grinse. Sie werfen mir ein Bier zu. »Nichts für ungut, Chef.«

Was für ein Satz. Woher kennen die den? Sprechen doch kaum deutsch. Nur halbe Sätze, und dann plötzlich so ein Ausdruck. Irgendwo aufgeschnappt, beim deutschen Meister oder wer weiß wo. In den Pornos aufgeschnappt, die sie sich auf Video reinziehen. Darin gibt’s ja erstaunliche Dialoge. Vor allem, weil sie völlig überflüssig sind. Kein Mensch wartet in einem Porno auf einen Dialog. Und trotzdem reden die Darsteller ununterbrochen. Weil die Macher wohl denken, dadurch werde die Sache realistischer.

Ich höre den ganzen Tag diese Obszönitäten. Bin geschlaucht. Habe die Bande gut regiert, mit ein paar Bier und ein paar Sprüchen. »Chef, du bist doch auch vom Balkan: Was hältst du von Dynamo Zagreb? Oder stehst du vielleicht auf Partizan Belgrad?« Es ist ein hinterhältiger Jugoscherz.

Ich gehe darauf ein, auf alles gehe ich ein, nur damit sie was arbeiten, denn wir sind wieder einmal im Rückstand, was ja kein Drama wäre, nicht für die Abnahme, aber für den Kredit. Wir stehen seit Jahren kurz vor der Zahlungsunfähigkeit. Das schert zwar kaum noch einen, weil es ja die allgemeine Lage ist. Außer mich, den Banater Schwaben. Mich bedrückt es. Es erinnert mich an die Schlamperei im Banat. An die Schlamperei der Rumänen. Ich mache aus alldem einen Kasus, weil ich ausgewandert bin. Ausgewandert bin, um die krummen Geschichten loszuwerden. Der Schwindel und die Schlamperei gehörten für mich zum rumänischen Bau. Ich war nicht ausgewandert, um das alles hier in Deutschland nochmals zu erleben. So dachte ich, und meine Kroaten grinsten. Vielleicht ahnten sie, was ich dachte. »Volksgruppenführer«, sagten sie, »nimm's nicht so tragisch.« Wenn sie ihren Kasten Bier gekillt hatten, nannten sie mich »Volksgruppenführer«. Es war ihre verbale Rache für meine Unduldsamkeit, für meine Antreiberei.

Ich war im Bad, als die Kleine nach mir rief. »Werner!« Ich dachte nur, was will die schon wieder? Bestimmt Geld. Für irgendeinen Fetzen, den man gerade vorzeigen muß, will man akzeptiert sein. So 'n Markenwitz. Sorgen hatten diese Kinder! Ich nahm noch einen Schluck aus der Bierflasche, die ich aus Gewohnheit ins Bad mitgenommen hatte. Dann ging ich zu ihr. War plötzlich in ihrem Zimmer, und sie sagte: »Das Geld steht mir zu«, und wippte mit dem Bein, während sie die Finger ausstreckte, das Luder. Wo sie das wohl gelernt hatte? Mir rutschte die Hand aus, und sie schrie, heulte los, und ich schlug nochmals zu, als wollte ich sie zum Schweigen bringen, dann war auch schon ihre Mutter hinter mir. Mehr war nicht. Da bin ich mir sicher. Ihre Mutter schrie ebenfalls, schwieg plötzlich. Ich lief raus. Hockte mich ins Wohnzimmer, vor den Fernseher. Während sie mit der Polizei telefonierte, hockte ich schweigend vor dem Fernseher.

Sie kamen zu zweit, ein Mann, eine Frau. Die Frau protokollierte. Meine Tochter sagte aus. Ich hatte verloren. Ich wußte, ich konnte ausziehen. Jede Erklärung war umsonst. Die beiden Frauen, meine Frau und die Kleine, meine Tochter, standen solidarisch nebeneinander. In ihren Augen war ich der Täter, den man schon zu lange gewähren ließ. Damals begriff ich, wie schnell man zum Täter werden kann. Ich verließ ratlos die Wohnung.

»Jetzt kannst du dich zu deiner Birgit schleichen«, rief Monika und warf die Tür hinter mir zu. Den Prozeß habe ich verloren. Meine Erklärungen wollte keiner hören. Die beiden blieben bei ihrer Darstellung, bis zuletzt. Obwohl ich einen Anwalt hatte, der mit ihnen redete. Einen »Vergleich« anbot, wie er es nannte. Aber meine Tochter blieb unbeirrt. Das hatte einen Grund, der mir erst nach und nach aufging. Sie wurde betreut. Von ein paar Frauen, Psychologinnen und Selbsthilfe. Die haben alles nur noch schlimmer gemacht. Für sie war ich das Scheusal. Sie sprachen immer von irgendwelchen zweitausend Jahren und daß es jetzt reichen würde. Ich war also für die zweitausend Jahre verantwortlich. Ich hatte stellvertretend zu büßen.

Ich war aus dem Spiel draußen. Durfte meine vierzehnjährige Tochter nicht mehr sehen. Ich durfte zahlen. Jeder Annäherungsversuch an meine Tochter würde ein Verfahren nach sich ziehen. Knast, wie mir eine der Psychologinnen versicherte. Sie sah mich dabei triumphierend an, als hätte sie den Übeltäter persönlich niedergestreckt. Das Monster in die Schranken verwiesen. Am liebsten hätte sie mir eigenhändig den Schwanz abgehackt. Ich war zwischen die Fronten geraten. Zum Abschuß freigegeben. Es war meine erste Erfahrung mit den Mühlen der westlichen Öffentlichkeit. Mit einer Gesellschaft, die ihre Zwänge über das Exempelstatuieren ausübte. Ich stand am Pranger der Guten.

Ich gab auf. Nahm mir eine Wohnung. Meine Frau zog mit der Kleinen nach Ulm. Das empfand ich als geradezu symbolisch. Nach Ulm. Als wollte sie nicht nur unsere Ehe auslöschen, sondern das gesamte Banat gleich mit ungeschehen machen. In Ulm waren seinerzeit, im 18. Jahrhundert, die Schiffe abgefahren, die die Einwanderer ins ehemalige Türkenland brachten. Wie auf dem Einwanderungsbild des Trachtenmalers Jäger: Wanderung, Rast und Ankunft. Ankunft? Welch ein Aufwand für Monika, dachte ich mir, und das alles nur, um mich zu strafen. Seither weiß ich nichts mehr über sie. Außer der Kontonummer, zum Überweisen.

Und jetzt habe ich angerufen. Bei der Tochter. Sie lebt nicht mehr bei ihrer Mutter. Weiß ich von Willi. Der weiß so was. Habe mir schon vor einem halben Jahr ihre Telefonnummer beschafft. Aus dem Telefonbuch. War ganz einfach. Und jetzt habe ich angerufen. Ich weiß nicht, warum. Ich hatte das Bedürfnis anzurufen.

Ich hatte es schon einmal probiert. Als sie achtzehn

wurde. Damals lehnte sie ab. Und ihre Mutter war sofort dran. Sagte: »Laß das Kind in Ruhe!« – »Sie ist achtzehn«, erwiderte ich. »Sie will dich nicht sehen«, sagte Monika. »Ich will es von ihr hören.« – »Dann hör es von ihr.« – »Ich will dich nicht sehn«, hieß es darauf. Es war die Stimme Melanies. Danach wieder Monika: »Reicht dir nicht, was du uns bisher angetan hast?« Sie legte auf. In ihrem Weltbild war ich offensichtlich der Schurke. Es war die bekannte Frauenverschwörungstheorie. Monika hatte sie sich im Westen angeeignet. Sie hatte dazugelernt. Sich befreit. Und ich machte keinen weiteren Versuch, gegen die Fakten dieses Weltbilds vorzugehen. Bis gestern.

Vielleicht hat Clara den Ausschlag gegeben. Clara mit ihren Fragen. Clara ist im Alter meiner Tochter. Wenn ich sie ansehe, denke ich manchmal an meine Tochter. Ob sie wie Clara ist? Ich weiß ja nichts über sie. Ich weiß nur, daß sie studiert. Das weiß ich, weil ich ja zahlen muß. Es ist mein gekauftes Wissen. Darauf habe ich Anspruch. Im Westen hat das Geld auch in den entlegensten Situationen seinen Tauschwert.

Immerhin studiert sie. Gartenarchitektur, glaube ich. In München. Vom Baugewerbe nicht so ganz weit weg, dachte ich mir. Sie hat wohl doch etwas von ihrem Vater. Aber ob das was bringt? So was kann man nur in Deutschland studieren. Eigentlich ist es was für höhere Töchter. Melanie ist aber keine höhere Tochter. In der Situation befindet sie sich, bei Gott, nicht allein. Die tun nur so. Halb Deutschland tut so. Als sei jede zweite eine höhere Tochter. Wahrscheinlich ist es das Ergebnis des Reichszusammenbruchs: vom Herrenmenschen zur höheren Tochter.

Ich habe also in Ulm angerufen, in diesem Verschiffungshafen, wo unsere Vorfahren an Bord gingen. Ich habe bei meiner Tochter angerufen. Es klingelte, eine junge Frau war dran: sie.

»Hier spricht dein Vater«, sagte ich langsam. Es klang feierlich und lächerlich zugleich.

In der Leitung blieb es still, aber sie legte nicht auf. Dann folgte ein Ja, ein leicht fragendes. Nicht, was ich befürchtet hatte. Nicht die schroffe Frage: Was willst du? und auch kein stummes Auflegen.

»Ich bin unterwegs, beruflich«, fügte ich ohne jeden Grund hinzu, als wollte ich mich irgendwie rechtfertigen. »Ich bin morgen in Ulm und würde dich gerne mal sehen.«

Es blieb zunächst still. Dann ihre Stimme: »Wann bist du da?«

»Am Nachmittag«, sagte ich.

»Gut«, sagte sie schnell.»Wir treffen uns um drei im Bistro Alexandre, am Marktplatz. Liegt im Erdgeschoß vom Alten Rathaus. Du kannst es nicht verfehlen.«

»Ich weiß gar nicht, wie du aussiehst«, sagte ich.

»Ich spreche dich an«, sagte sie bestimmt. »Ich erkenne dich.«

Für einen Augenblick war es mir, als hörte ich die Stimme ihrer Mutter.

Danach ging ich ins Kaffeehaus. Ich bestellte einen Whisky, was den Ober wunderte. Ich kam ja täglich her, trank stets ein Bier, ein Schloß Eggenberger, und jetzt einen Whisky.

»Die gnä' Frau heute nicht dabei?« fragte der leutselige Mann, als er mit dem Tablett kam.

Ich sah ihn verdutzt an, verstand zuerst nicht. Es stellte sich heraus, er meinte Clara.

»Die kommt später«, sagte ich und nahm einen großen Schluck Whisky. Er nickte. Der Neid stand ihm ins Gesicht geschrieben. Eine Frau wie Clara würde er natürlich nie abbekommen, also hatte er gehofft, daß mein Glück wenigstens von kurzer Dauer sei. Ich mußte ihn enttäuschen.

Er war ein enttäuschter Lebensphilosoph. Ein Bilderbuch-Wiener. Er ging regelmäßig ins Volkstheater, weil er meinte, dort Frauen kennenlernen zu können, ging aber stets leer aus. Er war ein einsamer Theaterbesucher, dessen Lebensphilosophie immer hinterhältiger wurde, weil er sich nicht mit seiner Enttäuschung begnügte, nicht einfach zum Pessimisten wurde, sondern seine Umgebung zu beneiden begann, ihr Böses wünschte, in jedem Fall aber das Scheitern. Er arbeitete sozusagen am Scheitern der anderen. Das gab ihm die Kraft für sein Kellnerleben.

Nachdem ich ein bißchen im Kurier gelesen hatte, klingelte mein Handy.

»Wo bist du?« tönte ihre Stimme aus dem Hörer.

»Beim Ziegelmann sitze ich, wo denn sonst.«

»Bin gleich bei dir«, flötete sie.

Und dann war sie da. Küßte mich auf den Mund, fingerte ausgiebig an mir herum. Der Kellner verneigte sich.

»Einen Einspänner«, sagte sie mit Augenaufschlag. Er zog nickend ab, wie ein geprügelter Hund. Und nur ich kannte sein Geheimnis.

Wie immer erzählte Clara wortreich ihren Tagesablauf. Dann sagte sie übergangslos: »Du fährst also morgen?«

Ich nickte.

Sie sah mich mit einem langen Blick an.

»Du wirst mir fehlen.«

»Du mir auch.«

Sie faßte nach meiner rechten Hand, drückte sie mit ihren Fingern fest zusammen.

»Wir sehen uns wieder«, sagte sie. So, wie sie es sagte, war es keine Floskel.

Ich nickte hilflos.

»Árpád ist heute endlich aufgetaucht. Er sagt, ich kann bei ihm wohnen.«

Ich trinke einen Schluck Whisky.

»Ich ziehe also um. Du fährst weg, und ich ziehe um.«

Sie strich mir mit der Hand über die Augen.

»Zilli«, sagte sie scherzhaft, »sei nicht traurig. Du bist traurig wie ein Ungar, der gerade das Selbstmörderlied gehört hat. Den Seress.«

Sie lachte.

Der Kellner kam mit dem Einspänner.

»Ein Einspänner für die Dame«, sagte er und verneigte sich betont künstlich.

Clara griff nach dem Henkelglas. Sie tauchte den Kaffeelöffel in den Schlagobers, leckte ihn ab. Staubzucker klebte an ihrer Unterlippe.

»Hast du deine Tochter angerufen?«

»Ja.«

»Und hat sie aufgelegt?«

»Ich bin mit ihr verabredet. Morgen im Bistro Alexandre, am Marktplatz.«

»Das ist ja großartig, das müssen wir feiern.«

Am Morgen fahre ich. Das ist klar. Ich beobachte beim Frühstück jede Geste Claras. Es ist, als sähe ich alles an ihr zum letzten Mal und müßte es mir einprägen, um das mit ihr Erlebte noch lange für mich aufbewahren zu können. In diesem Augenblick komme ich mir alt vor.

Wir verlassen das Hotel gemeinsam.

Ich setze Clara in Favoriten ab, in der Ödnis der Raaber Bahngasse. Sie steigt aus, beugt sich noch einmal zurück ins Auto, stützt sich mit einer Hand auf meiner Schulter ab, drückt mir einen Kuß auf den Mund.

»Wir sehen uns wieder«, sagt sie, »ich bin mir ganz sicher. Biztos vagyok.«

Ich spüre ihre Fingernägel in meiner Schulter. Wenn ihr etwas besonders wichtig erscheint, wiederholt sie es auf ungarisch.

Ich fahre raus auf die Autobahn. Ich fahre automatisch, gedankenlos. Wie von einem Satelliten gesteuert, fahre ich. Fahre durch das Nichts, das niederösterreichische Nichts, bis Linz, an Linz vorbei. Als wäre alles um mich herum nichts als Finsternis. Übergangslos Finsternis: Oberösterreich. Ich sehe nichts als die Uhr. Das Leuchten der Uhr.

Nur einmal schrecke ich auf, als ich das Ortsschild »Wels« bemerke, und gleich danach »Ried«, irgendwo. Ried. Dort liegt mein Großvater begraben, der Vater meines Vaters, den ich nicht gekannt habe. Michael. Der bereits in Österreich war, als ich geboren wurde. Der mit seiner zweiten Frau nach Österreich gegangen ist. Geflohen, vor den Russen. Im September 44, kurz bevor die Russen meinen Vater abholten und in den Ural brachten. Für fünf Jahre. Die einzige Spur von diesem meinem Großvater ist dieser Brief an seinen Sohn, meinen Vater, aus den fünfziger Jahren. Der Brief in Sütterlin, den mein Vater mir überreicht hat. Ich weiß nicht, was in dem Brief steht. Handschriftliches Sütterlin kann ich nicht lesen. Gedrucktes schon. Wegen Karl May. Ich habe Karl May in den alten Ausgaben gelesen. In den Vorkriegsausgaben, die die Leute im Dorf in den Schränken hatten oder auf den Dachböden.

Der Brief ist wie ein Amulett. Ein Amulett aber muß sein Geheimnis bewahren, sonst wirkt es nicht.

Ich könnte die nächste Ausfahrt nehmen, von der Autobahn runterfahren. Die Verwandten kennenlernen, die Nachkommen der zweiten Frau. Mein Großvater hatte keine Kinder mit ihr. Er hatte nur seine Kinder, und sie hatte ihre Kinder. Ihre Flucht war die tragische Umkehrung der Auswanderung ins Banat. Der Anfang der Auslöschung unserer Banater Existenz. Sein Weggang kam mir plötzlich wie ein Verrat an seinen eigenen Kindern vor. Ein Verrat, für den ich keine Erklärung habe und auch niemals finden werde. Er ist mit seinen Stiefkindern fortgegangen und hat seine eigenen Kinder zurückgelassen. Alle, die etwas darüber wissen könnten, sind tot.

Er hat in Ried gelebt, wurde dort begraben. Aber sein Grab gibt es nicht mehr. Die Nachkommen haben es aufgegeben. Die Nachkommen der zweiten Frau. Das hatte er davon. Es war wie die ausgleichende Gerechtigkeit. Er hatte, nach dem frühen Tod meiner Großmutter, das eigene Projekt hingeworfen und meinen Vater und seine beiden Schwestern ohne Geborgenheit aufwachsen lassen. So gesehen, hat er sein Schicksal verdient.

Ich bleibe auf der Autobahn. Ich habe meine Verabredung. Die Verabredung mit meiner Ex-Tochter. Das ist Familienprogramm genug. Die Gegenwart geht vor. Aber auch dieser verkommene Großvater gehört irgendwie zur Gegenwart. Auch wenn ich auf der Autobahn bleibe, will er nicht weichen.

»Es war ein stürmischer Tag, mit hohem Wellengang«, schreibt Karl an seinen Vater nach Österreich. Es ist das Jahr 1951, und ein Brief nach Österreich hat viele Leser. So kommt es, daß der kleine Georg plötzlich am Tor steht. Im sattsam bekannten Ledermantel.

Der Hofhund bellt wütend. Es ist seine Aufgabe.

Der kleine Georg hat die Hände in den Hosentaschen, und er nimmt sie auch nicht heraus, als Karl das Gassentor öffnet.

Der kleine Georg geht wortlos an Karl vorbei auf den Hauseingang zu. Vor dem Haus angekommen, dreht er sich um. »Können wir irgendwo allein reden?« fragt er.

Karl nickt.

Sie gehen links in das Zimmer von Karl und Lissi. Lissi sitzt am Tisch. Sie steht auf, als sie Georg sieht. Grüßt. Er nickt bloß, wirft ihr aber einen langen Blick zu, während Karl ihr ein Zeichen gibt, das Zimmer zu verlassen.

Sie geht hinaus, und die beiden Männer setzen sich an den Tisch. Lissi kommt mit einer Flasche Schnaps zurück und zwei Gläsern, aber der kleine Georg schüttelt nur den Kopf. Damit ist es für Karl endgültig. Der Georg ist offiziell da.

»Mein Chef will dich sprechen«, sagt Georg, »du kommst mit.«

»Worum geht es?« fragt Karl.

»Das weißt du schon selber, du wirst ja noch wissen, was du so treibst.«

Georg hat einen gekränkten Unterton, als habe Karl ihm gerade Schwierigkeiten bereitet.

Karl wirft seine Jacke über, sie gehen. Er will noch ins Zimmer der Schwiegereltern, wo Lissi auf dem Kanapee sitzt, aber Georg macht ein Zeichen mit der Hand. Es heißt: nein.

Karl spürt, wie die Angst von ihm Besitz ergreift.

Sie gehen schweigend nebeneinander. Die Leute aus dem Dorf, denen sie begegnen, grüßen, sagen aber sonst kein Wort. Es ist, als werde Karl abgeführt. Er überlegt den gesamten Weg über, worum es gehen könnte. Was man ihm vorzuwerfen habe.

Beim Sitz der Dorfmiliz bringt Georg Karl in ein leeres Zimmer, in dem nur ein Tisch und zwei Stühle stehen. Er bedeutet ihm, sich auf den einen Stuhl zu setzen, und verläßt den Raum. Karl sitzt auf seinem Stuhl, und es passiert nichts. Niemand betritt den Raum. Ist er bereits verhaftet?

Nach über einer halben Stunde geht die Tür auf, und

ein ihm unbekannter Mann im dunkelblauen Anzug betritt den Raum. Karl ist aufgestanden. Der Mann nimmt ihm gegenüber Platz und macht ihm mit einer lässigen, fast überdrüssig wirkenden Handbewegung klar, er solle sich wieder setzen.

»Warum machen Sie uns Probleme?« sagt der Mann plötzlich und blickt ihn scharf an.

Karl ist so überrascht, daß ihm dazu gar nichts einfällt.

»Aha, man ist bockig«, sagt der Mann. »Mit wem stehst du in Verbindung? Wer ist dein Verbindungsmann?«

»Ich verstehe nicht«, sagt Karl.

»Du wirst verstehen, und zwar bald«, sagt der Mann, »wir haben noch jeden zum Reden gebracht.«

»Ich weiß nicht, worum es geht.«

»Du weißt nicht, worum es geht. Dann werden wir dein Gedächtnis mal kurz auffrischen.« Er greift in seine Aktentasche und knallt einen Brief auf den Tisch.

Es ist der Brief, den Karl an seinen Vater in Oberösterreich geschrieben hat. Der Brief über den Neffen, über den Tag, an dem der Neffe in der Marosch ertrunken ist.

»Na«, sagt der Mann, »Gedächtnis zurückerworben? Hast du das geschrieben?«

»Ja«, sagt Karl.

»Das ist ja schon viel besser«, sagt der Mann. »Warum hast du das geschrieben?« fragt er.

»Es ging um meinen Neffen, Sie wissen wahrscheinlich, er ist ertrunken.«

»Wir wissen alles«, erwidert der Mann wegwerfend. »Sage uns, was du für einen Auftrag hast und wer dein Verbindungsmann ist.«

Karl denkt: Ich bin verhaftet, ich komme hier nie mehr heraus, ich sehe Lissi nicht mehr wieder, ich bin so gut wie tot, am Kanal oder im Delta.

»Ich habe diesen Brief an meinen Vater geschrieben«,

sagt Karl. »Ich habe ihn geschrieben, weil mein Neffe verunglückt ist«, hört er sich sagen.

»Dein Vater ist ein Überläufer«, sagt der Mann, »was sucht er überhaupt in Österreich? Wer bezahlt ihn? Sag es uns!«

»Wir haben drei Tage nach meinem Neffen gesucht, meine Schwester hat schon den Sarg besorgt, aber wir konnten ihn nicht finden. Der Fluß hat ihn nicht wieder hergegeben.«

»Du bist verheiratet, hast eine junge, schöne Frau, warum willst du dein Glück zerstören?« sagt der Mann und lehnt sich auf seinem Stuhl zurück.

Er hat plötzlich einen Bleistift in der rechten Hand, aber er hält ihn wie ein Messer.

»Du schreibst von den Wellen, vom Wasser, das alles verschlang.« Der Mann beugt sich über das Briefpapier, sticht mit der Bleistiftspitze zu, hebt den Blick, zielt mit dem Bleistift auf Karl. »Ist es so bedrohlich in unserem Land?«

»Mein Neffe war tot, vom Wasser verschluckt, er war zwölf.«

»Eben«, sagt der Mann, »das geht die Österreicher nichts an, das geht nur uns was an, das ist eine innere Angelegenheit.«

»Mein Vater ist der Großvater des toten Kindes.«

»Dein Vater ist ein Verräter.«

»Mein Vater ist mein Vater.«

»Ein Verräter, zu dem du besser den Kontakt abbrichst.«

Nach einer Pause sagt der Mann: »Wir drücken jetzt mal ein Auge zu, das heißt, die Partei und das Volk geben dir noch eine Chance. Obwohl du sie, wenn man mich fragt, nicht verdienst.« Er legt den Bleistift auf den Tisch und blickt ihn kalt an.

»Du warst in der SS«, sagt er.

»Nein«, sagt Karl, »ich war in der rumänischen Armee, bei der Flußmarine in Călăraşi und in Vâlcov im Delta.«

»Und das soll ich glauben«, sagt der Mann.

In diesem Augenblick betritt der kleine Georg den Raum.

»Bring ihn raus«, sagt der Mann, angeödet.

Karl geht merkwürdig langsam den Weg zurück nach Hause. Es ist ihm, als würden die Leute, die ihm begegnen, versuchen, in seinem Gesicht zu lesen. Als hätten sie ihn schon verloren gegeben, und als hätten sie jetzt einen Verdacht.

Karl betritt den Hof, und Lissi fällt ihm weinend in die Arme.

»Ich dachte schon, du kommst nicht wieder«, sagt sie.

»Ich war lange genug fort«, sagt er. Meint den Krieg, meint Rußland.

Im Jahr darauf bekommt Lissi ihr erstes Kind, ihr einziges, mich.

Es sind die fünfziger Jahre. In den fünfziger Jahren gibt es zwei Arten von Menschen. Gefangene und freie. Der wichtigste Unterschied zwischen den Gefangenen und den Freien ist, daß die Freien jederzeit und ohne jede Erklärung zu Gefangenen werden können.

Karl baut einen Stall zwischen Hof und Garten, einen Stall aus Lehmziegeln. Er baut eine Etage darauf, halb so hoch wie das Erdgeschoß. Unten soll das Schwein gehalten werden, oben will er das Brennholz lagern. Die Lehmziegel formt er selber, im Trog. Mit einer Masse aus Lehm, vom Hügel hinter der Weide, in die er abgeerntete Weizenähren mischt, damit der Lehm hält. Er knetet die Masse mit nackten Füßen.

Es ist ein heißer Juli. Er hat die Ziegel zum Trocknen

im Hof abgelegt. Ich laufe barfuß über die trocknenden Ziegel. Betrachte das Abbild meiner Fußsohlen.

Was die Etage auf dem Stall betrifft, hat Lissi den Verdacht, sie sei nicht nur für das Holz vorgesehen. Mit dem Verdacht soll sie recht behalten. Kaum ist das Dach über dem Stall mit Teerpappe gedeckt, beginnt Karl von der Windmühle zu reden.

Karl nennen sie im Dorf den Erfinder. Er redet mal von Wassermühlen, mal von Windmühlen. »Es klappert die Mühle am rauschenden Bach. Klipp, klapp«, singe ich, das Kind. Er baut ein Kleinmodell für eine Wassermühle, die Windmühle baut er in Originalgröße, es handelt sich um ein Windrad. Mit beidem will er Strom erzeugen, einen Generator betreiben. Mit beidem kommt er nicht weit. An der Marosch findet er keinen Anwohner, der ihn das Wasserrad einrichten läßt, nicht einmal den Maler kann er überzeugen. Und das will was heißen, denn auch der Maler gilt als verrückt. Das Windrad aber muß er abbauen, weil Lissi darauf besteht, nachdem er um ein Haar vom Dach gefallen wäre.

»Willst du uns ins Unglück stürzen?« fragt sie. »Was machen wir, wenn dir etwas passiert?«

Mit »wir« meint sie sich selbst und mich, das Kind.

Danach verlegt er seinen Erfindungsgeist in die Staatsmühle, in der er ohnehin mehr Zeit als nötig verbringt, wie Lissi meint. Er entwirft ein Transportband, und die Chefs in Temeswar genehmigen es ihm nach einigem Hin und Her, nachdem er sie an der Erfindung beteiligt hat und sie einen Anteil vom Prämiengeld einstreichen können.

Einmal im Jahr wird geschlachtet. Im Oktober. So will es der Brauch. Das gemästete Schwein wird aus dem Stall gelassen. Durch den Hof gejagt. Bastian und Karl halten es an den Ohren fest, drücken es mit den Knien auf die Erde. Das Schwein wehrt sich. Bastian stößt ihm das Messer in den Hals. Theresia fängt das Blut in einer Schüssel auf.

Der Trog steht bereit. Lissi und Theresia gießen kochendes Wasser aus den Eimern. Das Schwein wird in den Trog gelegt, mit Stricken im kochenden Wasser gewendet. Mit Kellen wird die Haut abgeschabt. Bastian drückt auch mir eine Kelle in die Hand. Dann stellen sie den Hängebaum auf. Karl treibt zwei Haken durch die Vorderfüße des Schweins, mit den Stricken ziehen sie es hoch. Das Schwein hängt am Baum. Bastian trennt ihm den Kopf ab, teilt es mit schnellen Schnitten in zwei Hälften. Karl hilft mit dem Beil nach. Theresia trägt den Kopf in die Küche.

Mittags essen wir in Knoblauch gebratene Leber. Am Abend, wenn es überall nach Fett riecht, folgt das Festmahl. Das Schwein ist verarbeitet, zu Wurst und Schinken, die im Rauchfang hängen. Wir sind für ein weiteres Jahr versorgt.

»Rasche Hilfe bringt Togal«, ruft meine Mutter. Sie läuft durch den Hof, schnell, als hätte sie Gott weiß was zu tun. Sie hat nichts zu tun, denke ich mir. Aber sie kann dir stundenlang erzählen, was sie alles zu tun hat. Sie erzählt es dir so lange, bis du überzeugt bist, sie kann gar nicht arbeiten gehen, weil sie soviel zu tun hat.

Rasche Hilfe, der Spruch meiner Mutter. Sie kennt noch mehr solcher Sprüche. Und manchmal sagt auch meine schlechtgelaunte Großmutter einen: »Not bricht Eisen.« Es ist wie eine Antwort. Die beiden Frauen laufen geschäftig durch den Hof. Klopfen ihre Vorkriegssprüche. Nur ich habe keinen. Nur ich habe keinen Vorkriegsspruch. Das nehme ich den Kommunisten übel, den Indianern, die das Sagen haben.

Ich streune durchs Dorf, frage nach Büchern. Die Leute blicken mich forschend an, schütteln den Kopf oder nehmen mich mit auf ihre Dachböden. Ich will verbotene Bücher lesen, ich will mich rächen. Ich lese in einem zerfledderten Katechismus, und meine Großmutter sagt, ich werde ein frommer Mann. Es ist ihr Wunschdenken. Ich will es aber nur den Kommunisten zeigen. Sie ist die einzige in der Familie, die sonntags in die Kirche geht. Mein Großvater geht nur vor die Kirche, und meine Mutter behauptet, ihren Gott bei sich zu haben, sie brauche nicht die Kirche, und mein Vater, der erwähnt die Kirche überhaupt nicht.

Mein Vater ist in der Partei. Seit kurzem. Das hat mit seiner Arbeit zu tun. Sie haben zu ihm gesagt, entweder du trittst bei, oder du gehst wieder Säcke schleppen. Mein Vater hat sogar zusammen mit meiner Mutter überlegt, ob es nicht besser wäre, Säcke zu schleppen, aber dann hat er sich doch dafür entschieden, seine Arbeit zu behalten. Er hat jetzt die Aufsicht in der verstaatlichten Mühle. Die hat ja mal dem Michelbach gehört. Eigentlich der Familie vom Michelbach. Aber so genau haben die Kommunisten das gar nicht wissen wollen. Der Michelbach ist ohnehin verschwunden. Die einen sagen, es ist ihm eine Bombe in Budapest auf den Kopf gefallen, die anderen meinen, er sei in Argentinien untergetaucht. Die Kommunisten aber haben ihn auf ihrer Liste. Jahrelang wird der kleine Georg, der die Geige gegen eine Pistole getauscht hat, herumgeschickt, um die Leute über den Hitler-Hansi auszuhorchen. Der bleibt aber verschollen. »Vermißt«, wie die Leute sagen. »Vermißt« ist ein Wort, das man oft zu hören bekommt.

Im Dorf gibt es Leute, die sagen, der Zillich ist jetzt Kommunist. Und das sei ja auch kein Wunder, die haben ja schon einen Kommunisten in der Familie. Damit ist der Schwager meines Großvaters gemeint, der Jakob-Onkel aus Nakowa, Winkler.

Meinen Vater stört das, und es stört ihn auch wieder nicht. Manche sagen es ihm ins Gesicht, andere nicht. Dabei ist mein Vater nicht der erste Schwabe im Dorf, der Kommunist wird. Man kann sie nicht einmal an zwei Händen abzählen, es sind ihrer genug. Aber einem muß man es ja vorwerfen können. Und dazu eignet sich mein Vater, der Habenichts, dessen Familie sich in Luft aufgelöst hat, wie kein zweiter.

Im Dorf gilt als Kommunist, wer mit den Kommunisten paktiert. Mit den Kommunisten, die den Leuten das Feld und die Häuser weggenommen und Männer und Frauen nach Rußland verschleppt haben und später in den Bărăgan, in die Donau-Steppe. Wegen Tito und der serbischen Grenze. Als Stalin sich mit Tito verkracht hat, haben sie die Unzuverlässigen aus dem Grenzgebiet in die Steppe geschafft. Als hätte Rußland noch nicht genügt. »Großbauern« wurden sie genannt, als »Kulaken« beschimpft. »Volksfeinde.«

Rußland. Auch Jakob Winkler, der Kommunist in unserer Familie, muß nach Rußland. Genauso wie alle anderen. »Jetzt kann er seinen Kommunismus erleben«, sagen die Leute. »Aus nächster Nähe kann er ihn erleben«, sagen sie.

Er kommt nach drei Jahren aus Rußland zurück, krank, aus Krankheitsgründen entlassen, macht einen Bogen um die Partei. Sie haben ihn nach Bukarest bestellt, und danach ist er wieder dabei, redet wieder wie ein richtiger Kommunist. Als hätten sie ihm das Tonband wieder eingesetzt. Er wird der Vorsitzende der verstaatlichten Schusterwerkstatt in Nakowa. Chef über die enteigneten Schuster. »Sie haben ihm die Instrumente gezeigt«, pflegt mein Großvater zu sagen. Das habe ich lange nicht verstanden. Bei Instrumenten dachte ich an Geigen, Trompeten und Akkordeons. Vor allem an Akkordeons. An ein Orchester. Heute weiß ich, die Kommunisten sind eine Gang. Ist man mal dabei, kommt man schlecht wieder raus. Ihre Instrumente sind wirklich überzeugend.

Wenn Winklers Besuch bei uns angekündigt ist, wird mein Großvater ermahnt zu schweigen, nicht über den Kommunismus zu lästern. Lissi und Theresia ermahnen ihn. So schweigt also mein Großvater, wenn sein Schwager zu Besuch ist, über den Kommunismus, und wir sitzen alle um den Tisch, und vom Kommunismus redet nur der Schwager, und bei ihm heißt das Ganze »Sozialismus«. Ob es da einen Unterschied gibt, bleibt mir unklar. Der Sozialismus ist eine Art Zwischenstadium, in dem noch nicht alles so gut ist wie im Kommunismus, erfahre ich in der Schule, aber es handelt sich wohl eher um eine Ausrede, denke ich mir.

»Darüber redet man nicht«, sagt meine Mutter, »sonst holen sie einen ab.«

Ich weiß nicht, was »abholen« bedeutet. Manchmal ist von einem schwarzen Auto die Rede, das nachts vor den Häusern hält. Wenn mein Vater abends nicht da ist, geht meine Mutter öfter ans Tor, hält Ausschau nach ihm. Meine Großmutter beobachtet sie mit einem vielsagenden Blick. Mit den Männern hat man Sorgen.

Ich bin Pionier, grüße mit dem fröhlichen Pioniergruß. Meine Mutter bügelt mein weißes Pionierhemd, bindet mir die rote Krawatte. Es soll ja nicht heißen, sie sei schlampig. Ich singe die Pionierlieder. Ich singe sie in der Schule. Zu Hause nicht. Es würde mir gar nicht einfallen, sie zu Hause zu singen.

Zu Hause singt meine Mutter und manchmal auch meine Großmutter. Wenn sie zusammen singen, singen sie deutsche Volkslieder. »In einem kühlen Grunde / Da geht ein Mühlenrad, / Mein Liebchen ist verschwunden, / Das dort gewohnet hat.« Wenn meine Mutter allein singt, singt sie Schlager aus den dreißiger Jahren. »Stern von Rio, / Du könntest mein Schicksal sein. / Wann leuchtet dein Zauberschein / Nur mir allein?« Ich glaube, sie denkt manchmal, sie wäre gerne in Wien geblieben. »Es ist ganz gleich, / Wen wir lieben«, singt meine Mutter, »Und wer uns das Herz einmal bricht, / Wir werden vom Schicksal getrieben / Und das Ende ist immer Verzicht.« Sie singt es, als hätte sie sich für den Verzicht entschieden.

Sie läuft durch den Hof, singt atemlos ihr Lied. »Alles neu macht der Mai.« Fängt ein Huhn ein, hat plötzlich ein Messer in der Hand. Drückt das Huhn auf den Holzklotz im Hof, auf dem die Männer das Holz spalten. Drückt dem Huhn die Messerschneide in die Kehle. Läßt das Blut wegspritzen. Fängt es in einer Blechschüssel auf. Kommt wortlos zurück ins Haus.

Ich sitze mit meinen Büchern in dem alten Maulbeerbaum, der auf der Straße steht, links vor dem Grundstück. Das Haus steht rechts. Der Teil des Hauses, der noch übrig ist, den uns der Krieg übrigließ. Früher stand der Maulbeerbaum vor dem Haus. Vor dem Teil des Hauses, das den Urgroßeltern gehörte. John und Kathy. John hat den Maulbeerbaum gepflanzt. John hat ihn gepflanzt, als er kaum noch sprach. Statt zu sprechen, hat er den Maulbeerbaum gepflanzt. Ich sitze in dem alten Baum, in der Baumkrone, und lese Sven Hedins »Aufzeichnungen aus der Wüste Gobi«. Die habe ich aus dem Bücherregal des Malers. Das Bücherregal des Malers enthält wahre Schätze.

Ich bin weit weg. Die Maulbeeren sind schwarz und fallen auf die Erde. Ich höre es nicht. Nur das Schnattern der Gänse höre ich. Sie stehen unter dem Baum und fressen die herunterfallenden Maulbeeren auf. Fangen sie mit ihren gierigen Schnäbeln auf. Maulbeere um Maulbeere. So wird es Abend.

Meine Mutter steht am Tor, blickt hinauf in Richtung Dorf, geht ins Haus zurück. Kommt wieder, blickt weiterhin in die Dorfrichtung.

»Sie wartet schon wieder auf ihn«, sagt meine Großmutter. »Was für eine Affenliebe«, sagt meine Großmutter. Sie ist eine Meisterin der Mißbilligung.

Aber auch sie steht ab und zu am Tor. Sie steht dort wegen des Briefträgers. Wartet auf Post von den Söhnen. Der eine ist in Brasilien, der andere in Österreich. Beide aus der Welt. »Sie schreiben nicht einmal«, sagt meine Mutter. »Sie lassen ihre Frauen schreiben. Was hast du jetzt von deinen Söhnen?« sagt meine Mutter. »Nichts hast du von ihnen.« Es ist, als wollte sie sagen: Auf mich bist du angewiesen, mir wirst du zur Last.

Der Strohsack raschelt beim Umdrehen. Der Strohsack heißt Strohsack, aber er enthält kein Stroh, sondern Laub, Maislaub, »Lieschen«, wie man im Dorf sagt. Jedes Geräusch ist einzeln. Ein Husten, ein Schritt, ein Bellen, ein Hahnenschrei. Alles hat eine Bedeutung. Und jede Bedeutung macht angst.

Zu Weihnachten und Ostern kommen Briefe von den Frauen der Söhne, Blaupausen. Aber es sind Briefe, Lebenszeichen. Sie wahren den Schein der Familie. Durch sie wird der Anschein erweckt, als gebe es die Familie noch, über alle Grenzen hinweg.

Ich habe zwei Onkel, die ich nie gesehen habe, ich habe Kusinen auf einem anderen Kontinent, ich habe einen Großvater, der in einem Grab in Österreich liegt, und einen Vetter, der irgendwo in der Marosch treibt und einen Sarg auf dem Dachboden stehen hat. Ich weiß nicht, was das für eine Familie sein soll. Eine Gleichung mit Toten und Unbekannten.

»Still ruht der See«, sagt meine Mutter.

Mein Vater ist in der Mühle. Ganze Tage, Nächte verbringt er dort. Wegen seiner Erfindungen und vielleicht auch wegen einer Frau aus dem Labor, höre ich meine Großmutter sagen. Sie sagt es zu meiner Mutter. Und meine Mutter sagt es zu meinem Vater, und mein Vater lacht, und dann lacht auch meine Mutter. Aber nach ein paar Tagen, als er wieder nicht da ist, sagt meine Großmutter: »Es ist wegen der Frau«, und meine Mutter schweigt.

Es ist ein gewittriger Sommer, schwarze Wolkenberge türmen sich minutenschnell auf. Blitze jagen knisternd durch das Gewölk. Kalte Staubwindhosen treiben um die Frauen herum. Die Frauen, die nach der Glucke rufen, die die Küken vor dem Unwetter retten wollen. Auf dem Lande gibt es stets etwas zu retten. Als es zu regnen beginnt, atmen alle auf. Früher Donner, später Hunger.

Es klopft am Fenster. Die große schwarze Katze wird unruhig. Es klopft wieder. »Ist ja gut«, sagt Theresia. Sie öffnet umständlich. Es ist die Nachbarin. Die Nachbarin fragt nach Setzkartoffeln, und Theresia schüttelt den Kopf. »Nein«, sagt sie. »Haben wir nicht.« Die Nachbarin geht. Es ist die Ungarin. »Setzkartoffeln will sie«, brummt meine Großmutter. Setzkartoffeln weggeben heißt sein Glück verschenken. Lissi gibt ihr recht. Letztes Jahr habe sie Setzlinge von den Geranien an die Ungarin gegeben. Jetzt habe sie die Art verloren.

Kennedy ist tot. Kennedy war ein Mann aus der Werkstatt meines Großvaters. Dort fiel sein Name täglich. Er hatte keinen so guten Klang wie der von Eisenhower, aber er war immerhin Amerika. »Jetzt sind wir auf Amerika angewiesen«, hieß es. »So weit ist es mit uns gekommen.«

Die Werkstatt hat bessere Tage gesehen. Auch die Männer, die sich bei meinem Großvater treffen, haben bessere Tage gesehen. Sie lassen die Flasche kreisen. Sie trinken auf die besseren Tage. Die Werkstatt gibt es eigentlich gar nicht mehr. Genaugenommen ist die Werkstatt aufgelöst. Vor zehn Jahren schon ist sie mit einem Federstrich aufgelöst worden, mit einer Erklärung meines Großvaters. Mit dieser Erklärung meines Großvaters wurde seine Handwerksfreiheit beendet. Die Kommunisten haben sie ihm mit einem Federstrich genommen.

Vor zehn Jahren, das ist vor meiner Erinnerung. Ich habe meine Erinnerung, das meiste aber liegt davor. Ich bin ein Kind. Und die Erwachsenen sagen: »Das war früher.« Sie sagen es mit Überzeugung: früher. Und ich denke mir, früher ist besser.

In der Schule aber sagt man: »Früher war es schlecht.« Das Lehrbuch sagt es, und die Lehrerin sagt es. Es ist die Schule der Kommunisten. Früher schlecht. Punkt.

Ich fahre zum Fluß. Stelle das Fahrrad beim Maler ab. Ich fahre im Kahn des Malers auf die andere Flußseite, sitze auf der Sandbank. Der Maler ist kein Maler, er malt nicht, er wird nur »der Maler« genannt. Wegen früher, da soll er gemalt haben. Aber er malt schon lange nicht mehr. Warum, weiß keiner. Der Maler verweigert sich.

Ich sitze auf der Sandbank. Das Wetter ändert sich. Das aufkommende Gewitter treibt mich wieder nach Hause. Ein Wind kommt auf. Ein sandiger Wind. Er pfeift mir um den Kopf. Vor dem Haus wartet meine Mutter. Sie wartet bereits auf mich. Sie wartet immer. Als könnte mir ständig etwas passieren. Als könnte ich ihr verlorengehen. Verletzt werden und verunglücken.

Ich sitze am Fluß und versuche mir das Leben in Brasilien vorzustellen. Ich sehe die Fotos der Verwandten vor mir. Onkel, Tante, die Kusinen. Brasilien. Wildnis und Wege. Der Onkel in seiner SS-Uniform. Brasilien. Seine Landwirtschaft. Seine mustergültige Landwirtschaft in Brasilien. Die Ernten. Die guten, die schlechten. Briefstoff der Tante. Die Inflation.

»Goulart«, sagt Bastian. Kubitschek, Quadros, Goulart. Er liest was in der Zeitung. Brasilien ist ein Zeitungsland. Cruzeiro. Ich löse Briefmarken in lauwarmem Wasser von dem brasilianischen Umschlag. Die brasilianischen Briefmarken haben keinen schlechten Tauschwert im Dorf. Die meisten haben deutsche Briefmarken zum Tauschen. Auch alte, Reichsmarken. Einmal hat mir einer eine ganze Serie mit Hitlermarken gezeigt. »Sag's nicht weiter.« Ich schiebe die Marke mit Hilfe der Pinzette ins Album.

Der brasilianische Onkel, der österreichische Onkel. Ihn werde ich sehen. Er wird zu Besuch kommen. Mit der Frau, mit den Kindern.

Ich fahre mit dem Finger über die Landkarte. Es ist ein Sommertag, und die Hitze frißt die Stille auf. Der Hofhund liegt faul vor seiner Hütte. Er sieht die Katze und hebt nicht einmal den Kopf.

Die Familie besteht aus den Anwesenden und den Abwesenden. Wie Gespenster stehen sie im Haus herum, legen uns plötzlich die Hand auf die Schulter. Franz, Paul. Junge Männer schweben durchs Haus, sie altern nicht. Wir horchen. »Es ist nur das Gewitter«, sagt jemand. Wir atmen auf. Wir könnten selber zu den Abwesenden gehören. Wäre mein Vater nicht in der falschen Armee gewesen und in die falsche Deportation geraten. Hätte mein Großvater nach dem Krieg auf die Werkstatt verzichtet und wäre in Österreich geblieben.

Seit ich mich erinnern kann, ist unser Tor abgeschlossen. Das ist, weil mein Großvater schwarz arbeitet. Weil er seine Werkstatt nicht aufgegeben hat. Seine Werkstatt ist jetzt illegal. Jetzt ist mein Großvater der Illegale, nicht mehr sein Schwager. Wegen der Finanzbeamten ist das Tor abgeschlossen. Wegen der Steuerämtler. In der Werkstatt sitzen immer noch die Freunde meines Großvaters.

»Sie gewinnen schon wieder den Krieg«, sagt meine Mutter.

»Welchen Krieg?« frage ich.

Sie winkt ab.

Auch meine Mutter arbeitet schwarz. Manchmal denke ich mir, das ganze Dorf arbeitet schwarz. Und alles ist eine große Lüge.

»Das Leben ist ein Kampf«, sagt meine Mutter.

Ich gehe in die Werkstatt. Die Männer sind in ein hitziges Gespräch vertieft. Sie nehmen mich nur kurz wahr, ich setze mich dazu. Die Flasche kreist. Sie reden vom Russen und vom Amerikaner. Vom Engländer und vom Franzosen. Vom Chinesen. Der Franzose hat nicht mehr viel zu sagen, und auch der Engländer hat seine Macht verloren. Der Russe aber gibt nicht auf, und der Chinese wird über uns kommen. Und am Ende kassiert uns alle der Amerikaner.

Die Männer in der Werkstatt beschäftigen sich mit dem Zustand der Welt. Sie analysieren Woche für Woche die Weltpolitik. Man könnte meinen, sie sitzen mit Eisenhower und Adenauer, mit Chruschtschow und Mao an einem Tisch. Sie reden über die Fehler der Politiker wie über die Fehler von Fußballern. Die Guten haben den Elfmeter verschossen, die Bösen den Schiedsrichter überlistet.

Die Männer in der Werkstatt sind eine geschlossene Gesellschaft. Undenkbar, daß Winkler dabei wäre oder gar der kleine Georg. Wahrscheinlich weiß Winkler, was in der Werkstatt geredet wird, aber das ist den alten Männern auch egal, soll er sie doch anzeigen. Macht er aber nicht. Er denunziert nicht. Er ist ein Vorkriegskommunist. Er würde sie nur belehren wollen. Marxistisch belehren. Das aber hören sie sich lieber nicht an. Nicht in der Werkstatt. Die Werkstatt gehört ihnen, es ist ihr Territorium. Es ist kommunismusfrei.

Der Winkler hat sich ein Haus gebaut, in Nakowa. »Bei dem Baumaterialmangel«, heißt es. »Der lebt im Kommunismus«, sagen die Männer. »Die Partei sorgt für ihre Anhänger.« Winkler ist für sie der Profiteur.

Ich gehe unbemerkt wieder aus der Werkstatt hinaus. Ins Zimmer, nehme das kleine Kofferradio von der Kredenz. Gehe in den Hof. Setze mich auf einen abgelegten Baumstamm, den mein Großvater zersägen wird, um Räder daraus zu machen. Schwarze Räder. Mache das Radio an. Suche die Mittelwelle ab, die Langwelle. Halte an. Chubby Checker. »Let's twist again, twistin' time is here.« Mein Jahrzehnt beginnt.

Wir warten seit Stunden. Die ganze Familie wartet. Es ist bereits tiefe Nacht, als das Auto endlich vorfährt. Der Onkel ist da. Der Österreicher. Franz. Theresia steht vor ihm, dem Sohn, dem vierzigjährigen Mann. Der Mann spricht einen österreichischen Dialekt.

Ich steige in die Jeans. Meine ersten Jeans. »Sie passen«, ruft die Kusine. Ihr Kaugummi macht eine große Blase, verschwindet im Mund.

Ich schlafe auf dem Campingbett. Auf meinem Strohsack liegt die Kusine. Am Morgen, nach dem Frühstück, sitzen wir im Auto. Das Auto fährt an den Fluß. Wir stehen am Ufer. Wir sitzen im Kahn. Mein Vater rudert. Der Onkel erzählt seiner Frau von seiner Kindheit. Die Mittagssonne brennt. Wir sitzen auf dem schaukelnden

Kahn. Die Mittagssonne ist gefährlich. Ich gehe mit der Kusine zur Flußbiegung, ans Ende der Sandbank. Wir springen in die Strömung, schwimmen an der Sandbank vorbei. Der Österreicher und seine Frau winken.

Es ist noch dunkel und schon am nächsten Tag. Es ist bereits der nächste Tag. Sommer, im Dorf. Party am Abend. Die Nacht durchgetanzt. Getrunken, geknutscht. Wein getrunken, Haut im Auge, Haut und nochmals Haut. Sechzehnjährig. Nach Mitternacht, alles Paare, langsame Musik. Und am Morgen, am frühen Morgen zum Bahnhof, die Freunde verabschieden, die zurückfahren. Über die Dörfer fahren, wie eh und je. Der Sommer hat kein Ende. Ferien. Betrunken laufen wir voneinander weg und aufeinander zu und küssen uns wahllos, und der Stationsvorsteher betätigt seine Pfeife. »Wir fahren nach Amerika«, singen wir lauthals. Die Freunde müssen fort und kommen wieder. Das meiste, was passiert, ist weit weg, ist im Radio. Mein Jahrzehnt, die sechziger Jahre, ist ein Radiojahrzehnt.

Den Sommer verbringe ich bei meinen Eltern im Dorf, zur Schule gehe ich in Nakowa, aufs deutsche Lyzeum. In Nakowa, wo Tante Martha lebt, die Schwester meines Vaters, und Winkler, der Kommunist. Winkler ist krank. Er hat es mit der Lunge. Die Lungenkrankheit hat er sich in Rußland geholt, sagen die Leute. Das war die Belohnung der Russen für seine kommunistische Tätigkeit. Die meisten Leute in Nakowa reden nicht mit Winkler, sie reden über ihn. Und sie reden über seine Töchter.

Die eine hat einen Rumänen, die andere gar keinen. Kein Deutscher aus Nakowa würde die Kommunistentöchter heiraten, behaupten die Leute. Und auch der Rumäne sei nicht aus dem Ort. Er komme aus dem Süden. Aus der Walachei, sagen die Leute. Sie sagen es voller Verachtung.

Theresia hat eine Einladung von ihrem Sohn, vom Österreicher. Eine notariell beglaubigte, wie es die Behörden verlangen. Sie soll den Sohn besuchen, in Österreich. Theresia reicht den Antrag ein, sie beauftragt Colţan damit. Colţan übernimmt für die Leute im Dorf Anträge jeder Art. Er nennt sich Jurist, hat stets einen Anzug an und eine Aktentasche in der rechten Hand. Colţan ist mit einer Schwäbin verheiratet. Er spricht fließend Deutsch. Nicht den schwäbischen Dialekt, sondern Deutsch. Schriftdeutsch. Das erhöht seine Kompetenz.

Colţan nimmt sich der Reiseangelegenheit von Theresia an. Es vergehen Monate. Das aber ist nichts Ungewöhnliches, das ist die Regel. Es vergeht ein ganzes Jahr. Dann bringt der Briefträger einen Brief, dessen Empfang Theresia unterschreiben muß. Es ist der erwartete Brief. Aber der Brief ist blau. Theresia zögert, ihn zu öffnen. Sie weiß, es ist die Absage. Sie darf nicht zu ihrem Sohn. Sie darf nicht nach Österreich. Und schuld daran ist Karl, mein Vater soll schuld daran sein. Das sagt jedenfalls Theresia. »Es ist seine Schuld«, sagt sie. »Er hat Angst um seinen Posten. Er meint, ich bleibe in Österreich, und dann verliert er seinen Posten. Dann kann er wieder Säcke schleppen. Er hat mich angeschwärzt.« Theresia hat keinen Beweis für das, was sie sagt, sie ist aber überzeugt davon, felsenfest überzeugt.

Als Deutscher gehe ich aufs deutsche Lyzeum. Danach mache ich die Aufnahmeprüfung an der Baufakultät. Ich bin der erste Zillich, der nicht Müller wird. Das verdanke ich den Kommunisten. Eine Mühle haben wir nicht mehr, und ein Müller ist jetzt nur noch ein Staatsangestellter, ein Befehlsempfänger wie mein Vater. Um Müller zu werden, muß man aber weit weg, nach Galatz im Osten, weit weg vom Banat, in die Walachei. Da will ich aber nicht hin. Könnte dort Mühleningenieur werden. Ich werde es nicht. Seit die Schwaben enteignet wurden, haben sie sich aufs Studieren verlegt. »Den Kopf können sie uns nicht enteignen«, heißt es manchmal in der Werkstatt. Wenn man früher die Felder zusammenzählte, so ist es jetzt die Anzahl der Ingenieure, mit der man sich in der Familie brüstet.

Ich werde Bauingenieur. In Temeswar. Das sind fünfzig Kilometer vom Dorf weg. Und ich bleibe im Banat, wie es sich für einen Schwaben gehört. »Das Banat ist unsere Heimat«, wie Großmutter zu sagen pflegt. Und das Banat ist anders als der Rest Rumäniens. Das Banat ist überhaupt nicht Rumänien. Irgendwie gehört das Banat uns. Weil wir, nämlich unsere Vorfahren, aus dem Banat das gemacht haben, was es heute ist. Eine Kornkammer. »Kornkammer« ist ein sehr wichtiges Wort. Es war eines der wichtigsten Wörter in den politischen Gesprächen. In den Gesprächen, die man nicht in der Anwesenheit des kommunistischen Schwagers führt.

Und irgendwann ist es aus, irgendwann ist alles zu Ende. Im Frühjahr 1968 stirbt Bastian nach einem Schlaganfall. Winkler lebt bis 1970, als ihn sein Lungenleiden niederstreckt. Zu seinem Begräbnis erscheint die Partei. Auf seinem Grabstein befindet sich kein Kreuz, sondern ein Stern. Die beiden Frauen überleben ihre Männer fast um ein ganzes Jahrzehnt. Theresia und Martha sterben Ende der siebziger Jahre. In unserem Haus leben jetzt nur noch Lissi und Karl.

Monika kannte ich seit meiner Kindheit. Wie man sich im Dorf kennt. Wir haben uns in der Schule gesehen und auf der Straße. Wir haben aber nicht als Kinder miteinander gespielt. Sie wohnte zu weit weg. In der Dorfmitte, unser

Haus war aber am Dorfrand. Und später, auf den Partys, war sie, als ich dazukam, bereits mit dem Willi zusammen. Die beiden waren jahrelang ein Paar. Willi war mein Freund. Und Willi ist mit seinen Eltern ausgewandert. Ohne Monika. Er kam nach einem Jahr wieder, in den Ferien. So kam er Jahr für Jahr, aber sie sahen immer weniger aus wie ein Paar.

Ich traf Monika in Temeswar wieder. Sie studierte Germanistik, ich hatte die Baufakultät absolviert. Willi brachte sie mit. Willi, der ausgewandert war und jetzt zu Besuch kam. Auch zu mir. In Temeswar wurden Monika und ich ein Paar. Drei Jahre gingen wir zusammen ins Kino und in die Cafés.

Wir fuhren an den Wochenenden zusammen ins Dorf. Anfangs ging ich zu meinen Eltern und sie zu ihren. Und dann erklärte ihr Vater an einem der Samstage nach dem Abendessen feierlich, ich könne über Nacht bleiben. Ich war also akzeptiert. War nun der zukünftige Schwiegersohn.

Meine Eltern trafen sich mit Monikas Eltern. Und kurz vor dem Ende von Monikas Studium heirateten wir. Dies war üblich, wegen der Zuteilung. Zuteilung hieß, daß man einen Staatsjob irgendwo annehmen mußte, wo der Staat einen gerade brauchte. Und das konnte weit weg sein. War man aber verheiratet, wurde berücksichtigt, daß man zusammenbleiben wollte. Auch die Kommunisten wußten um die Bedeutung der Familie für Ruhe und Ordnung. Wer Kinder hat, überlegt es sich zweimal, bevor er den Staat kritisiert.

In meinem Fach war die Zuteilung kein so großes Problem. Baustellen gab es in und um Temeswar genug. Aber Monika war in Gefahr. Man schickte die deutschen Frauen gerne irgendwohin in die Walachei oder, noch schlimmer, in die Moldau, wo sie dann schließlich resignierten und einen Rumänen heirateten. Manche betrachteten die staatliche Zuteilungspolitik sogar als eine Methode zur Assimilation der Minderheit. Beispiele konnte man genug bringen. »Sie wollen uns fertigmachen«, sagten die Leute.

Jedenfalls waren Monikas Eltern halbwegs beruhigt über meine gute Stellung, wie sie sich ausdrückten. Ich kam zwar nicht aus einer angesehenen Bauernfamilie, konnte auch keine enteigneten Felder vorweisen. Ich war nur der Handwerkersohn, immerhin aber Ingenieur und hatte den Job in der Stadt. Wenn sie vom Schwiegersohn sprachen, sagten sie »der Ingenieur«. Sie sprachen es in einem respektvollen Ton aus, als sei es eine Entschuldigung für das nicht eingebrachte enteignete Feld. Für das sie bezahlt und gebüßt hatten. Als Großbauern und Kulaken.

1951 hatte man sie bei Nacht und Nebel im Viehwaggon weggeschafft. Abends um elf hatten sie ans Fenster geklopft. Miliz, verlegene Soldaten, der kleine Georg. Er hatte die Liste. »Packen«, sagten sie. Mehr nicht. Auf die Frage, wohin es gehen solle, lautete die Antwort des kleinen Georg: »Wo die Volksmacht euch braucht.« Weit weg ins Landesinnere, zur Donau, in den Baragan, wurden sie gebracht. In der Steppe ausgesetzt. Bauten sich selbst die Lehmhütten. Vier Jahre hatten sie dort zu bleiben. Als sie 1955 zurückkamen, saßen Rumänen in ihrem Haus. Ein Jahr lang konnten sie nur in der Sommerküche wohnen.

Ich erfuhr das alles von Monika, von ihrem Vater. Was wußte ich schon über den Bărăgan? Meine Familie war nicht betroffen. In meiner Familie gab es nur Rußland. Meines Vaters wegen. Über den Bărăgan wurde öffentlich nicht geredet. Über das wenigste wurde geredet. Ins Gedächtnis fand nur etwas, das zum Familientrauma geworden war. Rußland. Der Baragan. Monikas Vater zeigte mir Fotos aus der Steppe. Kleine Schwarzweißfotos von Monikas Eltern. Die Mutter mit einem Kind auf dem Arm. Das Kind aber war nicht Monika. Monika wurde später geboren. Ihr Vater sprach ausführlich über das Haus, über die Arbeit, die Lebensbedingungen. Das Kind auf dem Arm seiner Frau erwähnte er nicht. Ich wollte mehrmals danach fragen, aber ein Blick von Monika hielt mich davon ab.

Später, am Abend, als wir bereits im Bett lagen, sagte Monika: »Der Kleine auf dem Arm meiner Mutter ist mein Bruder Bernhard. Er ist mit drei Jahren gestorben, an einer Kleinigkeit, weil sie keine Medikamente hatten. Sie haben ihn auf dem kleinen Friedhof begraben, an der Donau. Aber nach der Rückkehr der Deportierten haben die Behörden nicht nur die Dörfer geschleift, sondern auch die Friedhöfe. Mein Vater war einmal dort, in den sechziger Jahren. Er wollte an Bernhards Grab, aber es gab keines mehr.«

Durch mich, den Ingenieur, war ihre Tochter geschützt, denn so ganz einfach war es für die Familie nicht. Sie hatten ja einen Ausreiseantrag laufen. Der wurde zwar regelmäßig seit einem Jahrzehnt abgelehnt, aber er war überall in den Akten eingetragen. Sie galten als unzuverlässig. In Monikas Dossier stand wohl, daß sie das Kind begüterter Bauern wäre, die vor dem Krieg Feld hatten, daß der Vater bei der Waffen-SS gewesen sei und daß sie einen Ausreiseantrag gestellt habe. Eigentlich war es ein Wunder, daß sie überhaupt studieren konnte. Vielleicht war es ja die walachische Schlamperei, die es möglich machte. Oder war auch fürs Studium das Schmiergeld entscheidend? Manchmal dachte ich mir, Monikas Vater schmiert zuviel, solange er zahlt, lassen sie ihn nicht weg.

Monika ist jünger als ich, sie hatte, als ich meinen Job auf der Baustelle annahm, noch zwei Jahre Studium vor sich. Als ich meinen Baustellenjob antrat, bekam ich eine

Zweizimmerwohnung von meiner Baufirma zugeteilt. Wir zogen aus dem Studentenwohnheim aus. Meine Wohnung lag in einem Neubauviertel, gleich hinter dem Stadtzentrum. Von dort konnte man praktisch zu Fuß bis zur Uni gehen. Man ging einmal quer durch das Stadtzentrum. Oder man nahm den Obus, mußte dann allerdings auch ein Stück zu Fuß gehen, die Bega entlang.

Ich hatte noch meinen Militärdienst hinter mich zu bringen, die Handhabe gegen die aufmüpfigen jungen Männer. Man wurde in entlegene Gegenden geschickt, und was dort mit einem passierte, konnte keiner mehr wissen. Ein Manöverunfall, und schon kam man im Zinksarg zurück. Zugeschweißt. Oft hieß es, der Tote sei gar nicht drin. Oder gräßlich verstümmelt und deshalb nicht vorzeigbar. Ich hatte Glück. Als Ingenieur mußte ich nur für sechs Monate in die Wildnis, ans Donauknie. Morgens raus zur Frühgymnastik. Zur Kantine und mehrere Runden um den Hof marschiert. Danach Vortrag oder ab ins Feld, Karten spielen. Den Tag herumbringen. Der Leutnant stellte einen Posten auf, wegen des Hauptmanns. Falls der zur Kontrolle kommen sollte. Dabei wußte auch der Hauptmann Bescheid. Doch sobald er am Horizont auftauchte, spielten wir Krieg. Schwärmten aus wie die Infanterie im nächsten Krieg. Hoben Schützengräben aus, warfen uns ins Gras, die ungeladene Kalaschnikow im Anschlag. Dann kam der Hauptmann, wir präsentierten das Gewehr, und er sah uns prüfend ins Gesicht. Er spielte den Hauptmann und wir die Soldaten, und der junge Leutnant war der Dolmetscher zwischen ihm und uns. So hatten wir alle ganz gute Karten.

Als Melanie zur Welt kam, war Monika mit dem Studium gerade fertig. Das Kind war nicht geplant, aber als Monika schwanger war, waren wir uns schnell einig, daß wir es haben wollten. Eine Abtreibung war in jenen Jahren eine gefährliche Angelegenheit. Abtreibung war grundsätzlich verboten. Dem Diktatorenpaar war die Anzahl seiner Untertanen zu gering. Man half sich, wie man konnte. Kaufte die Pille auf dem Schwarzmarkt oder ließ sie von den Verwandten bringen. Nahm das Zeug ohne ärztliche Aufsicht. Monika hat sich für das Kind entschieden, und ich war froh, daß wir keine Abtreibung riskieren mußten. Sie wurden heimlich und meistens von Stümpern und des Geldes wegen vorgenommen. Man hörte von Verhaftungen und Verhören. Frauen, die nach einem verpfuschten Eingriff ins Krankenhaus kamen, sollen zu Geständnissen gezwungen worden sein. Die Behandlung habe man erst nach der Denunziation des Abtreibers begonnen.

Die Jahre in Temeswar waren die Jahre der großen Ungewißheit. Die Lebenssituation verschlechterte sich von Tag zu Tag, es gab immer weniger zu kaufen. Man mußte alles beschaffen. Ohne Schwarzmarkt und Verwandtenhilfe ging nichts mehr. Das wurde uns besonders durch das Kind klar. Wir nannten es Melanie wegen der Sängerin. »Look what they've done to my song, Ma.« Ich sehe noch, wie sich die Platte auf dem Plattenteller dreht. Jemand hatte sie aus Deutschland mitgebracht. Wir sitzen um den Tisch herum. Weingläser stehen auf dem Tisch. Wir singen mit Melanie: »Look what they've done to my brain. / Well they picked it like a chicken bone / And I think I'm half insane.«

Es war ein Leben ohne Zukunft, ein Leben der hungrigen Claqueure. Seit die beiden Analphabeten die Macht an sich gerissen hatten, gebärdete sich der Staatsapparat wie in einem zentralafrikanischen Land. Ihr Hauptanliegen schien zu sein, Ehrendoktorwürden anzuhäufen und mit der britischen Königin in der Kutsche durch London zu fahren. Man konnte über ihre Lächerlichkeit Witze machen. Aber die Witze machte man letzten Endes auf eigene Kosten. In einer langen Lebensmittelschlange: Ein verärgerter Mann tritt aus der Reihe. »Ich gehe den Diktator umbringen«, sagt er. Nach etwa einer Stunde kehrt er zurück. Die Leute fragen ihn: »Hast du ihn getötet?« – »Nein«, erwidert er, »aber ich habe mir auch dort einen Platz in der Schlange gesichert.«

Unserer Tochter den Namen Melanie zu geben empfanden Monika und ich als stillen Protest.

Weil ich in Temeswar arbeitete, hatte man Monika nach dem Studium einer Dorfschule in der Umgebung zugeteilt. Zuerst einmal war sie wegen des Kindes beurlaubt. Dann kam die Zeit, da sie den Job anzutreten hatte. Für das Kind holten wir zeitweise meine Mutter zu uns in die Wohnung. Danach war Melanie mal bei der einen, mal bei der anderen Großmutter. Monika fuhr täglich mit dem Zug in das Dorf und wieder zurück. Bis sich eine Lösung fand.

Die Lösung bestand im Hausbau eines Schulinspektors. Ich sollte dabei helfen, mit ein bißchen Bauleitung und Materialbeschaffung. Ich zögerte, weil ich meinte, die Spitzel von der Baustelle würden mich anzeigen, aber dann dachte ich mir, der Genosse aus dem Schulinspektorat werde wohl die nötigen Beziehungen haben, so daß wir nicht aufflogen. Die Sache machte mir keine Freude, aber Monika fragte, ob sie denn für alle Ewigkeit in dieses Dorf fahren und das Kind den ganzen lieben langen Tag nur die Oma zu Gesicht bekommen solle. So leistete ich meinen Beitrag zum Hausbau des Inspektors, und im folgenden Herbst hatte Monika ihren Job an einer Schule in der Stadt. Und das Kind hatte seine Mutter wieder.

Monikas Eltern betrieben weiterhin die Ausreise. Es war zwar aussichtslos, aber alles andere war ebenso aussichtslos. Verwandte brachten Geld, und sie kontaktierten den kleinen Georg. Der kleine Georg hatte ein Wochenendhaus an der Marosch. Dort empfing er die Ausreisewilligen. Übernahm die Gelder, versprach ihnen den Paß. Der kleine Georg hatte das Dorf in der Hand. Er versprach auch Monikas Eltern die Ausreise. »Diesmal wird's klappen«, sagte er und nahm ihnen das Geld ab. Sie aber hatten jetzt Schulden in Deutschland. Noch bevor sie in Deutschland waren, hatten sie schon Deutschland-Schulden.

Je mehr sich die Lage verschlechterte, desto mehr war man der Korruption ausgesetzt. Je weniger die Macht den Menschen zugestand, desto mehr hielten die sich durch Illoyalität schadlos. Sie verweigerten sich. Und zum Hauptausdruck der Illoyalität wurde der Diebstahl. Der Diebstahl war die mit Abstand bedeutendste Oppositionsform im Kommunismus. Er wird bis heute nicht gewürdigt.

Mir wurde schlecht, wenn ich daran dachte, was auf dem Bau alles abgezweigt wurde. Wir arbeiteten, als wären wir Teilnehmer einer großen Satire. Ein Wunder, daß kaum etwas von dem, was wir bauten, einstürzte. Der Mangel fördert das Talent. Wir hätten sogar ohne Baumaterial gebaut und anschließend in dem imaginären Bau gewohnt. So wurde die Realität immer fragwürdiger. Wir hielten uns an unsere Witze, hatten aber auch schlaflose Nächte. Wir waren die Protagonisten einer Satire, die man uns aufgenötigt hatte.

Am Leben aber hielt uns schließlich die Annahme, daß alles nur provisorisch sei. Wir könnten ja jederzeit alles hinschmeißen, Schulden in Deutschland machen, zum kleinen Georg gehen, das Geld auf den Tisch legen und auf den Paß warten. Das konnte zwar dauern, aber einmal war er ja doch da, meistens jedenfalls. Mit diesem Gedanken fühlte man sich weniger ausgeliefert, weniger hilflos.

Wir hatten allesamt einen imaginären Paß in der Tasche. Wir lebten damit wie mit einem Countdown. Seit Monikas Eltern das Geld an den kleinen Georg gezahlt hatten, waren auch Monika und ich in die Auszählung geraten. Jenseits aller Aussichtslosigkeit gab es nun wieder eine Perspektive. Stoff für die Abende mit Freunden, für nächtliche Gespräche mit Monika.

»Was werden wir in Deutschland machen?« fragte ich Monika. »Ohne Geld. Die Schulden. Mit dem Kind.« Sie war zuversichtlich. »Wir schaffen es«, pflegte sie zu sagen. »Wären wir nur schon mal hier raus.« Bei ihr konzentrierte sich alles darauf rauszukommen, alles andere würde schon werden. »In Deutschland ist es anders. Wer arbeiten will, findet Arbeit. Und wer Arbeit hat, verdient Geld. Gutes Geld. Richtiges. D-Mark. Und wenn man Geld verdient, kann man sparen.«

So dachten die meisten. Ich aber machte mir Gedanken über die Zukunft. Schlechte Voraussetzungen für einen Auswanderer. Ein Auswanderer darf nicht an die Gegenwart denken. Als Auswanderer hat man nur die Zukunft. Alles andere ist eine Heimsuchung: die Gespenster der Vergangenheit. Alles andere kann einen beirren. Verunsichern. Ein Auswanderer aber muß an sein Auswanderungsziel glauben. Er muß es fest im Auge behalten. Gegen alle Widerstände, gegen alle Hindernisse. Er kann sich keinen Zweifel leisten. Der Auswanderer spielt Schicksal.

Ich hatte in der Sache schlechte Karten. Im Grunde war ich ein Mitläufer beim Auswandern. Ich hatte keinen Antrag gestellt, ich hätte von mir aus wahrscheinlich auch keinen gestellt. Wie meine Eltern. Sie dachten nicht ans Auswandern. Sie gehörten zu jenen, die über Gehen und Bleiben nicht nachdachten. Die über das Leben als Bleiben oder Gehen nicht grübelten. Sie waren beide Rückkehrer.

Meine Mutter war nach dem Krieg aus Wien zurückgekehrt, mein Vater aus Rußland. Mein Vater war zehn Jahre unbehaust gewesen, fünf Jahre rumänisches Militär, fünf Jahre russische Zwangsarbeit. Er hatte genug von der Fremde. Ohne Monika wäre ich wahrscheinlich nicht ausgewandert. Ich habe mir die Auswanderung erheiratet.

»Ich kann dir die Bauleitung nicht anvertrauen«, sagte mein Chef eines Tages. »Du hast einen Ausreiseantrag gestellt.« Er zuckte mit den Achseln. »Du wirst dem Dumitrescu assistieren.« Dumitrescu war ein Schlitzohr. Er wußte die Staatsinteressen stets mit den eigenen zu vereinbaren. Wenn er was klauen wollte, sorgte er jedesmal dafür, daß auch für einen der Chefs was abfiel. Damit war er gedeckt.

Mein Berufsleben war also in die Sackgasse geraten. Ich war jetzt der Gezeichnete, der Auswanderer. Der Neger. Gleichzeitig bedeutete das noch lange nicht, daß ich den Paß wirklich bekommen würde. Es hieß zuerst einmal, daß man kein Vertrauen mehr in mich hatte. Daß man es mich wissen ließ. Mit einem Ausreiseantrag galt man als Ausgeschlossener. Es war das Verstoßen aus der traditionellen Gemeinschaft, das die Kommunisten damit nachahmten.

Ich war nun meinen Schwiegereltern gleichgestellt. Ich gehörte jetzt zu Monikas Familie.

Monikas Eltern deuteten das Gespräch als positives Zeichen. Man hatte unseren Auswanderungswillen zur Kenntnis genommen. Es war schon seltsam, was die Leute alles in der Ungewißheit als Zeichen des guten Gelingens zu interpretieren wußten. Die Wartezeit verbrachten sie mit der Deutung der kleinsten Vorkommnisse. Alles wurde als Zeichen verstanden und immer wieder neu interpretiert. Aus diesen wechselnden Interpretationen aber schöpfte man immer neue Hoffnungen.

Nach mehreren Monaten bekamen wir endlich die Vorladung. Es war eine Art Anhörung vor einer Kommission. Wir hatten unsere Auswanderungsgründe zu nennen, und die Kommission sollte deren Ernsthaftigkeit prüfen. Nur wußten alle, auch die Kommission, daß man die wahren Gründe nicht nennen konnte, die Zustände im Lande und die Willkür der kommunistischen Macht. Man sprach vielmehr von Familienzusammenführung. Man nannte die Verwandten, die man in Deutschland hatte, je mehr es davon gab, desto besser, denn jeder Verwandte galt der Kommission als potentieller Geldgeber. Sie belehrten uns noch kurz über unseren Vaterlandsverrat, der unserem Auswanderungswillen zugrunde liege, und fragten uns, ob wir bei unserem Wunsch blieben. Sie fragten es in einem Ton, als wollten sie hören, ob wir bereit wären, noch weiteres Geld in die Sache zu investieren. Wir beantworteten die Frage nach dem Auswanderungswillen, wie alle anderen auch, mit ja, und damit war die Anhörung beendet. Jetzt galt es, auf einen schriftlichen Bescheid zu warten, auf einen Brief.

Wir versuchten, weiterzuleben, als sei alles selbstverständlich. Aber zunehmend wurden unsere Gespräche von den Zukunftsfragen beherrscht. Es war nicht nur, weil Melanie uns ständig danach fragte, wie es in Deutschland für uns sein würde. Nicht nur, weil die Kinder in der Schule sie täglich darauf ansprachen, die Kinder, die sie um diese Zukunft beneideten. Auch uns selbst überwältigte das auf uns Zukommende. Trotzdem mußte alles weitergehen. Wir mußten weiterhin das tägliche Leben meistern und auch damit rechnen, daß es schiefgehen konnte. Daß man uns doch noch die Ausreise verweigerte. In solchen Fällen schrieben die Leute Bittbriefe an die Behörden, Eingaben. Und die Verwandten in Deutschland suchten den Kontakt zu Politikern, die die

Betroffenen auf Listen hieven konnten, die bei Staatsbesuchen vorgelegt wurden. Es war alles ein großes geheimes Feilschen, dem man ausgesetzt war. Wir lebten unser Leben, und wir lebten es wie auf Koffern. Wir gingen unserer Arbeit nach, den täglichen Besorgungen, wir trafen Freunde, aber bei allem, was wir taten, war es, als schielten wir auf den Briefkasten.

Und dann kam der Brief. Er kam nach zwei weiteren Besuchen meines Schwiegervaters im Sommerhäuschen des kleinen Georg. Dort traf mein Schwiegervater einen Mann aus der Stadt an, ein höheres Tier, irgendeinen Chef vom kleinen Georg. Mein Schwiegervater hat nochmals bezahlt. Ich weiß nicht, wieviel er insgesamt gezahlt hat, ich kenne nur die Summe, die Monika und ich später zurückzuzahlen hatten. Auf jeden Fall hat er genug bezahlt, so daß der Brief endlich kam und wir die Schlacht mit der Bürokratie beginnen konnten. Die Ausreisenden verschwiegen in der Regel die Höhe der bezahlten Bestechungssummen. Es war ihnen peinlich. Als zeigte die Höhe der Summe das Ausmaß ihrer Niederlage an.

In unserer Abstellkammer stapelten sich die Kentstangen und der Jacobskaffee. Kent galt als der Inbegriff der Westzigarette. Man hatte diese Marke in den besseren Zeiten, den sechziger Jahren, importiert. Seither war sie für die Rumänen die Verkörperung des Westens. Wer sich etwas leisten wollte, rauchte Kent. Die Kent war ein Statussymbol.

Um den Paß zu erhalten, mußte man alle Rechnungen begleichen, alle Verträge beenden, man mußte den Nachweis erbringen, dem rumänischen Staat gegenüber schuldenfrei zu sein. Um frei zu werden, mußte man schuldenfrei sein. Wer ein Haus bewohnte, mußte nachweisen, daß er den Schornsteinfeger bezahlt hatte, und wer kein Haus hatte, mußte nachweisen, daß der Schornsteinfeger keine Ansprüche an ihn hatte. Davon profitierten die Beamten in den verschiedenen Ämtern. Zigaretten und Kaffee waren eine Art Zweitwährung in der Republik des Mangels. Und die Beamten lehnten sich zurück und drehten die Papiere um und um. Als wollten sie deren Inhalt mit Jacobs und Kent aufwiegen.

Monika durfte nicht mehr unterrichten, als Auswandererfrau hätte sie ein schlechtes Vorbild für die Kinder abgegeben. Sie galt jetzt als Vaterlandsverräterin. Mich behielt man bis zuletzt auf dem Bau. Dort brauchte man jeden Mann, besonders die Fachleute. Durch den Größenwahn des Diktatorenpaars war ein immenser Bauboom entstanden. Man riß überall die alte Bausubstanz ab, ganze Innenstädte wurden abgetragen und durch Plattenbauten ersetzt, als wollte man in einem weiteren Schub des Machtwahns den letzten Rest der bürgerlichen Welt auslöschen. Kirchen verschwanden hinter Hochhäusern, man verschob sie mit einer aufwendigen Technik. Leute wurden über Nacht aus ihren Häusern geworfen, in die Platte gejagt. Während ihre Möbel abtransportiert wurden, standen schon die Bulldozer bereit. Das Bauen war zum politischen Symbol verkommen.

»Mă neamţule.« So begrüßte mich Dumitrescu. »He, Deutscher.« Wir waren keine Freunde, aber Kumpels. Wenn er keine Lust auf irgendeine Arbeit hatte, und er hatte oft keine Lust dazu, gab er sie an mich weiter. Mein rechtloser Status erlaubte ihm, über mich zu verfügen. Ich war sein Sklave, mit dem er ab und zu was trinken ging.

»Mensch, neamţule, du hast ein Glück.« Wir waren beim fünften Schnaps. »Wenn du wüßtest«, sagte er. Und ich dachte, hoffentlich erzählt er mir jetzt nicht von seinen Securitate-Kontakten. Denn daß er die hatte, darüber bestand für mich kein Zweifel, es war im Betrieb auch sonst ein offenes Geheimnis.

»Wenn du wüßtest«, wiederholte er und erzählte eine ganz andere Geschichte.

»Ich habe die Pläne gesehen«, sagte er und sah mich bedeutungsvoll an. »Die Pläne für den Abriß. Wir sind fürs Bauen ausgebildet worden, nicht fürs Abreißen.«

Ich antwortete nichts, und er sagte es noch einmal, lauter: »Die Abrißpläne habe ich gesehen.«

Dumitrescu galt als Informant. Ob es wohl eine Provokation ist, ging es mir automatisch durch den Kopf. Nein, dachte ich weiter, ich bin doch schon halb in Deutschland, bei mir kann er es sich leisten, so zu reden, dem Halbentlassenen kann er sein Herz gefahrlos ausschütten. Informanten sind ja auch zu ihren Auftraggebern nicht loyal.

»Ich soll mein Stadtviertel abreißen«, sagte er und blickte in die Runde. Blickte mißtrauisch in die Runde. Als lauerten dort Gefahren.

»Mein Stadtviertel, das mache ich nicht mit. Ich habe die Pläne gesehen.« Er legte mir die Hand auf die Schulter. Schwieg.

»Neamţule«, sagte er dann, »du hast ein Glück, daß du gehen kannst. Was soll aus uns werden?«

Er trank einen weiteren Schnaps. Es war die Flasche mit den beiden Pflaumen auf dem Etikett, »zwei blaue Augen« genannt.

Das Regime setzte sich täglich ein neues Denkmal. Zur Grundsteinlegung der Prestigebauten pflegte das Diktatorenpaar selber die Kelle zu schwingen. Die Titelseiten der Zeitungen machten mit den Fotos der beiden und mit Gedichten, die die als historisch bezeichneten Ereignisse literarisch verewigten, auf: »Wenn wir seinen Namen aussprechen, / Hier am Bogen der Karpaten, / Binden wir rot-gelb-blaue Girlanden über das Land, / Mit der Inschrift: ›Partei, Ceauşescu, Rumänien‹.« Die Zeitungen waren unlesbar, wie die Fischkonserven in den Lebensmittelläden ungenießbar waren.

An allen Ecken standen die Claqueure bereit. Hielten Transparente hoch, die ihnen die Partei in die Hand gedrückt hatte, riefen ihre einstudierten Sprüche im Chor. Applaudierten dem eigenen Untergang. In den Menschen wirkten gleichermaßen die Angst und die Gleichgültigkeit. Das Leben reduzierte sich aufs tägliche Überleben. Schlangestehen, Vorräte bunkern. Weghören, wenn der Personenkult zum Zuge kam, auf Versammlungen und im Fernsehen. Die Leute machten mit und hielten sich durch Witze schadlos. Sie zogen sich in ihre Wohnungen zurück und versuchten die Parolen des Regimes zu ignorieren. Das jugoslawische Fernsehprogramm wurde auf dem Schwarzmarkt gehandelt.

Auf dem Bau wurden den ganzen Tag über Witze erzählt. Pornographische und politische: »Der Staatszirkus hat seinen Namen geändert. Er heißt jetzt Partei- und Staatszirkus.« – »Die Arbeit adelt, wir brauchen aber keinen Adel.« – »Nach einer Liebesnacht geht die Engländerin ans Fenster. Sie sagt: ›Gott, was für ein Nebel.‹ Die Italienerin sagt: ›So eine Nudel, alle Achtung.‹ Die Französin: ›Du hast ja ein Temperament.‹ Und schließlich die Rumänin: ›Meinen Körper hast du gehabt, meine Seele aber gehört immer noch der Partei.‹«

Auch das Bier ging uns nicht aus. Wir hatten ja was zum Tauschen. Baumaterial hatte praktisch Devisenwert. Man mußte nur rechtzeitig was beiseite schaffen.

Es war höchste Zeit zu gehen. Dem Zustand den Rücken zu kehren. Wir wollten nicht weiter in diesem Elend leben, hungrig und krumm, und auch dem Kind waren wir es schuldig. Was sollte hier aus ihm werden? »Jeden Morgen in deiner Heimat aufzuwachen, die Sonne überm Garten. Jeden Morgen mit den Klängen der Nationalhymne aufzuwachen. Sonne und Eltern sind Quellen des Lichts und der Kraft diese Landes. Alle Kinder schauen ins Licht, wenn sie die ruhmvolle Vergangenheit des Vaterlandes und des Volkes betrachten. Bürger des dritten Jahrtausends, Nachfolger heutiger Kommunisten. Das Schicksal der Heimat mit ihren noch nie dagewesenen Wachstumsraten, wird von den Händen unserer Eltern geschmiedet, von den Kommunisten, die auf den Feldern Furchen ziehen. Sie, die fortgeschrittenste Kampfgruppe des Volkes. Die Führung der Partei aber schafft immer schneller die strahlende Zukunft unseres Volkes. Täglich schlägt das Herz des Vaterlandes im gleichen Rhythmus wie das Herz des Genossen Ceauşescu.«

Es ist Melanies letztes Schulfest. Monika und ich sehen uns an. Nein, da kann das Kind nicht bleiben.

Um zwei bin ich in Ulm. Habe die Fahrt geschafft. Bin zwar zu schnell gefahren, aber es ist nichts passiert. Wenn man immer daran denken würde, was alles passieren könnte, würde man das Haus nicht mehr verlassen. Und wenn man sich vorstellt, was einem zu Hause alles passieren könnte, würde man fluchtartig die Wohnung verlassen.

Ich fahre den Fluß entlang. Hier haben die Schiffe nach Ungarn abgelegt. Damals, vor zweihundertfünfzig Jahren. Die Donau runter. Nach Ungarn. Bis Ofen. »Ulmer Schachteln« nannte man sie. An Bord waren unsere Vorfahren, denen nichts Besseres eingefallen ist, als ins Banat zu gehen. Das Banat, es war außerhalb der Welt. In Ungarn. Dem Türken abgetrotzt von dem Savoyer. Prinz Eugen, dem edlen Ritter. Sie glaubten, was ihnen die Agenten der Habsburger erzählten. Milch und Honig sollten fließen, und etliche Vergünstigungen sollten sie haben. Reisegeld. Eine Session. Vergünstigungen. Die ersten hatten den Tod, die zweiten die Not, die dritten das Brot. Auswandererfreuden.

Heute muß man sagen: Es war der Anfang der Ruhelosigkeit. Der Anfang dessen, was uns weiterhin umtreibt. Jeden von uns. Wir rennen einander nach, quer durch die Welt. Als müßten wir uns ständig aus dem Weg gehen, gleichzeitig aber miteinander verabredet sein. Wir sind Aussiedler auf Lebenszeit.

Ich parke hinter dem Marktplatz. Gehe einmal um den Platz, sehe mich um. Weiß nicht, was ich sehe. Es ist nebensächlich. Ich esse eine Wurst. Habe Hunger, aber keine Geduld.

Bin zu früh im »Alexandre«. Suche sorgfältig den Platz aus. Mit Blick auf die Tür. Wegen Melanie. Damit sie mich gleich findet.

Ich warte. Aber ich denke nicht an sie. Nein. Alles wäre nur Erinnerung und eine Belastung. Ich warte einfach.

Sie kommt. Ich erkenne sie sofort. Sie kommt durch die Tür, und ich weiß, sie ist es. Obwohl ich sie all die Jahre nicht gesehen habe, erkenne ich sie sofort. Sie blickt sich um, sieht zögernd in meine Richtung, ich gebe ihr ein Handzeichen, sie steht vor mir. Wir blicken uns an, umarmen uns zögernd, es ist mehr eine angedeutete Umarmung, setzen uns.

»Hier, die Karte«, sage ich. »Bestell dir was.«

Sie wirft nur einen kurzen Blick darauf.

»Ich weiß schon, was ich will«, sagt sie.

Sie hat den Tonfall ihrer Mutter, denke ich mir. Hör auf, sage ich mir im stillen. Laß das Kind in Ruhe. Ich sage: das Kind.

Die Kellnerin steht vor unserem Tisch.

»Ich nehme einen großen Milchkaffee«, sagt Melanie.

Wir sehen uns an, lächeln verlegen. Einer muß jetzt das Gespräch beginnen.

»Du hast also gut hergefunden«, sagt Melanie. Ich horche auf ihre Aussprache. Automatisch höre ich darauf. Sie redet das hiesige Schwäbisch. Aber es ist noch etwas anderes darunter. Etwas Fremdes. Ich weiß natürlich, was es ist. Es ist der Banater Dialekt, der nicht ganz zu übermalen ist.

Ich habe diesen Tick mit der Dialektkontrolle. Ich habe ihn vom Bau. Auf dem Bau sind alle verdächtig. Du suchst sie einzuordnen, und das Einordnen fängt mit dem Dialekt an. Du willst sie unterbringen, um die Gefahren, die von ihnen ausgehen könnten, richtig einschätzen zu können.

»Du studierst also«, sage ich. Das hört sich verdammt dumm an. Was wird sie sich denken?

»Ja, ich studiere«, sagt sie und nickt, und es ist auch nicht viel gescheiter, aber irgendwie erscheint sie mir souverän. Souveräner als ich. Wie ihre Mutter.

»Noch zwei Jahre«, sagt sie und nickt wieder. »Gartenarchitektur.«

Meine Tochter!

»Wie bist du darauf gekommen?« frage ich.

»Wie bist du auf den Bauingenieur gekommen?«

»Laß uns was essen«, sage ich.

»Du wirst hungrig sein«, sagt sie, »nach der langen Fahrt. Bist du von Wien aus bis hierher gefahren?«

Ich nicke, winke der Kellnerin.

Wir bestellen, ich ein Geschnetzeltes, Melanie Maultaschen.

»Ich bin ein einziges Mal in Wien gewesen, wenn wir die Durchfahrten mal weglassen. Die zählen ja wohl nicht.«

Mit den Durchfahrten meint sie unsere Besuchsreisen ins Banat. Die Verwandtenbesuche. Diese Alptraumreisen in den Achtzigern. Als wir noch eine Familie waren. Monika, ich, Melanie und Monikas Eltern.

»Für ein Wochenende bin ich da gewesen«, sagt Melanie. »Mit der Clique. Mein damaliger Freund kannte Wien gut. Er hatte Verwandte dort. Wir liefen zwei Tage lang durch die Stadt. Es war nett. Ich kann mich aber an nichts mehr erinnern.«

Sie sagt es ohne Regung, sachlich. So wie sie vom damaligen Freund spricht und nicht vom Ex-Freund. Damaliger Freund, das ist wie eine Zuordnung. Damals, jetzt.

»Gibt es auch einen jetzigen Freund?« frage ich.

»Du bist neugierig«, sagt sie.

»Verzeih«, sage ich und probiere es mit einem Lachen. Es ist das künstlichste Lachen, daß ich jemals zustande gebracht habe.

»Wir studieren zusammen«, sagt sie.

Ich nicke.

Das Essen kommt. Während die Kellnerin die Teller vor uns stellt, nennt sie noch einmal die Namen der Gerichte. Als müßte die Bestellung damit bestätigt werden.

»Dein Vater ist also tot«, sagt sie.

Sie sagt dein Vater, obwohl es ihr Großvater ist. Sie hat ihn ja seit ihrer Kindheit nicht mehr gesehen. Seit dem großen Zerwürfnis mit Monika. Monika hat nicht nur mit mir gebrochen. Sie hat die ganze Familie bestraft. Sie ist nie wieder ins Banat gefahren. Ihre Familie war bereits in Deutschland, ihre gesamte Verwandtschaft. Also konnte sie sich das Banat sparen, die Schikanen schenken.

»Wie alt war er jetzt?«

»Neunundsiebzig.«

»Schade, daß er nicht mehr achtzig geworden ist.« Es ist eine Floskel, aber auch ein ehrliches Bedauern. Ich spüre es. Ich will es so.

Melanie schiebt den Teller ein Stückchen von sich weg. Ich folge ihren Gesten, als müsse ich sie mir einprägen.

Als forschte ich nach etwas Vertrautem. Nach etwas, an das ich mich erinnern könnte. Etwas, das uns verbindet. Zu Vater und Tochter macht.

»Und du lebst allein?« fragt sie.

Sie blickt mich an. Als wollte sie von meinen Augen ablesen, ob ich auch die Wahrheit sage. Ganz ihre Mutter.

»Ich lebe allein«, sage ich betont langsam, als ginge es um ein Geständnis und nicht um eine Feststellung. Die Aussage ist wie eine Bestätigung meiner Bestrafung durch Monika. Ob Melanie jetzt daran denkt?

Ich lege das Besteck auf den Teller und, nachdem ich mir den Mund abgewischt habe, die Serviette dazu.

Wir reden noch eine Weile so. Wir reden ein bißchen über ihr Studium, über die Aussichten, über meinen Job auf dem Bau, und irgendwann blickt sie auf die Uhr.

»Mußt du gehen?« frage ich.

Sie sieht mich kurz an. Sagt ja. Zuckt mit den Achseln.

Sie steht langsam auf.

»Meine Telefonnummer hast du ja«, sagt sie. »Für den Fall, daß du dich langweilen solltest in Sandhofen, ruf an.«

Ich gebe mir einen Ruck.

»Komm mal vorbei«, sage ich schnell. »Du bist herzlich eingeladen.«

Sie blickt mich an. Ich bin ebenfalls aufgestanden.

»Bring deinen Freund mit«, sage ich.

Sie sieht mich an. Küßt mich vorsichtig auf die linke Wange, eilt mit raschen Schritten aus dem Lokal.

Ich setze mich wieder. Mein Blick gleitet über den Tisch. Ich sehe das Geschirr, das Besteck, die Gläser. Das ist jetzt abzuräumen.

Wir haben kein Wort über die Vergangenheit gesprochen, denke ich mir. Die Kellnerin läuft zur Theke und wieder zurück. Ältere Damen bestellen Kuchen. Ein

Mann steht plötzlich mitten im Raum, als wollte er eine Ansprache halten, aber er sagt nichts.

Es ist ein gutes Zeichen, daß wir nicht von der Vergangenheit gesprochen haben, sage ich mir nach einer Weile. Ich gehe alles nochmals durch, unser gesamtes Gespräch. Das Protokoll ist in meinem Kopf. Wir haben auch nicht über Monika gesprochen, stelle ich fest. Auch das ist ein gutes Zeichen.

Sie macht mir keine Vorwürfe, denke ich mir.

Ob ich jetzt wieder eine Tochter habe? Ich hätte jetzt gerne mit Clara darüber gesprochen. Aber Clara ist nicht mehr da.

»Haben Sie noch einen Wunsch?« Es ist die Stimme der Kellnerin. Ich höre sie von ferne. Ich höre sie nicht.

Sie geht wieder.

Ich sitze eine ganze Weile so da, sehe die Leute reinkommen und rausgehen, nehme alles wie ein sanftes, fremdes Geräusch wahr. Ich sitze da und denke nichts. Ich bin der Unbeteiligte. Jedenfalls hätte ich im nachhinein nicht sagen können, woran ich gedacht habe.

Ich gebe der Kellnerin ein Zeichen. Zahle. Gebe ein angemessenes Trinkgeld, das sie für mein unkooperatives Verhalten entschädigen soll. Verlasse das Café. Erhobenen Hauptes, denke ich mir und muß plötzlich laut lachen.

Ich gehe noch einmal um den sonnigen Platz, an all den nutzlosen Läden vorbei, die angeblich unsere Wirtschaft beleben. Ich stehe vor den frisch gestrichenen Fassaden der Altbauten, hinter denen sich die Familien unauffällig verlaufen. Ich betrachte die billigen Tische vor der Eisdiele. Eine Frau geht vorbei. Sie trägt eine weiße Papiertüte. Auf der Papiertüte steht in schwarzen Lettern: »Sandhofen.« Ich steuere mein Auto an, meinen treuen Golf.

Im Wagen lasse ich die Scheibenwischer pendeln. Ohne jeden Grund lasse ich sie pendeln. Folge ihren Bewegungen mit den Augen. Folge ihnen wie in einem Spiel. In einem Spiel, das eigentlich aus ist und trotzdem noch weitergeht.

Umständlich parke ich aus. Als hätte ich gerade erst das Fahren gelernt.

»Ich möchte als Reiter fliegen / Wohl in die blut'ge Schlacht, / Um stille Feuer liegen / Im Feld bei dunkler Nacht.« Es sind die Stimmen von Lissi und Theresia, die ich plötzlich höre.

Ich fahre aus der Stadt hinaus, nehme die Ausfahrt Richtung Stuttgart, nach Sandhofen. Zeit für den Firmenkampf, Zeit für die Unterschriftsfrage. Ich stelle mich, jetzt kann ich es, denke ich mir. Als habe es etwas mit der wiedergefundenen Tochter zu tun. Als habe sich mit ihr der Sinn zurückgemeldet. Ja, ich stelle mich der ganzen leidigen Angelegenheit.

5

Kaltenbrunner, der Boß, klang gestern, als ich ihn anrief, nicht mehr verärgert, er klang ultimativ. »Am Dienstag bist du da«, sagte er, »was anderes kommt nicht in Frage.« Er redete wie einer, der den Sieg bereits in der Tasche hat. Kaltenbrunner sitzt am längeren Hebel. Der Mann weiß es.

Ich muß also die Entscheidung treffen: Mach ich in der Sache mit, oder gehe ich? Es läßt sich nicht mehr hinauszögern. Aber dann hänge ich mit drin. Für immer. Das weiß Kaltenbrunner, der Geschäftsführer, und Blickmann, der Architekt, weiß es auch. Deshalb ist ihnen die Sache so wichtig. Sie brauchen meine Unterschrift als Bauleiter, und wenn sie die haben, haben sie mich für alle Zeiten. Als ihren Komplizen. Eine stolze Karriere, vom Mitarbeiter zum Komplizen.

Der Unterschied zwischen dem Sieger und dem Kriminellen ist gering, und auch Freiheit und Unfreiheit sind sich ähnlicher, als man denkt. Entscheidend aber bleibt, wie man das Problem wahrnimmt. Ihre Abrechnungsmethoden konnte ich nicht akzeptieren. Es waren im Grunde Schiebereien. Sie rechneten über Taglohnzettel Bauleistungen ab, die, freundlich formuliert, ins Reich der Phantasie verwiesen.

Mein Problem sind die Prinzipien. Ich kann nicht verzichten. Das ist mein Verhängnis. Den freiwilligen Verzicht als Grundlage des kleinen Glücks betrachte ich als Verlogenheit. Dieses Prinzip hat mich mit Monika entzweit und um meine Familie gebracht. Mein Unbehagen an den einfachen Lösungen. Monika hat nach der Ausreise zielstrebig das kleine Glück verfolgt. Sie hat dazustudiert, was noch dazuzustudieren war, das Referendariat wiederholt und all das Zeug mitgemacht, was einen in Deutschland zur Lehrerin qualifiziert. Als ob sie in Rumänien nicht längst Lehrerin gewesen wäre. Danach war sie wieder Lehrerin. Lehrerin in Deutschland. Eine echte Aussiedlerleistung. Die Lehrerin schafft es zur Lehrerin. Viele ihrer Kommilitoninnen saßen bloß in irgendwelchen Ämtern bei der Stadt oder in diversen Vorzimmern und feilten an ihren Nägeln. Immerhin, die Kinder würden es besser haben.

Als sie beruflich alles beisammen hatte, plante sie plötzlich mit ihren Eltern einen Hausbau. Nicht, daß es mich überrascht hätte. Solchen Ideen folgten ja die meisten Aussiedler. Und wir hatten sogar den Bauingenieur in der Familie. Ein Hausbau hieß, seßhaft werden, Fuß fassen. Sicherheit. Man hatte im Banat ein Haus gehabt, also brauchte man auch hier eines. Erst mit dem Haus wurde die Auswanderung besiegelt, die Niederlassung perfekt. Man kopierte die Vorfahren, als hätte man das Einwanderungsbild vor Augen. Jenen bunten Schinken des berüchtigten Trachtenmalers Jäger aus Hatzfeld, der fast als Nationalsymbol gilt. Ein Triptychon mit den ruhelosen Menschen des 18. Jahrhunderts, die die Ansiedlung im verwüsteten Banat wagen. Echt wappentauglich.

Ich war zweiunddreißig Jahre alt, als ich nach Deutschland kam. Nach all den Erlebnissen und Erfahrungen in Rumänien war ich müde, als ich die Insel der Seligen erreichte. Man sah es mir an, sagte es mir. Auch Willi sagte es. Willi war der einzige, der darauf einging, der mich verstand. Aber die gleichen Erlebnisse wie ich hatte auch Monika, meine Schwiegereltern hatten sie und alle anderen auch. Wir waren allesamt um unser Leben geschwommen. Aber während sie wie Leute auftraten, die das Ufer erreicht hatten, kam ich mir wie ein Gestrandeter vor. Am Nürnberger Hauptbahnhof, im Lager Langwasser. Bei der Befragung. Als Laufzettelmensch.

Registriert und auf die Bahn gesetzt, für den Lebensrest. Als Deutscher unter Deutschen, wie das Formblatt verriet. Mein Problem war, daß ich von der Auswanderung nicht ausreichend überzeugt war. Ich sah darin, im Unterschied zum Rest der Familie, nicht die große Lösung, das Lösungspaket. Meine Zweifel an der Auswanderung ließen mich unzufrieden bleiben. Unzufrieden mit mir, unzufrieden mit den anderen. Mit allem, wie Monika sagte. In ihren Augen war ich ein Abenteurer.

Zuerst machten wir den Führerschein. »Ohne den Führerschein geht gar nichts«, sagte Monika. Ich zuckte die Achseln, wollte aber nicht der Spielverderber sein. War eigentlich froh, etwas zu tun zu haben. Etwas, das mich für den Augenblick beruhigen konnte.

Ich denke aber nicht, daß sonst keiner die Unruhe hatte, die ich verspürte. Sie hatten bloß die Fähigkeit, es sich nicht einzugestehen. Sie war ihnen wie ein Chip eingebaut, was ihnen eine pragmatische Einstellung zu dieser Unruhe ermöglichte. Während sie Häuser bauten, rebellierte ich an allen Fronten, die zu finden waren. Auch die Affäre mit Birgit begann als Rebellion.

Dabei kam ich mit meinem Beruf schnell unter. Es war ursprünglich eine Urlaubsvertretung. Drei Wochen. Willi verhalf mir dazu. Klotzen, nicht kleckern, war sein Bewerbungsrat.

Da ich mich in Betontechnologie auskannte und bereit war, Überstunden zu machen, behielt mich der Geschäftsführer der Südbeton. Er bezeichnete mich als »Volksdeutschen«, später erwähnte er, er sei mit achtzehn entnazifiziert worden. Er erzählte es wie einen Witz. Ich habe manchmal bis zu sechzig Stunden in der Woche gearbeitet, habe die DIN-Normen gewälzt. Es war zum Teil absurd, aber ans Absurde war ich gewöhnt. Überstunden wurden nicht bezahlt. Den Firmen-Golf durfte ich allerdings auch privat nutzen.

Ich hatte also diesen Job. Arbeitete mich in die deutsche Fachsprache ein, ins Zivilrecht. Je mehr Fortschritte ich darin machte, desto mehr Durchblick bot sich mir. Ich begann zu ahnen, was mir bevorstand. Zwischen der deutschen Baurealität und meinem Deutschlandbild ging die Schere auf.

Ich wüßte meinen Job nicht genügend zu schätzen, pflegte meine Schwiegermutter zu sagen. Meine Schwiegereltern hatten die Gabe der Bescheidenheit. Mein Schwiegervater pflegte seine Hände zu betrachten und dazu zu sagen: »Solange ich die noch bewegen kann, mache ich mir keine Sorgen.« Meine Schwiegermutter fand für sich ein paar Putzstellen, und mein Schwiegervater ging bald Gärten pflegen. Irgendwie wußte er den Eindruck zu erwecken, er sei Gärtner. Er lief durch die Vorstädte, spähte über die Zäune. Klingelte, bot seine Dienste an. Er brauchte nicht mehr als drei Erfolge, danach vermittelte ihn die Mundpropaganda weiter. Schon war er Gärtner. Bargeldgärtner.

Darüber hinaus pachteten die beiden einen kleinen Garten für sich, in dem sie Gemüse pflanzten. Es wurde ihr Stückchen Banat. Bei Verwandtenbesuchen zeigten sie Fotos von ihrem Garten. Sie hatten sich im Handumdrehen eingerichtet, zwei ältere Leute, ohne Aussicht auf eine richtige Arbeit. Bald bekamen sie ihre Renten, setzten aber ihre Tätigkeiten fort. Um die Kinder zu unterstützen, wie sie sagten. Monika und mich. Melanie, die Enkelin. Sie liefen bald von Supermarkt zu Supermarkt, um die Angebote zu nutzen. Sie kauften von allem zuviel ein, legten wie alle meine Landsleute Vorräte an. Wenn es mal zu einer Katastrophe kommen sollte, zum Supergau, haben meine Landsleute die besten Überlebenschancen, mit ihren gebunkerten Lebensmitteln.

Das Haus haben sie ohne mich gebaut.

Mir fehlte die Verdrängungskunst, die Doppelmoral, wie ich es in meiner Jugend nannte. Dieses So-tun-als-ob. Monika beherrschte die Kunst der Verstellung perfekt. Sie konnte gnadenlos lästern und mitten im Satz ein Kompliment einrücken, wenn die betreffende Person plötzlich den Raum betrat. Ich konnte es nicht. Für mich gab es die Wahrheit, um gesagt zu werden. Das ist bis heute so. Das macht mir auch jetzt wieder zu schaffen. Als wäre ich der einzige Katholik weit und breit. Ich gelte als unberechenbar. Was bei meinen Landsleuten fast schon wie ein Verbrechen, mindestens aber als Neigung dazu betrachtet wird.

Mein zweiter Job war schlüsselfertiges Bauen. Hatte ich in Temeswar rauf und runter gemacht. Es war ein Chaosjob. Es fehlten brauchbare Unterlagen, die Angelegenheit war nicht viel mehr als ein Schreibtisch, auf dem sich die gelben Seiten türmten. Fremde Handwerker, abenteuerliche Kalkulationen. »Albpanorama« hieß die erste Wohnanlage, die ich gebaut habe. Irgendwann machte ich mich auf und davon. Und dann geriet ich an Kaltenbrunner. Wohnungsbau, zahlreiche öffentliche Aufträge. Kaltenbrunners Altar war die Submission. Er war ein wahrer Kenner der Ausschreibung.

Ich fahre zuerst in meine Wohnung. Die Fahrt von Ulm aus ist kurz, kommt mir kurz vor. Mein Kopf ist voller Gedanken. So nah war ich die ganze Zeit zu meiner Tochter, denke ich mir. Vielleicht hätte ich mich schon früher bei ihr melden können. Vielleicht war aber auch gerade jetzt der richtige Augenblick. Jetzt. Nicht früher, nicht später. Jetzt, wo ich Clara getroffen habe. Clara, die mich überzeugte, Melanie anzurufen. Es ist, als würde Clara neben mir im Auto sitzen. Meine neue Richtschnur.

Während ich mich in den zähen Nachmittagsverkehr einfädle, rekapituliere ich nochmals das Gespräch mit Melanie. Ich stelle die Liste der Themen zusammen, über die wir nicht gesprochen haben. Das Nichtausgesprochene hält die Menschen zusammen, gibt ihnen erst eine Perspektive, eine Hoffnung. Verdammt. Ich stelle das Radio an. Man begrüßt mich herzlich im Sendegebiet. Oma Trollerbusch wird hundert, und die ganze Familie wünscht ihr noch viele schöne Jahre und freut sich. Das können die doch nicht ernst meinen, denke ich mir. Es folgt ein deutscher Country-Titel. Stetson-Musik für Geklonte. »Es hängt ein Pferdehalfter an der Wand.«

Wir haben weder über Melanies Familie gesprochen noch über meine. Schon die Tatsache, daß ich von zwei Familien spreche, wenn ich an meine Tochter und mich denke, zeigt, wie vertrackt das Ganze ist. Vertrackt und lächerlich. Wir haben nicht über meine Mutter gesprochen, die ihre Großmutter ist, und wir haben auch nicht über meine Ex-Frau, die ihre Mutter ist, gesprochen. Sie kennt meine Familie kaum. Monika hat nach unserer Trennung nicht nur meine Auslöschung, sondern die Ausblendung meiner gesamten Familie betrieben. Mit Erfolg, wie ich heute sehen konnte.

Aber jetzt habe ich ja wieder eine Chance, denke ich mir. Einen Fuß habe ich bereits in der Tür. Seit der Begegnung in Ulm. Kann Monikas Racheprogramm durchkreuzen. Was sie wohl sagen wird, wenn sie hört, daß ich Melanie getroffen habe? Ob diese ihr von unserem Treffen berichten wird? Schwer zu sagen. Quizfrage.

Ein Wagen hupt, überholt mich. Ich sehe die Fahrerin, ein wütendes Frauengesicht, sie hält den Zeigefinger hoch, warum auch immer. Soll sie ihr Vergnügen haben. Wenn es der Emanzipation dient. Ich zucke mit den Achseln. Ganz für mich allein. Alleinfahrer, Autowichser.

Der Verkehr dünnt unmerklich aus. Die Fahrzeuge schieben sich auseinander. Die Drift stemmt sie weg. Das Radio bestätigt es mir. Ich gebe Gas, beschleunige. Überhole und werde überholt. Im Handumdrehen bin ich zu Hause. Stelle den Wagen ab. Nehme die Werbung aus dem Briefkasten, schließe die Wohnung auf. Öffne die Fenster, die seit zehn Tagen nicht offenstanden. Seit meiner Abreise zum Begräbnis meines Vaters. Auf meinem Anrufbeantworter ist nichts, was mich interessieren würde. Die Leute, auf die es ankommt, wußten, daß ich weg bin, als Totengräber unterwegs. Und viele sind es eh nicht.

Ich sitze neben dem Telefon. Mein Blick fällt auf das Distelbild. Riesige giftlila Disteln über einer leeren Ebene. Es ist eine Reproduktion eines Bildes von Fink. Er hat zuletzt nur noch Disteln gemalt. Nachdem er das Banat verlassen hatte, in seinen drei letzten Lebensjahren, hat er den ganzen Quatsch mit dem Schwabenleben, den Pflügern und den Trachtenträgern aufgegeben und nur noch Disteln gemalt. Ich betrachte das Bild und denke mir: Das wird vom Banat übrigbleiben, die Distel.

Willi ist auf dem Anrufbeantworter, mein alter Schulfreund. Er sitzt in Heilbronn. Ihn sehe ich regelmäßig. Er hält den Kontakt zu den vielen anderen, mit denen ich nichts zu tun habe. Die sitzen hier alle irgendwo in ihren Häusern und telefonieren miteinander. Weil sie mal zusammen in der Schule waren. Vor einer Ewigkeit. Rufen sich an und erzählen sich was. Über ihr neues Auto oder ihren Job. Über die Familie, die Kinder. Als müßten sie sich vor den anderen bewähren. Als stünden sie in einem nicht endenden Konkurrenzkampf miteinander. Auswanderer, die sich gegenseitig mißtrauisch beäugen. Wer kommt weiter, wer bringt es zu was. Was wird aus den Kindern. Sie haben ein komplettes virtuelles Dorf aus Telefonnummern zusammengebastelt. Einen Dark Room des Heimatgefühls.

Mich interessierte das alles so nicht. Da konnte ich auch gar nicht mithalten. Ich habe zwar bald meinen Job gehabt, aber was war mein Job? Ich nahm meinen Baujob ernst. Ich dachte, jetzt bist du in Deutschland, jetzt wirst du endlich so bauen, wie du es dir immer gewünscht hast. Ohne Mauscheleien, ohne Pfusch. Einfach nur gut und mit ein paar Ideen, die ich ausprobieren wollte. Wie hatte doch Dumitrescu seinerzeit gesagt: »Zillich, an dir ist ein halber Architekt verlorengegangen.« Er hatte es mit einem dröhnenden Lachen gesagt und hinzugefügt: »Wir brauchen keine Architektur, wir brauchen Wohnungen.« Damit sollte in Deutschland Schluß sein, sagte ich mir, aber es kam anders. Alles kam anders.

Es kamen die Probleme mit Monika, und meine Trennung von ihr war auch eine Trennung von meinen Landsleuten. Es war wie eine Gütertrennung. Sie war die gute Schwäbin, ich das Monster. Schließlich hatte ich sie, die sich für die Familie opferte, nochmals studierte, betrogen. Und zwar mit einer Reichsdeutschen. Birgit. Was das für ein Flittchen sein mußte, wenn sie sich mit mir, einem Aussiedler, einließ.

Ich fuhr also nicht zu den sogenannten Schwabentreffen, zu den Schwabentreffen fuhr Monika. Einmal im Jahr trafen sich die Ausgewanderten in irgendwelchen Gasthöfen, in denen seit den sechziger Jahren die Zeit stehengeblieben war. Man aß, trank, tanzte und lästerte. »So jung kommen wir nicht mehr zusammen.« Für einen Tag wurde die Gemeinschaft auf dem Gasthofterritorium wiederhergestellt. Die Lebenswelt von gestern und vorgestern. Monikas Freundinnen lauerten überall mit ihrem Klatsch, den ich noch nie hören wollte. Sollten die sich doch wehmütig an ihre Kirchweihaufmärsche erinnern. An Hut und Tüchl. An den ersten Griff unter ihre Röcke. Großzügig überließ ich das Feld Monika, mit Kraut und Rüben, Kürbis und Tracht und Trallala. Fuhr nach Italien, ins »gottbegnadete Italien«, wie Willi zu sagen pflegte. Fuhr mit Birgit nach Cinque Terre.

Willi fragt, ob ich noch nicht zurück sei. Und wie es war, im Banat. Ob alles gut gegangen wäre, mit dem Begräbnis, und wie es meiner Mutter gehe. Ich werde ihn heute noch anrufen. Ihm alles erzählen.

Birgit, das ist das andere Problem. Das eigentliche Problem. Birgit störte die Heimlichkeit. Als wir aufgeflogen waren und Monika ihren Showdown veranstaltete, war Birgit erleichtert. Sie war richtig glücklich. Sie verstand nicht, daß ich nicht sofort bei ihr einzog.

Ich aber hatte zuerst einmal genug vom Familienleben. Ich wollte allein sein. »Ich brauche ein bißchen Zeit für mich«, sagte ich. Was sollte Birgit schon dazu sagen. Sie akzeptierte es mit einem säuerlichen Lächeln. »Ich gebe dir diese Zeit«, sagte sie, und es klang so, als gebe sie mir eine Frist. Damit war ihr Besitzanspruch angemeldet.

Ich dachte darüber nicht weiter nach, hatte ich doch genug mit dem Rachefeldzug von Monika zu schaffen. Birgit und ich lebten eine »offene Beziehung«, wie man das damals nannte, ohne zu wissen, was damit genau gemeint war. Wir fuhren zusammen in den Urlaub und sahen uns mehrmals die Woche, übernachteten mal bei ihr, mal bei mir. Wir wußten manches übereinander, anderes nicht. Wir forschten uns nicht gegenseitig aus. Ich fühlte mich dabei wohl und merkte gar nicht, wie Birgits Ungeduld wuchs. Im nachhinein betrachtet, hieß »offene Beziehung« wohl, daß man sich nicht um die Grundlagen scherte. Es hieß so tun, als habe man weiterhin die volle Freiheit. Zum One-Night-Stand, zum Kommen und Gehen. Ein Singleleben zu zweit.

Die Eskalation kam pünktlich zu ihrem vierzigsten Geburtstag. Plötzlich wollte sie wissen, wie ich mir die gemeinsame Zukunft dachte. Ich sei doch jetzt geschieden, und sie müsse auch wissen, woran sie sei. Der Abend endete im Streit, und es wurde nie wieder so, wie es vorher war. Das aber wollten wir uns nicht eingestehen.

Ich wollte unsere Beziehung so beibehalten, wie sie war. Nach neuer Ehe und Familie war mir nicht. Als das auch für Birgit klar war, begann, ohne daß ich es ahnte, auch ihr Rachefeldzug. Wir sahen uns weiterhin regelmäßig, was sie den Rest ihrer Wochentage machte, kümmerte mich wenig. Wer frei sein will, muß auch dem anderen seine Freiheit lassen. Das hielt ich für großzügig, wahrscheinlich war es aber Ignoranz. Jedenfalls verstand sie es so.

Eines Abends war Birgit besonders fröhlich. Auffallend fröhlich sogar. Es war der Abend, an dem sie mir mitteilte, daß sie Blickmann heiraten werde, den Architekten. Ich war sprachlos. »Blickmann«, sagte ich und war drauf und dran auszurasten. Sie blickte mich aber nur amüsiert an und sagte eine Spur zu langsam: »Das ändert nichts zwischen uns.«

Ich wurde nach ihrer Heirat mit Blickmann zu ihrem heimlichen Geliebten. Sie verfügte jetzt über mich, weil sie die Zwänge ins Feld führen konnte. Sie war nun die Verheiratete. Manchmal machte es mich rasend, wenn sie sagte: »Heute geht nicht.« Obwohl sie jetzt Frau Blickmann war, wurde ihr Blickmann zwischen uns nicht erwähnt. Es hieß nur: »Morgen kann ich nicht«, oder: »Diese Woche geht es nicht.« Als habe sie ihre Tage. Dabei waren es ihre Blickmanntage. Wir stritten uns und versöhnten uns wieder.

An unserem letzten Abend, bevor ich ins Banat gefahren bin, war es wieder einmal zum Eklat gekommen. Ich bin weggefahren, und seither hatten wir nicht mehr miteinander gesprochen. Ich hätte sie von unterwegs anrufen können. Ich tat es nicht.

Birgit ist auf dem Anrufbeantworter. »Ruf an, wenn du wieder da bist.« Das ist das Spiel. Unser Spiel.

Ich rufe sie auf dem Handy an.

»Na endlich«, sagt sie, »ich dachte schon, es ist dir was passiert. Zumal auch der Boß ständig nach dir fragt. Er will mir gar nicht glauben, daß ich nicht weiß, wo du bist.«

»Ich komme morgen in die Firma«, sage ich.

»Wann sehen wir uns?« fragt sie.

»Wann du kannst«, sage ich.

»Morgen abend könnte ich bei dir vorbeikommen«, sagt sie.

Der Blickmann hat da wohl seinen Parteistammtisch, denke ich mir. Wie gut, daß es die FDP gibt. Endlich sah ich eine Existenzberechtigung für diese Partei.

»Das wäre sehr schön«, sage ich, »bis morgen also.«

»Ich freue mich auf dich.«

Ich bin früh ins Bett gegangen. Nach vielen Stunden Schlaf stehe ich am Morgen mit einem dumpfen Kopf auf, ohne etwas getrunken zu haben. Es ist wohl die Anspannung der letzten Woche. Der Kater nach der großen Reise. Und die Aussicht auf den heutigen Tag. Den Tag meiner Rückkehr in die Firma, den Tag meiner Unterschrift, meiner Gefangennahme.

Birgit sitzt wie immer im Vorzimmer. Ich sehe sie an und weiß, ich bin verloren. Sie blickt mich nur einmal an, und schon hat sie gewonnen.

Ich beuge mich über den Schreibtisch und küsse ihr den Mund.

Sie zeigt auf die Tür des Chefs. »Er wartet schon auf dich«, sagt sie.

Ich klopfe an, öffne die Tür, betrete das Büro.

»Welch eine angenehme Überraschung«, ruft Kaltenbrunner, als er mich sieht. »Unser Heimkehrer.« Er kommt mir entgegen, schüttelt mir die Hand. »Nimm Platz«, sagt er mit großer Geste. »Ich habe die Unterlagen vorbereitet. Es ist alles sehr dringend«, sagt er mit fast sorgenvoller Stimme und schiebt mir das Konvolut über den Tisch.

Plötzlich wird sein Gesicht weich, übergangslos. »Mein Beileid übrigens.« Er tippt mit dem Finger auf die Aktenmappe. »Schau dir alles in Ruhe an. Birgit soll dir einen Kaffee machen. Ich bin in einer Stunde wieder da.« Damit geht er hinaus.

Ich blättere in dem Papierstapel. Im Grunde kenne ich die Textlage. Muß nur sehen, daß die beiden keine Fußangeln eingebaut haben, Blickmann und der Boß. Ohne meine Unterschrift können sie ja nichts machen.

Nach fünf Minuten kommt Birgit mit dem Kaffee. Während sie die Kaffeetasse vorsichtig auf den Tisch stellt, legt sie den Arm um meine Schultern, und ich streiche ihr mit der linken Hand das Bein hoch.

»Bis heute abend«, flüstert sie mir ins Ohr.

Ich vertiefe mich in die Akte. Kann nichts weiter entdecken außer dem großen Desaster, das mir schon bekannt ist. Aufgeblasene Abrechnungen, Preisabsprachen, Mauscheleien mit dem Subunternehmer, dem Rohbauer und dem Elektrounternehmer.

Als Kaltenbrunner den Raum wieder betritt, sage ich: »Ich muß noch mal auf die Baustelle. Danach komme ich zur Unterschrift.« Ich weiß nicht, warum ich das sage. Es wird mir nichts helfen, es ist nur ein allerletzter Aufschub.

Er nickt, als könne er meine Gedanken lesen. »Wie du meinst«, sagt er. Es soll höflich klingen, aber es hört sich ungehalten an.

Auf der Baustelle herrscht das mir sattsam bekannte Chaos. Die Kroaten haben seit meiner Abreise kaum etwas gearbeitet. Immerhin haben sie auch nichts falsch gemacht in meiner Abwesenheit, und ich muß wenigstens keine Türen rausreißen lassen.

In einem Monat sollen wir die Wohnungen übergeben, und ich sehe nicht, wie das vonstatten gehen könnte. Ich laufe kopfschüttelnd durch die Wohnanlage. Im letzten Treppenaufgang stoße ich auf Blickmann, den Architekten.

Er ist an dem Projekt beteiligt, der Boß und er haben es sich gemeinsam ausgedacht. Sie meinten, auf diese Weise mehr Geld von der Stadt abzweigen zu können. Vielleicht phantasierten sie ja auch nur. Wenn man sah, wie der Laden lief, konnte man denken, es war die reine Phantasie, die diese Leute antrieb. Eine Karikatur eines mittelständischen Unternehmens, aber leider keine Seltenheit mehr in diesen Jahren.

Ich bin seit fünf Jahren dabei. Nachdem ich zum Opfer der Rationalisierung bei Holzmann geworden war, suchte ich was Überschaubares. Birgit vermittelte mir damals den Job. Sie redete mit ihrem Boß, ich sang vor, und er nahm mich. Seither kämpfe ich gegen seine Phantasien. Gegen die schlechte Arbeitsvorbereitung, gegen den Schlendrian.

Birgit war von Anfang an dabei. Sie betrachtete die Arbeitsmethoden in der Firma höchst gelassen. Zum Boß hatte sie ein ausgesprochen entspanntes Verhältnis. Er nannte sie liebevoll »mein Vorzimmer«. Die beiden duzten sich. Birgit dachte wohl mehr an sich selbst, als sie mir den Job vermittelte. Sie wollte mich in ihrer Nähe haben.

Blickmann und der Boß verbauten mit Vorliebe billigeres Material, als sie in den Unterlagen angaben. Von der Haustechnik nicht zu reden. Außerdem beschäftigten sie nur Leiharbeiter. Keiner der Kroaten war unser Angestellter. Wir bezahlten sie, wußten aber nicht, was sie wirklich bekamen. Es hatte uns auch nicht zu kümmern. Zumal sie selber darüber nicht sprachen. Sie gehörten einem Subunternehmen an, wer auch immer das war, ich glaube, ein Jugo. Und ob das, was in ihren Papieren stand, der Wirklichkeit entsprach oder mehr dem blauen Dunst der Adria entsprang, blieb mir weitgehend verborgen.

Ich aber war der Bauleiter und für das meiste verantwortlich. Was mich jedoch vollends ausrasten ließ, war, daß mir immer wieder die Arbeitsmethoden auf dem rumänischen Bau einfielen. In meinen Augen wurde die Situation in der Firma dem rumänischen Baudesaster immer ähnlicher. Wozu bist du ausgewandert, dachte ich mir. Wenn du das alles hier nochmals erleben sollst. Es war mein Tick.

Ich erzählte es Birgit, und Birgit meinte: »Laß die Vergangenheit, schau nicht immer durch die rumänische Brille. Das hier ist Deutschland.« – »Ist das noch Deutschland?« entgegnete ich. Sie blickte mich kurz und mitleidsvoll an.

Ich erzählte es Willi. Und auch er hielt es für meinen Tick. »Du bist zu lange in Rumänien geblieben«, sagte er. »Du hättest früher gehen sollen.«

Das sagt Willi. Dabei hat er sich vom Bau zurückgezogen. Ins Hausverwaltungsgeschäft. Das ist nicht vornehmer, aber ruhiger. Willi hat sich zurückgelehnt. Auch das war eine verbreitete Aussiedlerhaltung: Machen wir das Beste aus Deutschland!

Ich halte Blickmann die Lage vor. »So geht das nicht«, sage ich.

»Wir hatten ein Zulieferproblem«, sagt er.

»Mal haben wir ein Zulieferproblem, mal ein Kreditproblem«, sage ich. »Die Kroaten hätten doch wenigstens die Fassaden abschleifen können.«

»Belehr mich nicht«, sagt Blickmann.

»Ich belehre dich nicht, ich frage mich nur, was du in meiner Abwesenheit getan hast.«

»Was ich tue, geht dich gar nichts an, ich bin der Architekt.«

»Und ich bin der Bauleiter, und du hattest meine Vertretung, und so frage ich dich, was du getan hast in meiner Abwesenheit.«

»Wärst du hiergeblieben, dann wäre alles besser gelaufen. Du hättest die Geländerstützen bestimmt schneller bekommen, weil du es bist.«

»Ich darf dich daran erinnern, daß mein Vater gestorben ist.«

»Verzeih. Mein Beileid nochmals, aber die Beerdigung hat zehn Tage gedauert. Vielleicht ist das bei euch auf dem Balkan ja so üblich.«

»Beleidige mich nicht. Das Banat liegt nicht auf dem Balkan.«

»Nein, es liegt in Rumänien. Und wo liegt Rumänien? Auf dem Balkan.«

Nein, es hat keinen Sinn, mit Blickmann zu streiten. Ich lasse ihn stehen und fahre zurück in die Firma.

Eigentlich ist die Firma bankrott. Wenn ich unterschreibe und das Geld von der Stadt kommt, falls die nicht in der Zwischenzeit eine Haushaltssperre kriegen, läßt sich die

Pleite ein bißchen aufschieben. Für ein halbes Jahr vielleicht. Der Boß kennt den zuständigen Beamten noch aus Kinderzeiten. Er wird die Sache zu beschleunigen wissen. Und nachher geschieht vielleicht das große Wunder, von dem Zarah Leander singt, und wir haben endlich die Bücher voller Aufträge. So leben immer mehr Mittelständler in diesen Jahren von der Vortäuschung von Tatsachen und in der Hoffnung auf Wunder, und ihr Verhalten ist längst das von Hochstaplern.

Ich werde unterschreiben. Was bleibt mir anderes übrig. Sonst bin ich der Totengräber dieser Firma. Kaltenbrunners Lebenswerk. Ich parke den Wagen auf dem Hof. Eile durchs Vorzimmer, kurzer Gruß nur an Birgit, frage: »Ist er da?«, sie nickt, und schon bin ich im Büro vom Boß.

»Na, alles klar?« fragt er. Geht auf und ab. Würde er nicht auf und ab gehen, könnte man meinen, er sei ruhig, gelassen geradezu.

»Und wie«, sage ich, »nichts läuft, seit zehn Tagen nicht.«

»Du weißt, die Zulieferer.«

»Ja, die günstigen Zulieferer, besonders die ganz günstigen.«

»Was willst du damit sagen?«

Ich winke ab, ein Streit pro Tag genügt.

»Gib mir die Akte«, sage ich.

Ich unterschreibe im Stehen. Blicke einem glücklichen Boß ins Gesicht.

»Darauf müssen wir einen trinken«, sagt er.

»Ich kann verzichten«, sage ich.

Er zuckt mit den Achseln: »Vielleicht bist du morgen besser gelaunt. Ich habe hier einen ganz besonderen Schottischen stehen. Eine Rarität.«

Ich aber bin schon wieder draußen, an Birgit vorbei. Vielleicht versteht er ja von Whisky mehr als vom Bau, denke ich mir, während ich den Motor anwerfe. Vielleicht sollte er einen Schnapsladen aufmachen.

Ich lasse die Scheibenwischer tanzen. Eine Dusche würde mein Golf gut vertragen können.

Ich halte am großen Supermarkt, kaufe ein, für heute abend. An solchen Abenden koche ich. Banater Sachen oder italienisch. Ich koche einfach, aber Birgit mag es. Wenn ich was aus dem Banat koche, fragt sie mich stets darüber aus. Hühnerpaprikasch oder Krautfleckerl. Ob wir das damals oft gegessen haben und zu welchen Gelegenheiten und so weiter.

Aus zwei Eiern und Mehl einen Teig kneten, dünn ausrollen und in kleine Vierecke, Fleckerl, schneiden. Das Kraut raspeln, salzen, zehn bis fünfzehn Minuten stehen lassen und ausdrücken. Zucker in heißem Fett karamelisieren. Geraspeltes Kraut dazugeben und unter Rühren weich dünsten. Gekochte Nudeln untermischen, mit gemahlenem Pfeffer würzen und heiß servieren.

Birgit sammelt alte Kochbücher. Sie ist an der Bauernküche interessiert, am traditionellen Leben. Einmal habe ich sogar Krapfen gebacken. Es war an Dreikönig. Und ich habe, wie in meiner Kindheit, Münzen hineingebacken. Es war ein Kindersport, die Münzen zu finden. Für mich als Einzelkind nur ein halbes Vergnügen. Wer auf die Münze biß, der konnte auf einen Geldsegen hoffen. Meinte man jedenfalls.

Als ich am Morgen wach werde, ist Birgit schon gegangen. Ich rufe meine Mutter an.

Sie ist längst wach, bei ihr ist es eine Stunde später. Osteuropäische Zeitrechnung.

»Hast du die Knef gestern gesehen?« fragt sie.

»Die Knef?«

»Ja, die war im Fernsehen.«

»Nein«, sage ich, »hatte keine Zeit zum Fernsehen.« Bin froh, daß ich jetzt nicht über meinen Vater reden muß.

»Was ist mit der Knef?« frage ich.

»Die Knef gefällt mir gut«, sagt meine Mutter, »sie gefällt mir besser als die Dietrich.«

»Was hast du gegen Marlene?«

»Die Dietrich«, sagt sie, »die war so arrogant.«

»Wieso arrogant?«

»Die hat für die amerikanischen Soldaten gesungen.«

»Für wen hätte sie denn singen sollen?« frage ich und setze gleich fort, ohne eine Antwort abzuwarten: »Ich muß jetzt los!«

Ich fahre in die Firma und danach sofort auf die Baustelle. Ein Tag ist wie der andere. Immer die gleichen Fahrten, das Geplänkel mit dem Boß, die Spannungen mit Blickmann und der Zirkus mit den Kroaten. »Chef, sei nicht so streng mit uns«, sagen die. »Wir sind auch nur Menschen.« Dieses Gerede macht mich krank. Jetzt ist der Mensch schon eine Ausrede.

»Wo habt ihr das gelernt?« frage ich. »Bei eurem Tito?«

»Beleidige uns nicht, Chef«, sagen sie, »Tito war Kommunist, wir sind freie Kroaten.«

Ich sage dazu lieber gar nichts. Sonst ist das nur eine weitere Beleidigung, jedenfalls in ihren Augen.

Ich habe dieses Sandhofen satt, dieses Kaff. Einkaufsstraße, Kaufhaus, Klamottenläden, Reiseutensilien, alles fürs Kind, Supermarkt, Eiscafé. Treffpunkt der Kids. Der Jugo, der seit ein paar Jahren nur noch kroatische Küche führt, der Grieche, zu dem keiner mehr geht, seit es alle nach Mallorca und auf die Kanaren zieht. Die Dschungelbar. Drum herum die Innenstadt. Das, was davon übrig ist. »Was die Amerikaner übriggelassen haben«, wie Blickmann sagt. Dabei wurde das meiste in der Nachkriegszeit abgerissen. Um Platz zu machen für den Beton des Wirtschaftswunders. Vor diesen Betonklötzen stehe ich jedesmal fassungslos. Wie kann man so etwas bauen und auch noch für Architektur halten? Auch wir hatten so gebaut. Damit meine ich uns, die Bauleute, damals in Rumänien. Wir hielten es für modern. Daß es hier im Prinzip auch nicht anders war, ist mir erst in Sandhofen aufgegangen. Wir haben unter Zwang gebaut, aber warum haben die Typen hier nicht anders gehandelt? Wir aus dem Osten haben eine gute Ausrede, den Kommunismus. Womit aber will sich Blickmann herausreden? Der Hobby-Architekt in mir resigniert. Die Architekturwälzer in meinem Bücherregal kommen mir wie eine Kochbuchbibliothek vor.

Ich sollte hier weg, aber wie und wohin? Hier jedenfalls halte ich es nicht mehr lange aus. Viel Geduld hatte ich auch vorher nicht, aber seit meiner Reise bin ich noch ungeduldiger. So kommt es zur Eskalation mit Blickmann, in einer vergleichsweise harmlosen Angelegenheit. Er hat wieder etwas Billiges angeschafft, ein Ersatzmaterial, ohne mich zu fragen.

Ich treffe ihn auf der Baustelle an. Wir begegnen uns auf dem fünften Stock.

Ich sage: »Was hast du dir wieder erlaubt?«

Und er: »Bleib cool.«

Und ich: »Mach mir keine Vorschriften!«

Er blickt mich spöttisch an. »Manieren vom Balkan«, sagt er langsam, »pardon, aus dem Banat.« Er macht eine Pause, läßt die Worte wirken.

»Du hast auch nicht den längsten«, sagt er plötzlich laut, »auch wenn du denkst, du hast den längsten.«

Plötzlich ist es mir, als sage er, du fickst Birgit, aber er sagt es nicht. Ich höre es trotzdem und gehe auf ihn los. Wir sind auf dem fünften Stock, und hinter ihm ist das

Fenster noch nicht eingesetzt, und ich sehe mich ihn runterwerfen, durch das Fensterloch werfen. Ich sehe mich ihn runterwerfen, wie mein Urgroßvater sehe ich mich den Mann herunterstoßen, in Cincinnati, in Sandhofen.

Und dann ist plötzlich jemand hinter mir, greift nach meinem Arm, hält meinen Arm im Griff, ich bleibe stehen. Bleibe vor dem kreideweißen Blickmann stehen, und der Mann hinter mir tritt jetzt neben mich und sagt: »Servus, barátom.«

Es ist Béla.

Eine Stunde später sitze ich mit Béla und Clara in der Dschungelbar, dem Zentrum von Sandhofens Nachtleben. Sein Krater sozusagen. Ein Blick auf die Cocktailkarte genügt, um sich für einen Finlandia pur zu entscheiden.

Clara sitzt neben mir, Béla gegenüber. Sie hat die linke Hand unterm Tisch, streichelt meinen Schwanz durch die Hose.

Béla grinst. »Hast du Sorgen?« fragt er.

Ich zucke die Achseln.

»Du wolltest gerade einen Mann aus dem Fenster werfen.«

»Es war der Architekt.«

»Du wolltest also den Architekten aus dem Fenster werfen, warum?«

Wir bestellen noch eine Runde, und ich erzähle ihm die Geschichte. Ich schildere ihm das Firmendesaster und meine Verstrickung darin, mein Problem als Bauleiter.

Er hört aufmerksam zu. Wir trinken weiter, und ich meine zu sehen, wie seine Begeisterung wächst.

Die Nacht verbringen Béla und Clara bei mir. Wir liegen zu dritt in meinem Bett, Clara zwischen uns. Nach einer Weile schlafen wir ein.

Beim Frühstück sagt Béla: »Wir helfen dir. Andy und ich.«

»Wie wollt ihr mir denn helfen?«

»Wir haben Interesse an der Firma.«

»Aber die ist doch bankrott.«

»Ebendeshalb«, sagt er und schlägt mir lachend auf die Schulter, weil er merkt, daß ich gar nichts mehr verstehe.

»Ich fahre jetzt nach München«, sagt er, »Clara laß ich dir hier, sie räumt dir ein bißchen das Haus auf.« Er lacht schallend. Und Clara ist sichtlich froh.

»Ich werde die Sache Andy vortragen. Wir kommen spätestens übermorgen zusammen her, dann kannst du uns mit deinem Boß bekannt machen.«

Er steht schon in der Tür. »Und versöhne dich mit deinem Rivalen, Bruder«, sagt er noch.

»Mit wem?«

»Mit dem Überlebenden von gestern, Mann.«

Und damit ist er weg. Wäre nicht Clara hier, ich hätte das Ganze für einen Spuk gehalten.

Als ich die Firma betrete, blicken mich alle seltsam an und dann an mir vorbei. Selbst Birgit weicht meinem Blick aus. Ich bin wie der Mörder. Aber ich bin guter Dinge. Komischerweise bin ich guter Dinge.

Ich gehe direkt zu Kaltenbrunner.

»Zillich«, sagt dieser, »was ist los mit dir?«

»Ich war gestern ein bißchen nervös.«

»Nervös? Der Blickmann hat immer noch einen Schock!«

»Ach, ich will mich bei ihm entschuldigen.«

»Entschuldigen? So einfach, meinst du, geht das?«

»Auch der Blickmann ist nicht ganz unschuldig.«

»Mag sein, die Kroaten sagen, er hat dich beleidigt, aber die Kroaten sind ja immer auf deiner Seite.«

Ich horche auf. Das höre ich zum ersten Mal, daß die Kroaten auf meiner Seite wären.

Kaltenbrunner nickt. Er setzt sich mit einem tiefen Seufzer in seinen Chefsessel.

»Wie sollen wir bloß die Firma weiterführen?«

»Ich habe eine Lösung«, höre ich mich plötzlich sagen. »Ich habe Interessenten.«

»Was, Käufer?« Kaltenbrunner ist beunruhigt. Er will ja nicht verkaufen. Er will sein Spielzeug behalten.

»Sponsoren«, sage ich.

»Wie, Sponsoren?«

»Geldgeber«, sage ich.

Jetzt ist er hellwach.

»Ungarn«, sage ich. »Sind nicht vom Fach, wollen bloß investieren, wollen sich ein Standbein in Süddeutschland schaffen.«

»Erklär mir das«, sagt Kaltenbrunner. Ich erkläre ihm, daß die Leute Geld haben, in Ungarn erwirtschaftetes Geld, und dieses Geld wollen sie an einem sicheren Ort arbeiten lassen. In Sandhofen.

Ein kurzes Grinsen geht über Kaltenbrunners Gesicht, dann hat er sich wieder im Griff.

»Sie kommen übermorgen«, sage ich.

»Okay«, sagt er, »ich rede mit Blickmann, und anschließend entschuldigst du dich bei ihm. Es geht jetzt um die Firma.«

Ja, es geht um die Firma. Andy und Béla sind da, und Sina ist auch dabei. Man einigt sich schnell. Der Boß bleibt Boß, Blickmann behält seine Anteile und ich die Bauleitung. Außerdem werde ich zum Vertrauensmann der ungarischen Investoren gekürt. Sie haben auch bereits einen Auftrag mitgebracht. Einen Auftrag am Rande von München.

Die Wohnanlage in Sandhofen soll so schnell wie möglich fertiggestellt werden. Zur Not werden Andy und Béla Aushilfskräfte zur Verfügung stellen, zuverlässige Leute aus Ungarn, alles kein Problem.

Danach soll ich nach München gehen, um die Bauleitung dort zu übernehmen. Der Boß und Blickmann aber werden die Aufträge auf dem flachen Land, in Sandhofen und Umgebung, durchführen. Einen Kontenausgleich werden die Ungarn bereits morgen veranlassen. Als sie die Firma verlassen, sind sie verdeckte Miteigentümer. Sie können den Firmennamen benutzen für ihr Geld.

Am Abend gibt es ein gewaltiges Gelage in meiner Wohnung. Über die Details schweige ich besser. Kaltenbrunner ist da und auch Blickmann. Blickmann sieht sich um, als würde er in allen Ecken Birgit und mich entdecken, in allen Positionen, in denen wir es miteinander getrieben haben. Dann nimmt sich Sina seiner an, und er ist versöhnt. Es wird eine lange Nacht. Kaltenbrunner besäuft sich. Er bedankt sich lallend bei mir für die Rettung der Firma.

Am Morgen reisen Béla, Andy und Sina ab. Clara bleibt bei mir. Sie bleibt eine Woche, danach holt Andy sie ab, bringt sie nach München, und nach ein paar Tagen kommt sie zurück. Clara pendelt die nächsten Monate zwischen München und Sandhofen. »Sie gehört dir«, sagt Andy eines Tages, als hätte er ein Pferd oder einen Hund zu verschenken. »Schon gut«, sagt er, als er meinen Blick bemerkt.

Ich sehe Birgit jetzt nicht mehr so oft. Nur wenn Clara nicht da ist. Die Sache zwischen uns ist nicht mehr so heiß. Nicht wegen Clara, es ist eher wegen meiner Attacke auf Blickmann. Irgendwas an dieser Angelegenheit hat Birgit ernüchtert. Sie will offenbar Blickmann nicht verlieren. Blickmann ist jetzt wohl die Nummer eins, und ich bin die Nummer zwei.

»Hast du neuerdings eine Frau?« fragt Birgit eines Tages und betrachtet mit großer Aufmerksamkeit einen Bleistift, den sie in der Hand hält.

»Wieso?«

»Die Leute sagen, du hast eine junge Frau bei dir.«

»Ach so«, sage ich, »das ist meine ungarische Nichte.«

»Willst du mich verarschen?« Birgit ist sichtlich verärgert. »Wähle«, sagt sie, »entweder sie oder ich.«

»Wie du willst«, erwidere ich, »auf dem Balkan steht man zu seiner Familie.«

Ich gehe lachend aus dem Vorzimmer hinaus. Ich fühle mich leicht. Fast beschwingt. Als wäre ich gerade eine Last losgeworden.

Diesmal verliert Birgit das Turnier, denke ich mir und fahre zur Baustelle. Die Arbeit geht jetzt gut voran. Seit Andy und Béla sich mit den Kroaten auf ein Bier zusammengesetzt haben, läuft die Sache wie nie. Der Grund ist bestimmt nicht osteuropäische Solidarität. Ich möchte es gar nicht wissen. Ich denke, es ist besser, wenn ich es nicht so genau weiß.

Ich telefoniere regelmäßig mit Melanie. An einem Wochenende fahre ich nach Ulm. Sie stellt mir ihren Freund vor. Er ist Tscheche, lebt aber schon seit seiner Kindheit in Deutschland. Die Eltern hatten die Charta 77 unterzeichnet und waren umgehend rausgeflogen. Er ist erstaunt, daß ich weiß, was die Charta 77 war. Die meisten, auf die er trifft, haben nie etwas davon gehört. Aber ich komme aus Rumänien und habe etliche Jahre »Freies Europa« hinter mir, Kurzwelleneuropa, Überlebensrationen damals. Wir haben jede Nachricht wie einen Brotkrümel aufgenommen. »Die Charta war auch für uns Hoffnung«, sage ich. »Wir bewunderten die Unterzeichner. Bei uns rührte sich ja nichts.«

Jan ist sein Name. Melanie und er haben sich beim Studium in München kennengelernt. Sie wohnt halb bei ihm, halb in Ulm.

Die Sache mit Melanie bleibt innerhalb des konventionellen Umgangs. Wir tun beide so, als gäbe es nur Gegenwart, aber eigentlich meinen wir die Vergangenheit. Sie muß sagen können, ich habe einen Vater, mein Vater macht dies und jenes, ich muß sagen können, ich habe eine Tochter, sie macht dies und jenes. Wir verfolgen beide einen Zweck. Wir brauchen einander zu diesem Zweck. Nicht mehr, nicht weniger. So sieht es aus.

Wir verabreden uns in München. Melanie gibt die Wohnung in Ulm auf und zieht nach München. Sie zieht mit Jan zusammen.

Drei Monate später ist die Arbeit in Sandhofen erledigt, und ich gehe ebenfalls nach München. Andy und Béla haben eine Wohnung für mich organisiert. In Schwabing-West. Clara zieht mit mir ein. Sie geht ihrem Job nach. Escort. Sindbad Escort. Den Namen haben sich wohl Andy und Béla ausgedacht. Hört sich ungewöhnlich an. Manche Kunden sagen auch »Sündbad«. Den Laden schmeißt Sina.

Clara arbeitet übers Handy. Sie hat einen Fahrer, ist die meiste Zeit in der Stadt. Am Telefon nennt sie sich jetzt Lara. Mal bezieht sie sich auf Lara Croft, mal auf Dr. Shiwago, jeweils nach dem Alter der Kunden. Das mit dem Dr. Shiwago muß ihr jemand beigebracht haben. Es muß ein Freier gewesen sein. Ich habe sie gefragt. Aus Neugier. Sie antwortete maulfaul. Sie mag nicht, daß ich sie nach den Männern frage. Ich frage sonst auch nicht, nur diese Sache interessierte mich einfach. Ihren Bemerkungen entnahm ich, daß es sich um einen ehemaligen ungarischen Dissidenten handeln mußte, der ihr mal über den Weg gelaufen war. Einer von diesen Schwätzern, die keinen hochkriegen und statt dessen den Damen ihr spannendes Vorleben erzählen, das genaugenommen ihr Leben ist. Ihr Leben seit dem Ende des Kommunismus enthält wenig Berichtenswertes, und so halten sie sich gerne beim Vorspiel auf.

Ich übernehme das Münchner Bauprojekt. Mache Tempo. Andy und Béla überlassen mir bald die Entscheidungen. Es ist Vertrauenssache. In dem Gewerbe ist fast alles Vertrauenssache. Sie kümmern sich um ihre sonstigen Geschäfte. Auf mich können sie sich verlassen. Und das ist ja auch der Zweck unserer Partnerschaft.

Clara und ich vertragen uns gut. Wir sind ein eingespieltes Paar. Wir kommen uns nicht ins Gehege. Wir sind so weit auseinander, daß nichts mehr zwischen uns als unverträglich erscheint. Wir sind der Glücksfall, die Quadratur des Kreises.

Ich komme von der Baustelle, und sie verläßt gerade das Haus. Sie trägt ein Edeldirndl, wie es nur in München denkbar ist.

Ich lache laut los.

»Zilli, weißt du, was das Zeug gekostet hat?« Clara blickt sich um, daß uns keiner zuhört.

»Trotzdem.«

Ich zeige auf das Kleid: »Wie ist das möglich?«

»Ich bin eingeladen«, sagt sie, »ein Amerikaner.« Sie steigt ins Auto, wirft mir einen Handkuß zu.

Es ist wie ein Rollenspiel. Wir treten wie in einer Rollensituation auf, die man uns in der Öffentlichkeit auch abnimmt. Das hat was von Normalität, und gerade in München weiß man Normalität zu schätzen. Dirndl-Normalität.

Meine neuen Arbeitgeber, Andy und Béla, sehen es mit Wohlwollen. Solange meine Beziehung zu Clara hält, haben sie mich unter Kontrolle. Ich bin für sie das Scharnier zur Legalität. Ich legitimiere das Unternehmertum der beiden.

Manchmal frage ich mich: Warum hast du dich darauf eingelassen? Wegen Clara? War Clara der Köder, dem kein Endvierziger widersteht? Vielleicht, vielleicht auch nicht. Clara macht vieles möglich, eine Beziehung ohne Zwänge, aber worin besteht unsere Beziehung wirklich? Simulieren wir sie nicht, wahren wir nicht den Schein? Aber warum? Nicht alles läßt sich erklären, sage ich mir.

Wahrscheinlich ist es eher meine Rache an Kaltenbrunner und Blickmann gewesen. Meine Rache für Birgits Heirat. Vielleicht konnte ich Blickmann den Architekten nicht verzeihen, wäre ich doch selber gerne einer geworden. Verpaßte Gelegenheiten, versäumtes Leben. Der Aussiedler hat stets versäumtes Leben hinter sich, Leben im Osten, in der Unfreiheit. Er ist spät dran, zu spät. Der Aussiedler muß seine Versäumnisse dem Kommunismus anlasten können. Für die Gegenwart, in der er zu spät angekommen ist, um selber noch eine Zukunft zu haben, müssen seine Kinder herhalten. Ist es nicht schön, daß Melanie Gartenarchitektin wird? Obwohl es in diesem Land für Gartenarchitekten bald nichts mehr zu tun geben wird?

Wie auch immer. Die Würfel sind gefallen.

Clara steht im Flur, als ich nach Hause komme.

»Szia«, sagt sie, »ich gehe in die Stadt«.

»Kann ich mitkommen?«

»Zilli, kérem.«

Sie wirft mir einen Seitenblick zu, während sie in ihre Schuhe schlüpft, ein teures Clockwork-Orange-Modell. Das ist ihr Hauptkriterium: teuer. Alles muß teuer sein. Dadurch bekommt es das nötige Gewicht für sie. Dadurch lohnt sich die Hurerei.

Clara mag es nicht, wenn ich sie beim Shoppen begleite. Ich störe sie nur. Es sind die einzigen Augenblicke, in denen ich an ihr Unruhe, ja Hektik beobachtet habe. Ich glaubte sogar eine Gier in ihren Augen zu sehen. Sie will mich beim Klamottenkauf nicht dabeihaben. Es ist, als schämte sie sich in meiner Gegenwart.

»Ich bleibe nicht lange«, sagt sie, schon in der Tür.

Immer öfter kommt mir das alles wie eine Bühnenangelegenheit vor. Ich bin mitten in einer großen Intrige, und wir, die Beteiligten, spielen das bürgerliche Leben nach. Wir haben allesamt und jeder auf seine Weise so viele Grenzen überschritten, daß es auf ein weiteres Spiel nicht mehr ankommt. Clara, ich, Béla, Andy. Sina.

Eines aber ist klar: Wir sind die Guten, und was aus den anderen wird, das ist egal. Es ist ein Weltbild wie aus dem Kino. Wir sind ein Team. Wir wissen uns zu helfen.

Ich wandere durch die stille Wohnung. Clara ist nicht da. Ich sehe das Licht am Anrufbeantworter blinken. Ich gehe in mein Zimmer. Öffne die Schränke. Zähle sinnlos meine Anzüge. Gehe in die Küche, mein Finger gleitet die Gläser entlang. Die Wassergläser, die Rotweingläser, die Weißweingläser, die Sektgläser. Clara ist nicht da. Ich öffne die Kühlschranktür, schließe sie wieder. Ich drehe das Warmwasser in der Spüle auf, aber es gibt nichts zum Abwaschen. Ich horche dem Geräusch nach, das das Wasser macht. Ich drehe den Hahn ab, setze mich an den Küchentisch. Mein Blick fällt auf das Bild an der Wand. Es ist ein Pusztabild. Clara hat es aufgehängt. Sie hat es aus einem Trödelladen mitgebracht.

Melanie sehe ich regelmäßig. Ich traf sie anfangs in der Stadt, dann besuchte ich sie. Wir aßen zusammen. Melanie, Jan und ich.

Schließlich lud ich sie zu mir ein. Vorher sagte ich: »Es gibt da noch jemand.«

»Natürlich gibt es da noch jemand«, sagte Melanie. »Wie heißt sie?«

»Clara«, sagte ich.

»Aus Sandhofen?« fragte Melanie.

»Nein, sie ist Ungarin. In deinem Alter«, fügte ich hinzu. Blicke sie an.

»Sieh mal an, der Papa«, sagte sie mit einem Seitenblick auf Jan. Sie wirkte amüsiert.

»Zeit, daß wir das Mädchen kennenlernen.«

Ich spreche mit Clara.

»Logo«, sagt sie. »Bring deine Tochter endlich mal her. Familie ist Familie.« Ich telefoniere mit Melanie, wir vereinbaren einen Samstagabend. Clara arbeitet am Wochenende nur ausnahmsweise. Wir kochen zusammen, Clara und ich. Ungarisch. Wenn Clara frei hat, kochen wir öfter. Sie hat mir einiges aus der Pusztaküche beigebracht. Kochen ist wichtig, wenn man zusammen lebt. Wichtiger als Sex. Kochen dauert länger. Es hilft gegen die Langeweile, und es täuscht Gemeinsamkeit vor. Kann ich wärmstens empfehlen. Biharer Bauchfleisch. Schweinebauch. Hackfleisch vom Schwein. Zwiebeln. Karotten. Petersilienwurzel. Petersilie. Ei. Salz. Gemahlener Pfeffer. Majoran. Rotwein. Ich schneide mit einem scharfen Messer vorsichtig eine Tasche zum Füllen in das Bauchfleisch. Clara zerkleinert die Zwiebeln und die Petersilie. Ich reibe die Karotten und die Petersilienwurzel. Clara gibt die aus Hackfleisch, Zwiebeln, Gemüse, Salz, Pfeffer, Majoran und rohem Ei zubereitete Füllung in den vorbereiteten Schweinebauch. Sie steckt die Öffnung zu und legt das Fleisch in eine mit Öl gefettete feuerfeste Form. Ich gieße den Wein darüber und decke das ganze mit Alufolie sorgfältig ab. Während es in der Röhre schmort, bis alles gar ist, trinken wir Wein und decken den Tisch, sitzen auf der Couch, hören Musik. Jazz. Danach nehmen wir das Fleisch heraus, schneiden es auf, übergießen es mit Bratensaft und stellen es auf den Tisch, dazu servieren wir Kartoffelpüree.

Clara hat ein schlicht wirkendes Kleid an, von Clara Kito, das bis zu den Knien reicht und durchaus teuer wirkt. An Melanies Blick kann ich es ablesen. Ich übernehme die Getränke, und als ich einschenke, merke ich erst durch das Zittern meiner Hände, wie nervös ich bin.

Aber es läuft gut, die beiden Frauen vertragen sich, das merke ich schnell. Überlasse ihnen bald das Gespräch, wechsele dazwischen ein paar Worte mit Jan. Frage ihn, ob er nicht ein bißchen jobben will, Geld verdienen, zum Studium. Ich hätte was für ihn, auf der Baustelle.

Clara trägt auf. Ich helfe ihr dabei. Plötzlich ist sie die ungarische Hausfrau, wie ich sie aus dem Banat kenne. Ich sehe, wie Melanie Clara beobachtet. Wahrscheinlich hat sie den gleichen Gedanken.

Wir essen lange.

Danach setzen wir uns in die Couchecke. Die Frauen sitzen jetzt nebeneinander. Ich spreche wieder mit Jan. Clara und Melanie stehen plötzlich auf. Sie gehen in Claras Zimmer. Clara will ihr Klamotten zeigen. Irgendwas von Patricia Pepe und Nico Nico.

Seit jenem Abend sind die beiden Freundinnen. Ich kann mit dem Ausgang der Sache zufrieden sein. Jan geht mir auf der Baustelle zur Hand. Ich brauche ihn ab und zu, als mein Auge und Ohr. Damit auch hinter meinem Rücken nichts schiefgeht. So habe ich alles gut unter Kontrolle.

Es ist noch früh am Abend, als ich die Wohnung betrete. Sie ist hell erleuchtet. Grell. Es ist merkwürdig still.

»Clara?« Meine Stimme ist leise, zu leise.

Ich gehe langsam durch den Flur. Blicke ins Wohnzimmer, dann in meines.

»Clara?« Ich gehe weiter, die Tür zu ihrem Zimmer steht offen.

Clara sitzt nach vorn gebeugt, den Kopf dem Couchtisch zugewandt. Ich höre, wie sie die Nase geräuschvoll hochzieht, die weiße Linie ausmerzt.

»Clara?«

Sie blickt auf, ich stehe in der Tür.

Ihr Gesicht ist ohne Regung.

»Wer bist du?« sagt sie.

Ich gehe auf sie zu.

Sie beobachtet mich.

Ich setze mich neben sie.

Sie drückt ihren Kopf an meine Schulter, wirft ihn wieder hoch.

Ihre Augen sind tief und schön.

»Wer bist du?«

Sie steht auf. Sie trägt ein dünnes, sehr kurzes Kleid, bei dem man nicht mehr so genau weiß, ist es noch ein Kleid, oder ist es bereits Unterwäsche.

Sie macht drei Schritte in die Zimmermitte, dreht sich einmal um sich. Kommt zurück, setzt sich rittlings auf meinen Schoß. Blickt mich wieder mit ihren tiefen Augen an.

»Guten Abend«, sagt sie. »Was wünschen der Herr?«

Eines Tages, als ich mit Béla zusammensitze und ihm über den Stand der Dinge auf der Baustelle berichte, sagt er plötzlich: »Da wäre noch etwas anderes.«

Wir sitzen in einer Bar, beim Marienplatz. Béla liebt diese Allerweltslokale der Innenstadt. Er hält sie für unauffällig.

Sein Blick ist prüfend.

»Ja?«

Er räuspert sich in einer Weise, die nicht erkennen läßt, ob die Verlegenheit echt ist oder nur gespielt. Er macht es spannend.

»Wir möchten, daß du Clara heiratest.«

Ich sehe ihn an. Irgendwie muß mein Gesichtsausdruck komisch wirken.

Er prustet los. Schlägt mir auf die Schultern. »Sei ein Mann«, sagt er.

Er blickt mir in die Augen. »Es ist wegen ihres Aufenthalts und sonstwas, damit sie abgesichert ist in München. Falls mir oder Andy was passiert. Sie ist ein gutes Kind«, fügt er hinzu.

Béla, der sonst rücksichtslose, hat eine unerklärliche Schwäche für Clara. Was die beiden verbindet, weiß ich nicht. Es muß mit ihrer Vergangenheit zu tun haben.

»Ich heirate sie«, sage ich.

»Bruder«, sagt Béla, »ich wußte, daß wir uns auf dich verlassen können. Das müssen wir feiern.«

Hocherfreut ruft er nach dem Kellner.

Melanie und Clara gehen jetzt öfter zusammen shoppen. An die Leopoldstraße und in die Altstadt. Zu Cerruti und ins Neutronic. Plötzlich ist Melanie ganz anders gekleidet. Die beiden Frauen kommen gemeinsam in die Wohnung, verschwinden in Claras Zimmer. Probieren Kleider an, legen CDs auf. Claras Handy klingelt, das Berufshandy. Ich erkenne es am Klingelton. Clara antwortet. Nach einer Weile kommen die beiden ins Wohnzimmer, verabschieden sich mit Küßchen von mir. Sie gehen zusammen weg.

Das Handy hat geklingelt, denke ich mir. Sie sind zusammen weggegangen. Ich gehe in mein Arbeitszimmer, wende mich wieder meiner Akte zu. Klopfe in die Tastatur des Rechners, stärker als nötig. Ich nehme mir vor, Melanie mehr Geld zu geben.

Die Hochzeit findet im kleinen Kreis statt. Béla, Andy, Sina. Melanie und Jan. »Willst du auch Kaltenbrunner und Blickmann dabeihaben?« hatte Béla gefragt, und ich hatte nein gesagt. »Wenn ich den sehe, schmeiße ich ihn wieder aus dem Fenster«, hatte ich gesagt. Und Béla hatte gelacht. Im Grunde gefiel ihm meine Haltung. Im Zweifelsfall war er der Kriminelle, aber ich zeigte das kriminelle Potential. Er war der Profi, ich der Amateur. Ein Amateur kann gerne dabeisein. Als Profi hält man sich gerne einen Amateur. Das hilft dem Ego.

Andy kommt mit Sina. Sina ist immer im Schlepptau von Andy. Sie gehört zu Andy. Irgendwie. So, wie wir alle zueinander gehören. Ohne viel über die anderen zu wissen. Uns verbindet die Gegenwart. Die Vorgeschichte ist tabu. Béla bringt ein neues Mädchen mit, eine, die ich noch nicht gesehen habe. Auch für Clara scheint sie neu zu sein. Ich merke es an ihrem Blick. Claras Blick ist unruhig.

Auf dem Standesamt müssen wir warten.

»Deutschland ist auch nicht mehr das, was es einmal war«, murmelt Andy, der ungeduldig auf und ab geht.

»Dafür sind aber wir jetzt da«, sagt Béla und lacht.

Als wir den Trausaal schließlich betreten, erklingt die Shiwago-Melodie.

Clara und ich setzen uns nach vorn. Eine höfliche Standesbeamtin spricht in gemessenen Worten von unserer Zukunft. Ich versuche ihr zu folgen, es gelingt mir aber nicht. Ich höre nur Wortfetzen, Halbsätze. Ich nehme alles nur als Handlung wahr.

Wir geben uns das Jawort. Tauschen die Ringe. Küssen uns. Clara hat feuchte Augen. Wir unterschreiben das Heiratsprotokoll.

Clara trägt ein schwebendes Kleid, eine winzige Handtasche und Schuhe von Marni. Mich hat sie in einen dunklen Anzug von Fendi gesteckt.

Andy und Béla sehen aus wie die Frackaffen, der eine

in Weiß, der andere in Schwarz. Sie unterschreiben ebenfalls, als Trauzeugen.

Nach der Zeremonie beim Standesamt fahren wir in zwei Autos aus München raus. In den BMWs von Andy und Béla. Unser Wagen wird von Béla gefahren. Das lasse er sich nicht nehmen. Das Brautpaar fahre er. Wir fahren das gleiche Auto wie die Regierung, sagt Béla. Wir fahren eine ganze Weile. Andy und Béla haben sich für Clara und mich eine Überraschung ausgedacht. Es ist ein Sternerestaurant am See, in das sie uns zur Feier des Tages einladen.

Entsprechend zeremoniell verläuft das Essen. Andy steht auf, klopft mit dem Messer an sein Glas. »Ich beginne meine Rede damit, daß ich euch ankündige, daß ich keine Rede halten werde. Nur soviel: Heute ist ein großer Tag, Clara und Werner haben geheiratet. Béla und ich haben es uns nicht leichtgemacht, aber wir sind sicher, daß Werner unser Vertrauen verdient. Damit komme ich zum Geschenk, das eigentlich gar kein Geschenk ist, es ist vielmehr von Clara wohlverdient. Da Sina in Zukunft Andy in der Video-Firma SVV unterstützen wird, hat Clara ab sofort die Leitung unseres Escort Service Sindbad. Sie wird mit einem Drittel an der Firma beteiligt. Hier in diesem Umschlag ist der Vertrag.«

Alle klatschen. Für einen Augenblick sehe ich Béla und Andy vor mir, wie sie in den achtziger Jahren vor dem Kino Szindbád stehen. In Budapest, am Szent István körút. Junge Männer, Schlitzohren. Geldwechsler, Mädchenhändler.

Andy geht um den Tisch herum zu Clara, überreicht den Umschlag, umarmt sie, und dann reicht er mir die Hand und umarmt auch mich. Hinter ihm wartet schon Béla. Er küßt Clara, umarmt sie lange, hat Tränen in den Augen. Klopft mir auf die Schulter. Ich sehe plötzlich

Clara als Teeny mit Béla vor dem Kino Szindbád stehen. Ihre Mutter ist tot. Zuviel Liebe, zuviel Alk. Sie ist in die Donau gesprungen. Clara steht mit Béla vor dem Kino.

»Alles Gute, Kumpel«, sagt er.

Am Tisch benehmen sich alle formvollendet, besonders tun sich dabei Andy und Béla hervor. Genußvoll spielen sie das bürgerliche Leben. Sie verraten sich nicht durch die kleinste Geste. Wo sie das wohl gelernt haben? Ich staune.

Nach dem Essen machen wir einen Spaziergang in der Umgebung. Waldweg und Seeblick. Zuerst alle zusammen, dann verlaufen wir uns nach und nach, und ich bin plötzlich mit Melanie allein.

Wir gehen eine Weile schweigend nebeneinanderher.

»Du weißt, daß Monika tot ist«, sagt sie unvermittelt. Ich bleibe stehen, sehe sie an.

»Nein, ich weiß es nicht.«

Wir gehen ein paar Schritte.

»Warum sagst du es mir erst jetzt?«

Sie zuckt mit den Schultern. »Ich dachte, du weißt es und willst nicht darüber reden.«

»Wann ist sie gestorben?«

»Drei Jahre ist es her.«

»Ich wußte das nicht.«

»Sie lebte nicht mehr in Ulm. Sie hatte einen Mann kennengelernt. Ist mit ihm nach Stuttgart gegangen. Wir haben uns in der Zeit kaum gesehen, wir haben aber öfter telefoniert. Es gab keinen Grund, uns nicht zu sehen, und es gab auch keinen Grund, uns zu sehen. Manchmal ist das so. Und dann war sie tot.«

Melanies Stimme versagt für einen Augenblick, wir umarmen uns. Dann sind plötzlich die anderen wieder da. Wir gehen zurück ins Lokal, es ist Kaffeezeit.

Danach fahren wir nach München zurück. Den einen

Wagen fahre ich, den anderen fährt Andy. Wir setzen Melanie und Jan vor ihrem Haus ab, fahren weiter zu uns. Die anderen kommen mit in die Wohnung. Andy, Sina, Béla und Eva, die Neue. Wir setzen uns ins Wohnzimmer, Clara wirft die Musikanlage an. Es sieht verdammt nach Party aus. Ich hole Getränke und Gläser. Béla wirft ein paar Koksbriefchen auf den Tisch. Wir trinken Wein und pudern uns die Nasenlöcher. Béla erzählt Witze, aber keiner hört bis zum Ende zu. Jedesmal kurz vor der Pointe redet jemand rein. Mal Andy, mal eine der Frauen. Béla kann den Witz nicht beenden, und alle lachen. Als sei das der eigentliche Joke.

Wir tanzen reihum miteinander. Auch die Frauen tanzen miteinander. Clara hat eine CD mit ungarischer Tanzmusik der fünfziger Jahre aufgelegt. Alle tanzen gekonnt, außer mir. Es ist wie das Abschlußfest einer Tanzschule. Ich gebe mir Mühe, aber ich dilettiere. Wie seinerzeit mit fünfzehn, als ich im Sommer in der Tanzschule im Dorf war. »Standardtänze« sollten wir lernen, der Tanzlehrer kam extra aus Temeswar.

»Werner muß noch üben«, ruft Béla. »Clara ist eine gute Tanzlehrerin. Du ahnst nicht, was du an der Frau alles hast«, fügt er hinzu und verdreht die Augen.

Clara nimmt mich bei der Hand und zieht mich aus dem Wohnzimmer hinaus. Wir laufen ins Schlafzimmer. Ich setze mich aufs Bett, sie setzt sich mir auf den Schoß. Ihre Augen glänzen.

»Ich bin sehr froh«, sagt sie.

Als ich antworten will, legt sie mir die Hand auf den Mund. »Sag nichts.« Ihre Stimme ist plötzlich streng.

Wir ziehen uns aus.

Sie ist über mir. Ihr Gesicht ist sehr nah. So nah, daß wir nur noch flüstern.

»Laß dich fallen«, sagt sie.

Ich weiß nicht, wieviel Zeit vergangen ist, als wir ins Wohnzimmer zurückkehren. Dort ist die Situation entsprechend eskaliert. Alle sind nackt und liegen auf dem Boden, mehr oder weniger ineinander verknäuelt.

»Hoch das Brautpaar«, ruft Andy, als er uns sieht, und zwischen seinen Beinen taucht der Kopf von Eva auf. Neben ihr erscheint das Gesicht von Sina und hinter ihr mit breitem Grinsen Béla.

Béla steht auf, verbeugt sich.

»Verzeihen Sie unser schlechtes Benehmen«, sagt er, und die anderen wälzen sich lachend auf dem Boden.

Wir sitzen wieder in der Couchecke. Der Morgen zeigt sein erstes Licht.

Béla und Clara singen. »Meghalt a szeretet.« Die Liebe ist tot. »Vége a világnak.« Die Welt ist zu Ende. Es ist das Lied vom traurigen Sonntag, das berühmte Selbstmörderlied. »Szomorú vasárnap.« Ich habe es vor einer Woche gehört, in der Version von Björk, Stormy Weather. Clara hatte die CD nach Hause gebracht.

SVV, denke ich plötzlich. Szomorú Vasárnap Video.

»Toll, deine Tochter«, höre ich Andy sagen, und Béla nickt eifrig.

Ich sage nichts.

Béla greift nach meinem Arm. Klopft mir auf die Schulter. Sein Gesicht ist nahe an meinem.

»Sie ist deine Tochter«, sagt er. »Als deine Tochter ist sie tabu.«

Wir gehen zum Frühstück in das Café nebenan.

»Laßt uns was Gesundes auffahren«, sagt Andy. »Morgen müssen alle wieder arbeiten. Das Leben ist hart.«

Ich denke an meine erste Begegnung mit Clara, in Budapest. An den Tag in der Villa auf dem Rosenhügel. An den Filmdreh. »Was ist denn aus Mona geworden?« höre ich mich plötzlich fragen.

Sina und Clara blicken sich kurz an. Andy widmet sich seinem Joghurt.

»Mona?« fragt Béla. Er lacht. »Die ist nicht mehr bei uns. Die arbeitet jetzt in der Kaviarabteilung. Bei uns war es ihr zu langweilig.« Er lacht wieder. »Ich kann dir mal ein Video zeigen, wenn du es genau wissen willst.«

Jetzt lacht auch Andy. Die Frauen lachen nicht.

Mit Clara geht alles weiter wie bisher. Mit Andy und Béla auch. Béla sehe ich regelmäßig. Er kümmert sich um den Baubereich. Andy organisiert das Videogeschäft.

Melanie ist jetzt öfter da. Sie kommt zu Clara.

Einmal spreche ich sie noch auf den Tod ihrer Mutter an. Sie scheint aber nicht allzuviel zu wissen. Ihre Antworten jedenfalls bleiben unbefriedigend. Unentdeckte oder verheimlichte Krankheit, Überdruß, wer weiß. Vielleicht denkt sie auch, es ginge mich gar nichts an. Der Tod ihrer Mutter gehört ihr. Aber warum hat Willi mir nichts davon erzählt? Er wußte es und hat es mir verschwiegen. Es kann doch nicht sein, daß Willi nichts davon wußte.

So vergeht der Winter.

Mit Melanie spreche ich mehrmals über unser Dorf im Banat. Sie weiß viel mehr darüber, als ich angenommen hatte. Obwohl sie nicht mehr dort war. Sie weiß es durch Monika, durch die Großeltern. Und dann sagt sie: »Wir könnten doch hinfahren, wir könnten deine Mutter besuchen. Clara könnte mitkommen. Was meinst du, Clara?«

»Sehr gern«, sagt diese sofort.

»Und was mache ich mit der Baustelle?«

»Für die paar Tage kann das doch Jan machen.«

»Ich rede mit Béla«, sage ich.

Aber Béla kommt mir zuvor. Wir sitzen in einer der

Touristenkneipen, und er sagt: »Ich höre, du willst zu Mama. Ihr deine Frau vorstellen, wie sich's gehört.« Er nickt bedächtig.

»Da ließe sich das Schöne mit dem Nützlichen verbinden. Wir haben nämlich eine Baustelle in Ungarn, bei der wir uns nicht ganz sicher sind. Du weißt, wie die Menschen sind. Vertrauen ist gut, Kontrolle ist besser. Hat doch Lenin gesagt, oder? Wir möchten, daß der Fachmann sich das Objekt ansieht. Liegt praktisch am Weg, in Székesfehérvar. Nur ein Check, ein paar Tage, für unsere Nachtruhe. Würdest du das übernehmen?«

»Klar.«

»Am besten, ihr fahrt über Ostern.«

Wir fahren also über Ostern ins Banat. Melanie, Clara und ich.

»Einen Tag bleiben wir in Wien«, sagt Clara. Sie sitzt hinten im Wagen, Melanie neben mir. Damit ich nicht einschlafe, sagen die beiden und kichern und schwatzen die ganze Zeit miteinander über die Sitzlehne hinweg.

An dem Tag in Wien laufen die beiden Frauen sich die Füße wund, durch den Ersten Bezirk. Wir treffen uns zum Essen in einem Kaffeehaus. Ich bin als erster da, der pünktliche Werner. Der Bauer, der eine halbe Stunde zu früh am Bahnhof steht.

Sie sind außer Atem, knallen ihre Tüten in die Ecke, setzen sich gleichzeitig. Dann legen sie los. Wenn sie sprechen, ist es wie Synchronschwimmen.

»War's nett?« frage ich.

Aber sie hören mir gar nicht zu, sie machen Wien nieder. Alles bieder und nuttig zugleich. Ganz Wien sei ein einziges Palmers-Geschäft. Vor allem wie sie »nuttig« sagen, kommt mir komisch vor. Ich zucke die Schultern, ich habe Schweigen gelernt. Das ist mit jungen Frauen noch wichtiger als im Normalfall.

Ab Wien sitzt Clara neben mir. Wir umfahren Budapest und arbeiten uns Richtung Südungarn voran. Nach Szeged. Wir passieren die Grenze. Auf der ungarischen Seite führt Clara das Wort, auf der rumänischen übernehme ich. Melanie behauptet, nicht mehr Rumänisch zu können.

Das Dorf erreichen wir am Abend. Meine Mutter steht vor dem Haus. Wie früher. Sie schaffte es jedesmal, mich vor dem Haus zu erwarten.

Ich umarme die alte Frau.

Melanie und Clara haben sich hinter mir aufgebaut.

Ich wende mich ihnen zu: »Melanie, Clara.«

Meine Mutter geht auf die beiden zu, umarmt sie.

»Kommt herein«, sagt sie. Aus dem Hof ist Hundegebell zu hören.

»Der Hund ist angekettet«, sagt sie.

»Geht schon mal vor«, höre ich mich sagen. Ich öffne das Zauntor, fahre den Wagen auf den Hof. Sicher ist sicher.

Zuerst müssen wir essen. Da gilt kein Widerspruch. Meine Mutter hat alles vorbereitet. Flink rennt sie von der Küche ins Wohnzimmer und wieder zurück. Als wir bei der Suppe sind, erwähnt sie zum ersten Mal ihre Beschwerden. Im Grunde sucht sie nur Aufmerksamkeit, denke ich mir. Sie hat eine dieser dünnen schwäbischen Hühnersuppen gekocht, danach folgt ein Schweinebraten mit Kartoffelpüree und sauren Gurken. Melanie und Clara werfen sich vielsagende Blicke zu.

»Im Banat wurde immer schon gut gegessen«, sagt meine Mutter. Ich bin mir sicher, daß sie auch eine Torte gebacken hat. Sie räumt das Geschirr vom Hauptgericht weg. Melanie und Clara dürfen ihr dabei natürlich nicht helfen.

»Ihr seid die Gäste«, sagt sie, während sie die Kuchenteller und die Kuchengabeln bringt. Fast schon triumphierend stellt sie eine große runde Torte auf den Tisch. Es ist eine Doboschtorte.

»Werners Lieblingstorte«, sagt sie mit großer Betonung. Melanie und Clara werfen sich wieder einen Blick zu. Diesmal verweigern sie sich. Es ist mittlerweile zehn Uhr am Abend.

Wir ziehen in die gute Stube um. Alle drei.

Ich schlafe, bis es Tag ist. Als ich wach werde, höre ich als erstes einen Hahn krähen. Danach Hundegebell. Willkommen auf dem Lande. Zeitloses Leben. Plötzlich denke ich mir, wenn ich jetzt in den Schrankspiegel schaue, bin ich vielleicht der Zehnjährige, und alles ist noch nicht geschehen. Alles wird noch passieren. Wird eintreten wie ein Gewitter.

»Schläfst du noch?« Es ist Melanie.

Ich blicke zu dem anderen Bett, sehe ihren Kopf auf dem hohen Polster.

»Guten Morgen«, sage ich, »alles gut überstanden?«

»Zuviel geträumt«, sagt sie, »schon komisch, so viele Erinnerungen plötzlich zu haben, von denen man sonst praktisch nichts weiß.«

»Wo ist Clara?« frage ich.

»Die ist schon eine ganze Weile auf.«

Ich stehe auf, ziehe mich an, gehe zur Tür.

»Ich bleib noch ein bißchen im Bett«, sagt Melanie, zieht die Decke bis zum Kinn hoch wie ein Kind, wie das Kind, das sie einmal war.

Aus der Küche höre ich die Stimmen von Clara und meiner Mutter. Sie scheinen sich gut zu vertragen. Ihre Stimmen klingen gleichmäßig. Ich horche ihnen nach.

Ich gehe auf den Hof. Als der Hund mich sieht, springt er bellend hoch, zerrt an der Kette. Ich blicke ihn schweigend an, und plötzlich ist er still und setzt sich hin, wedelt mit dem Schweif. Sieht mich erwartungsvoll an.

Es ist der Ostersonntag. Wir werden jetzt frühstücken. Danach die Geschenke auspacken. Meine Mutter wird wieder kochen, und wir drei merkwürdigen Menschen werden mit dem Auto eine Spritztour machen. Ich will den Frauen die Marosch zeigen.

Fahre vorsichtig um die Schlaglöcher herum, ziehe den Wagen den Damm hoch. Vor uns liegt der Auwald. Ich fahre den Damm runter, die Straße lang, in die Siedlung hinein. Ein zotteliger Hund springt bellend hoch. Links sieht man den Fluß. Wir halten vor dem verlassenen Restaurantgebäude. Steigen aus. Melanie hat eine Sektflasche in der Hand. Wir laufen zum Ufer. Der Fluß führt viel Wasser. Schnelles schmutziges Wasser. Aprilwasser.

Melanies Blick gleitet über den Fluß. Sie trinkt einen Schluck Sekt, reicht die Flasche an Clara weiter.

»Hier war die Fähre«, sagt Melanie, »mit ihr fuhren wir ans andere Ufer, zu den Sandbänken, weißt du, ich habe es dir erzählt.« Sie sagt es zu Clara.

»Laß uns noch ein Stück weitergehen, bis zur Flußbiegung«, sagt Melanie, »zum scharfen Eck.«

Ich nicke.

Wir gehen den Pfad entlang, an den Wochenendhäusern der Neureichen vorbei, der Wendeprofiteure. Das Revolutionsgeschäft sei einträglich gewesen, meinen die Leute. Die Alten sind die neuen, es sind die gleichen Halunken. »Jetzt nennen sie sich Demokraten«, sagen die Leute. Vielleicht sind sie aber auch nur neidisch. Mein Fachblick sagt mir, dilettantisch hochgezogen, peinliche Fassaden, alles wohl ohne Baugenehmigung.

Melanie beschreibt für Clara die Badesonntage ihrer Kindheit. Ich erkenne alles wieder und hätte es doch ganz anders beschrieben. Sie trinken abwechselnd aus der Sektflasche. Kichern. Dann haken sie sich beide plötzlich bei mir unter. Links Clara, rechts Melanie.

»Du gehörst uns«, sagt Melanie, »für immer. Wir geben dich nicht mehr frei.«

Sie kichern wieder.

Wir stehen an der Biegung. Blicken auf den Fluß hinaus. Es ist die Stelle, an der ich so oft mit meinem Vater gestanden habe. Das lehmige Wasser gluckst über den Steinen. Stromschnellen. Die Steine sieht man nicht. Man weiß von ihnen, oder man weiß es nicht. Als Einheimischer weiß man es.

Ich zeige auf die Sektflasche.

»Einen Schluck, nicht mehr«, sagt Clara, »du bist der Fahrer.«

»Okay.«

Mein Vater, siehst du mich? Ich stehe hier mit meinen Töchtern, meinen Frauen. Bist du zufrieden?

»Was murmelst du«, fragt Melanie, »bei dir scheint der Saft mächtig zu wirken.«

»Ich glaube, wir sollten zurückfahren«, sagt Clara, »die Mama wartet bestimmt schon mit dem Essen.«

»Wunderbar, gehen wir zum Auto.« Ich schlenkere die Schlüssel einmal um den Zeigefinger.

Nach dem Essen geht Clara zu meiner Mutter in die Küche. Sie hilft ihr beim Abwasch. Sie bleiben lange in der Küche. Ich höre ihre Stimmen, den Tonfall. Ohne mitzubekommen, was sie sagen. Es hört sich aber so an, als würden sie Rezepte austauschen. Die Doboschtorte aus Johns Heft. Oder die Füreder Pfannkuchen, die Clara backt. Clara kennt die Doboschtorte, sage ich mir. Vielleicht sprechen sie auch nur über mich.

Ich sitze auf der Couch. Neben mir lümmelt in der Sitzecke Melanie. Sie zappt sich durchs Programm. Rauf, runter, rauf. Bleibt nirgends länger als fünfzehn Sekunden hängen. Fünfzehn Sekunden genügen ihr, um festzustellen, daß eine Sendung sie nicht interessiert.

Ich greife nach dem Glas, das ich mir eingeschenkt habe. Melanie wirft mir einen kurzen Blick zu, sagt: »Läuft doch alles supergut!«

Sie legt die Fernbedienung aus der Hand, legt ihren Arm um mich, kuschelt sich für einen Augenblick an meine Schulter. Dreht sich wieder weg, wirft mir nochmals einen Blick zu, greift wieder nach der Fernbedienung.

Wir sind Komplizen, denke ich plötzlich. In irgendwas sind wir Komplizen. Worin, kann ich nicht sagen. Vielleicht sind wir ja auch nur eine Familie, eine ganz normale Familie. Das Familienleben besteht schließlich aus Komplizenschaften.

An dieser Stelle wird mein Denkprozeß abgebrochen. Lissi und Clara betreten das Zimmer. Sie bringen den Kaffee.

Wir sitzen zu viert um den Couchtisch.

»Fahren wir zum Friedhof«, sagt Lissi.

Der Friedhof wirkt verlassen, und das an einem Ostersonntag. Als wir die baumlose Allee hinaufgehen, sehe ich vereinzelt Leute an den Gräbern stehen. Weil es so wenige sind, erscheint der Friedhof viel größer, und die Leute wirken wie Verlorene. Als seien sie nur aus Versehen noch über der Erde.

Wir gehen von Grab zu Grab. Zuerst zu meinem Vater. Meine Mutter steht jetzt neben mir. Schweigt, dann macht sie das Kreuz. Ich blicke auf Melanie, auf Clara. Vater, denke ich mir, hier hast du die gewünschte Familie. Hier hast du sie komplett. Der Gedanke beschwingt mich für einen Augenblick.

Danach gehen wir zu Theresia und Bastian, zu Kathy und John.

Melanie, sehe ich, steht etwas abseits. Es sind nicht ihre Gräber. Während Lissi Clara die Rolle der Toten in der

Familie erklärt, ihren Rang, flüstere ich Melanie ins Ohr: »Komm, wir gehen noch zu deinen Gräbern.«

Sie sieht mich an, zuckt mit den Schultern. »Welche Gräber?« fragt sie. »Monika ist in Ulm begraben. Mein Großvater auch.«

»Euer Familiengrab meine ich.«

»Familiengrab.« Sie winkt ab.

Dann stehen wir doch noch dort. Melanie und ich. Sie liest die Namen von den Grabsteinen ab. Buchstabiert sie.

»Ich habe diese Leute nicht gekannt«, sagt sie, »sie waren bereits tot, als ich noch ein Kind war.«

Das Grab ist zubetoniert, die Grabsteine sind solider Marmor. Es ist gut gerüstet für die Ewigkeit. Für die Zeit, in der keiner mehr vorbeikommen wird, ein Familiengrab ohne Familie, ein Grab ohne Adressat.

Dienstag fahren wir zurück. Wir fahren sehr früh. Ich habe darauf bestanden. Damit wir nicht zu spät in Székesfehérvar ankommen. Es ist eher ein Vorwand. Ich will weg. Die Frauen protestieren. Meine Mutter, weil sie uns so lange wie möglich dabehalten will. Ihr kommt es auf jede Minute an. Melanie und Clara, weil sie länger schlafen wollen.

Ich setze mich durch. Wir frühstücken um halb acht, und kurz nach acht sitzen wir bereits im Auto.

In Székesfehérvar ist alles für uns vorbereitet. Szarvas, der Bauleiter, den wir übers Handy kontaktiert haben, bringt uns ins Hotel. Ich verabrede mich mit ihm für sieben Uhr.

Wir bleiben vier Tage. Ich klappere die Baustellen ab, wälze die Bücher im Büro. Die Frauen treiben sich einen Tag lang in der Stadt herum. Sie sind sich einig: Es ist kein Ort für sie. Sie nehmen einen Mietwagen und fahren nach Budapest. An den nächsten Tagen hüpfen sie, während ich die Revision vornehme, durch die Budapester Innenstadt. Auf den geheimen Pfaden von Clara. Am Abend sind sie wieder da. Drei Tage später kann ich die Revision abschließen. Ich weiß, im großen ganzen ist alles in Ordnung. Einiges wäre zu bemängeln, aber es sind Kleinigkeiten. Ich formuliere meinen Bericht für Andy und Béla. Sie können beruhigt sein.

Sieben Tage sind vergangen, eine Woche. Verrutscht. Wir sind alle wieder in München. Das Leben geht weiter. Ich aber habe plötzlich wieder ein Problem. Ich weiß nicht, wieso es mich wieder gepackt hat, vielleicht bin ich durch meine Revisionsarbeit in Székesfehérvar auf die Idee gekommen. Ich will wissen, woran ich bin. Ich muß es plötzlich wissen. Worin ich eingemischt bin, was es mich kosten könnte. Plötzlich habe ich ein Unbehagen vor der Kriminalität, als wäre ich nicht schon längst in ihrem Kokon eingesponnen.

Ich überlege, was ich tun könnte. Da fällt mir das Schlitzohr Ströbinger ein, Anwalt mit guten Ideen. Etwas verkommen, aber verläßlich. Ich habe ihm aus der Bredouille geholfen. In einer Frauensache. Seine Familie damit gerettet. Habe die Geliebte auf mich genommen, und er konnte die Scheidung erfolgreich umschiffen. Vor ein paar Jahren war das.

Ströbinger kannte ich schon länger. Am Anfang unserer Bekanntschaft stand ein Gerichtsverfahren unserer Firma. Jemand hatte mir ihn empfohlen. »Das ist ein Fall für Ströbinger«, hieß es damals. »Der kriegt das hin«, und er kriegte es hin. Er regelte noch ein paar weitere Sachen für uns im Laufe der Zeit, und wir tranken manchmal, wenn ich in München zu tun hatte, ein Bier miteinander. Dann erwies ich ihm den Dienst in der erwähnten Affäre.

Ströbinger wird mir helfen.

Ich rufe ihn an. Wir treffen uns. Ich eröffne ihm mein Anliegen. Er fragt mich dies und jenes, ich zeige ihm Unterlagen. Beim vierten Treffen sagt er: »Ich weiß nicht, was du hast. Es ist alles legal.«

»Völlig legal«, wiederholt er. »Das gesamte Baugeschäft und die Filmproduktion wohl auch. Aber mit der hast du ohnehin nichts zu tun. Da ist nichts Illegales«, betont er. »Es ist vielleicht verwerflich, hängt ganz von der Betrachtungsweise ab, verwerflich«, er wiederholt das altmodische Wort, »aber ganz und gar legal.«

Ich muß immer noch verblüfft aussehen, denn er sagt noch einen weiteren Satz, obzwar bereits alles gesagt ist. »Wahrscheinlich«, sagt er langsam, »ist das das Geheimnis des Westens, daß alles legal ist. Erstaunlich, aber legal.«

»Ich danke dir«, sage ich.

Es ist legal, denke ich mir, als ich wieder auf der Straße stehe. Legal.

In der Wohnung finde ich Clara vor, Melanie und Jan. Sie lümmeln in der Sitzecke, sehen sich ein Video an. Irgendeinen Hong-Kong-Film. Devil Hunters. Sie blicken nur kurz auf, als ich eintrete. Falsches Spiel. Die Falle. Eine tödliche Schießerei beginnt. Ich gehe in mein Zimmer.

Nach einer Weile kommt Clara zu mir.

»Melanie und ich haben uns was überlegt«, sagt sie. Sie lächelt zufrieden.

»Was?« frage ich.

»Wir haben uns überlegt«, sagt sie, »daß du Lissi nach München bringen solltest.«

Plötzlich lacht sie. Die Ursache kann nur mein Gesichtsausdruck sein.

»Ja«, sagt sie, »du hast richtig gehört. Bring sie her, dann ist die Familie komplett.«

Es ist Juni, unvermittelt Juni. Ich stehe an einem buchstäblich helllichten Junitag in München auf der Straße. Auf der Kaufinger. Mittendrin im Gewühl. Den Eiligen im Wege. Ich sehe es gelassen.

Man bietet mir einen Flyer an, einen Restaurantflyer, einen Aufruf gegen die Abtreibung. Ich zucke mit den Schultern. Jemand redet auf mich ein. Eine junge, gesund aussehende Frau. Sie sieht so aus, als hätte sie gerade ein Kilo Äpfel gegessen. Es geht um die Chemie im Fastfood. »Slowfood«, ruft jemand. »Lostfood«, sage ich.

Ich gehe ein paar Schritte zur Seite, als wollte ich dem allem aus dem Weg gehen. Bleibe stehen. Ich habe Zeit. Atme durch. Der Himmel ist blau, sage ich mir. Der Himmel ist blau. Du bist Werner Zillich, und alles ist gut.

In der Linken trage ich die Aktentasche wie eine Nebensächlichkeit, wie ein Accessoire. Noch ein paar Schritte, über den Marienplatz, am Hugendubel vorbei, und ich betrete das Allerweltscafé, in dem Béla bereits wartet.

Egal, wie früh ich ankomme, er ist immer schon da. Vielleicht residiert er ja hier. Für die Kellnerinnen jedenfalls ist er kein Unbekannter. Vielleicht ist es sein Büro. Mehr als ein Adreßbuch und ein Handy braucht der Mensch heutzutage ja nicht, um durch die Welt zu kommen. Béla hat beides. Er hat ein dickes altmodisches Adreßbuch und das neueste Handy. Eines, mit dem man Fotos machen kann. Ist noch gar nicht richtig auf dem Markt. Er hat es aber schon. Und Clara hat auch eins.

»Hallo, Barát«, ruft Béla in seinem komischen Tonfall.

Wir trinken zuerst einen Whisky, einen doppelten, wir trinken ihn pur, dann kommen wir zur Sache. Ich trage vor, belege mit den Unterlagen. Er prüft, fragt etwas, nickt. Seine Begriffe sind manchmal ungenau, aber er weiß, was gemeint ist. Der Autodidakt läßt sich nicht ganz verleugnen. Wir sind gut eingespielte Geschäftspartner.

Béla läßt zwei weitere Whisky kommen. Als er das Glas hebt, sagt er kurz: »Werner, wir sind über den Berg, der Laden läuft. Beides läuft«, sagt er. »Die Baufirma und die Videoproduktion.

Andy rüstet auf DVD um«, fügt er hinzu. »Das ist die Zukunft, jedenfalls die nächste. Heutzutage verschwindet die Zukunft schneller als die Gegenwart.« Er lacht.

»Hast du schon Urlaubspläne?« fragt er unvermittelt.

Ich verneine.

»Du solltest mit Clara im Juli Urlaub machen. Ihr könntet auch Melanie und Jan mitnehmen.«

»Und die Baustellen?«

»Damit machen wir jetzt mal eine Ausnahme. Ich lasse den Szarvas aus Székesfehérvar für die Zeit kommen. Er kommt eine Woche früher, und du arbeitest ihn ein bißchen ein. Jóvan?«

»Klar.«

»Vergnügen muß sein«, sagt er, »und Clara soll hier mal raus.«

Drei Wochen später sind wir auf den Seychellen. Clara und ich, Melanie und Jan. Die Seychellen sind reine Kataloginseln, sie haben keinerlei Geschichte, nichts. Sie sind bewohnt, aber sie sehen nicht bewohnt aus. Die Bewohner sind das Personal. Achtzigtausend Kellner.

Wir haben zwei Apartments in einer dieser Anlagen im Edelhüttenstil gebucht, auf La Digue. Wir sind unter uns. Als wären wir die Inhaber, nicht die Gäste in dieser Personalrepublik. Ursprünglich war das hier ja auch alles unbewohnt. Es ist, als würden wir den Ort erst bevölkern.

Wir liegen am Strand, lassen das Personal kommen und gehen. Als könnten wir jederzeit die Regierung absetzen.

Wir spielen die Spiele, als wären es nur Spiele unter Mangobäumen.

»Das ist das Leben«, sagt Clara. Sie sagt es noch mal auf ungarisch. Sie ruft es auf ungarisch: »Ez az élet!«

Es bleibt ohne Echo.

Die Seychellen haben kein Echo.

Melanie sitzt in der Schaukel, sie streckt Jan die Zehen in den Mund. Er lutscht daran.

»Sehr gut«, ruft Clara, »die Männer brauchen deinen Zeh im Mund. Die brauchen das.«

Es ist Morgen, noch nicht einmal richtig Vormittag.

»Leute«, sage ich, »ich lese euch was vor.«

»Was liest du uns denn vor?« fragt Melanie, indem sie meinen Tonfall nachmacht.

»Ich lese euch den Brief meines Großvaters an seinen Sohn, also meinen Vater, vor. 1950 war das«, sage ich, »zwei Jahre vor meiner Geburt.«

Ich lese, und es klingt feierlich.

Es liegt an den Seychellen, daß es so feierlich klingt.

Ich lese etwas vor, das vielleicht gar nicht so auf dem Papier steht. Etwas von Liebe und Arbeit, von Familie und Geld. Und wie das alles zusammenkommt. Und sich auch verträgt. Die Arbeit mit der Liebe und das Geld mit der Familie und die Arbeit mit der Familie und das Geld mit der Liebe und die Liebe mit dem Geld. Ich lese vor, was ich mühsam entziffert oder mir zusammengereimt habe.

Es kommt mir plötzlich wie ein Schwindel vor und dann auch wieder nicht. Es ist Sütterlin, sage ich mir. Es ist von meinem Großvater und von meinem Vater und von mir. Und irgendwie ist es auch wahr, aber es hilft nicht. Denn alles ist, wenn es zusammenkommt, nur eine Beschränkung. Die Liebe und die Familie und die Arbeit und das Geld. Im besten Fall eine Selbstbeschränkung, sage ich mir. Der Trick ist, die Beschränkung ins Positive zu wenden. Zum Erstrebenswerten zu erklären. Ich rede und schweige und weiß nicht, was ich sage.

»Es ist egal, ob man einen Brief vom Großvater hat oder nicht«, sage ich. »Es spielt keine Rolle.«

Ich falte den Briefbogen vorsichtig, wie ein Souvenir. Wie etwas Nutzloses, das man ratlos in den Händen hält. Stecke ihn in den vergilbten Umschlag, auf dem die Briefmarke fehlt. Die österreichische Briefmarke aus den fünfziger Jahren.

Ich sehe Clara an, und Melanie und Jan, und es ist, als könnte ich mein Glück nicht fassen. Als sei zuviel Vergangenheit in mir, die es mir nicht erlaubt, mein Glück zu fassen. Die Toten kommen zu Besuch.

Laß sie reden, denke ich mir. Sie sind Vorbild und abschreckendes Beispiel zugleich. Als würden sie ständig in der Nase bohren. Sie können nichts dafür. Es sind Komödianten, die nichts über den Ausgang ihrer Geschichten wissen. Die nicht wissen, daß sie tot sind, nur wir wissen es. Und lachen trotzdem über ihre Geschichten. So ist das Leben.

Gegenwart ist angesagt, ewige Gegenwart, sage ich mir. Wir können es uns erlauben.

»Wir können es uns erlauben«, sage ich laut. Als wäre ich ein Rebell. Als wäre ich plötzlich Béla oder Andy. Und keiner widerspricht.

Clara hält Ausschau nach dem Service.

»Zeit für einen Cocktail, für was Raffiniertes«, sagt sie entschieden. Clara hat Geburtstag. Die Löwefrau wird heute vierundzwanzig.

Der Cocktail kommt. Ein Negromantic. Vierfach. Wir stoßen mit den Martinigläsern an. Auf Clara.

»Auf die Familie«, sagt sie, »auf uns. Wir schaffen es.«

Sie sagt es mit einer Bestimmtheit, die ihr Sternzeichen bezeugt.

Wir trinken.

Melanie und Jan gehen ans Wasser. Sind weit weg. Schwimmen hinaus. Ich sehe ihre Köpfe über dem Wasser des Indischen Ozeans. Sie schwimmen aufeinander zu und voneinander weg und aufeinander zu. Ez az élet. Das ist das Leben. Irgendwo dort draußen liegt Madagaskar.

Clara setzt sich zu mir. Ihr Gesicht ist sehr nahe. Sie blickt mir in die Augen.

»Ich bleibe bei dir«, sagt sie, »für immer.«